A. Collin

Todesspiel Ostsee

Küstenkrimi

JAVY«

Personen und Handlung sind frei erfunden.
Eventuelle Ähnlichkeiten mit real existierenden Personen
sind rein zufällig und nicht beabsichtigt.
Markennamen, Warenzeichen,
Namen von Personen und Dingen der Zeitgeschichte,
falls diese im Buch verwendet werden,
sind Eigentum ihrer rechtmäßigen Eigentümer.
Für die Darstellung bzw. Erwähnung gastronomischer,
kultureller oder touristischer Einrichtungen haben weder die
Autorin noch der Verlag eine Vergütung oder
Zuwendungen jeglicher Art erhalten.

Todesspiel Ostsee
Zehnter Fall für Lux und Bähr
Küstenkrimi

ISBN: 978-3-948820-40-4

JAVY«

DAS BUCH

Mitten in der Hochsaison müssen die Ostseekommissare Lux und Bähr den heimtückischen Mord an einer jungen Frau aufklären. Dabei erhalten sie ungewollt Verstärkung, denn der berühmte Fernsehkommissar Oskar Sturm verbringt seinen Urlaub im beschaulichen Laboe.
Mit seiner Neugier und der permanenten Einmischung in die Morduntersuchungen stellt er das eingeschworene Team der Kripo auf eine harte Geduldsprobe.
Plötzlich gerät der beliebte Schauspieler selbst in Mordverdacht. Hat Oskar Sturm nicht nur im Film, sondern auch im wahren Leben allen etwas vorgespielt?
Gesa und Niklas sind gezwungen, ihre Ermittlungsergebnisse zu überdenken.
Die Zeit rennt, denn jemand, der es besser weiß, zieht bereits heimlich die Fäden in diesem tödlichen Spiel und wartet nur darauf, dass die Kommissare in die Falle tappen.

Als Team unschlagbar: Die taffe und temperamentvolle Gesa Bähr, ein Fels in der Brandung der Verbrechensbekämpfung und Niklas Lux, der eigensinnige Ermittler mit dem kühlen Verstand.

Jede Menge Spannung und immer eine frische Brise Humor! Erleben Sie die malerische Ostseeküste von ihrer aufregendsten Seite!

Jeder Fall der Ostseekommissare Lux und Bähr ist ein in sich abgeschlossener Roman und kann einzeln gelesen werden.

Ein Lächeln
ist ein Geschenk,
das sich jeder
leisten kann.

INHALT

Sonntag

1. Kapitel

»Wow!« Larissa ist völlig überwältigt, als sie nach ihrem beschwerlichen Fußmarsch durch den heißen Dünensand endlich an der reetgedeckten, weißen Strandvilla angelangt ist.

Die ist noch schöner, als ich sie mir vorgestellt habe.

Erschöpft bleibt die junge Frau stehen, wischt sich eine verschwitzte, blonde Haarsträhne aus der Stirn und atmet mehrmals tief durch. Ein zarter Luftzug streift über ihre vom Laufen geröteten Wangen.

Kommt jetzt endlich ein wenig Wind auf?, hofft sie, denn die Julisonne am wolkenfreien Himmel brennt seit dem frühen Morgen unerbittlich. Die Luft flimmert gleißend und hitzegeschwängert vor Larissas blauen Augen. Sie wünscht sich Meeresrauschen.

Wenn ich schon einmal hier bin.

Aber die Ostsee in ihrem Rücken liegt ruhig und glatt wie ein Spiegel. Selbst die sonst so lebhaften Möwen verharren träge am Ufer und tauchen nur hin und wieder ihre Köpfe zur Erfrischung unter die Wasseroberfläche.

Larissa seufzt. Sie ist durstig. Ihre Zunge klebt schwer an ihrem ausgetrockneten Gaumen.

Wie leichtsinnig von mir, ohne Trinkflasche aufzubrechen.

Ich muss dringend ins Haus.

Entschlossen steuert sie direkt auf den mit üppigem

Oleander bepflanzten Terrakottakübel vor dem Villeneingang zu.

Dort soll der Schlüssel versteckt sein.

Sie bückt sich nach einem trockenen Stöckchen neben dem sorgfältig gepflasterten Weg und stochert damit vorsichtig in der lockeren Blumenerde.

Hier liegt nichts.

Vielleicht wurde der Schlüssel unter dem Topf versteckt?

Ächzend vor Anstrengung hebt die Dreißigjährige den schweren Pflanzenkübel vorsichtig ein Stück hoch. Als sie ihn ankippt, um darunterzuschauen, entgleitet er ihr aus den schwitzigen Händen und fällt zur Seite. Unzählige braune Tonscherben zersplittern krachend vor ihren Füßen.

So ein Mist!, flucht Larissa still in sich hinein.

Plötzlich wird der Hauseingang zur Villa von innen geöffnet.

Sie stutzt.

Wer ist das?

Eine Hand schiebt sich langsam durch den Türspalt und winkt ihr zu. Zwischen Daumen und Zeigefinger erkennt Larissa einen silberfarbenen Schlüssel.

»Suchst du den hier?«, hört sie jemanden hinter der Tür fragen.

Vor Schreck lässt die junge Frau ihre Handtasche auf den mit Blumenerde bedeckten Boden fallen, hebt diese aber gleich wieder auf und öffnet ein Seitenfach, um ihr Pfefferspray herauszuholen.

»Hau ab!«, zischt sie dabei in Richtung Tür.

»Ich möchte doch nur mit dir reden.«

»Aber ich nicht mit dir. Du kennst meine Meinung und nun sieh zu, dass du aus dem Haus verschwindest, sonst hole ich die Polizei«, ruft Larissa mit fester Stimme.

»Dein letztes Wort?«
»Ja.«
Als Antwort fliegt der Haustürschlüssel mit Schwung in ihre Richtung. Larissa duckt sich instinktiv, sodass er weit hinter ihr im hohen Dünengras landet.
Die Villentür wird laut zugeschlagen.
»Spinnst du jetzt völlig?«, schimpft sie und dreht sich suchend um.
Niemand zu sehen.
Die junge Frau wartet noch einen Moment ab und entschließt sich dann, den Schlüssel zu suchen. Während sie auf allen vieren durch die Dünen robbt, hört sie in ihrem Rücken ein Mofa starten.
Gott sei Dank.
Endlich habe ich Ruhe.
Auf einmal sieht sie es im Sand silbern aufblitzen.
Der Schlüssel!
Als sie erleichtert danach greift, ist eine Schuhspitze bereits eine Sekunde vor ihr am Ziel.
Verwundert richtet Larissa ihren Blick nach oben und bekommt im selben Moment eine Handvoll Sand ins Gesicht. Sie springt auf und taumelt orientierungslos zur Seite.
Weg! Ich muss laufen.
In ihrem Nacken spürt sie den fremden Atem. Eine Hand greift nach ihr und reißt sie grob an der Schulter zurück.
»Bleib stehen!«, klingt es dumpf in ihren Ohren, dann stürzt sie zu Boden. Um Larissa wird es dunkel, nur das Kreischen einer hungrigen Möwe durchbricht kurz die Stille.

Montag

2. Kapitel

»Heiliger Klabautermann, ist das eine Bruthitze«, stöhnt Gesa, als sie mittags in das Großraumbüro der Kripo hineinstürmt.

»Macht bloß die Fenster ordentlich weit auf!«, ruft sie Stefan und Lisa entgegen. »Sobald ich anfange zu schwitzen, kleben mir die Haare wieder wie feuchter Seetang am Kopf«, jammert sie und wedelt hilflos mit den Armen, als sie sieht, dass sich deutliche Schweißflecken auf ihrer Bluse abzeichnen.

Der Polizeischüler Lasse steckt seinen Rotschopf hinter dem Kopierer hervor. »Im Moment sehen Sie aber toll aus, Frau Bähr«, bemerkt er und lächelt Gesa an.

»Danke schön. Das will ich hoffen.«

Die zweiundfünfzigjährige Hauptkommissarin und Leiterin der Kripoaußenstelle in Laboe ist in der Mittagspause extra beim Friseur gewesen, um ihre halblange, braune Lockenpracht in Form bringen zu lassen.

Das Geld will ich ja nicht umsonst ausgegeben haben.

Aufgeregt tupft sie sich mit einem Taschentuch die Schweißperlen von der Stirn.

Bevor mein Pony die Feuchtigkeit aufsaugt.

»Wann wollten die von der Presse genau hier sein, Stefan?«, erkundigt sie sich bei Kriminalmeister Voß. Der Neunundzwanzigjährige rollt mit seinen dunkelbraunen Augen und zuckt hilflos mit den Achseln. »Keine Ahnung, Chefin. Im Laufe des Nachmittags, wurde uns gesagt, stimmt's, Lieschen?«, vergewissert er sich sicherheitshalber bei seiner Kollegin, der dreiunddreißigjährigen Kriminalobermeisterin Lisa Rückert. Sie nickt zustimmend. Ihre blonden Haare trägt Lisa heute offen und nicht, wie sonst, zu einem Pferdeschwanz gebunden, obwohl sie sich anfangs dagegen gesträubt hat.

Was für ein Aufwand, nur wegen eines Artikels in der Ostseebild, hat sie zu Hauptkommissarin Bähr gemeint. Aber Gesa hat Lisa letztendlich mit ihren Argumenten überzeugen können, die Veröffentlichung über das Team der Kripo Laboe ernst zu nehmen. Die kleine Kripoaußenstelle stünde ganz oben auf der Streichliste der Verantwortlichen der Bezirkskriminalinspektion Kiel, warnte sie. »Allen Sparmaßnahmen voran marschiert leider unser unmittelbarer Vorgesetzter, Hauptkommissar Zimmermann. Er hat bereits damit begonnen, monatlich den Personalschlüssel seiner Außenstellen zu überprüfen. Deshalb müssen wir jede Möglichkeit ergreifen, um uns in der Öffentlichkeit in gutem Licht zu präsentieren«, erklärte Gesa ihrem Team vorige Woche den Grund, warum sie dem heutigen Pressetermin überhaupt zugestimmt hat.

Lisa erinnert sich an die eindringlichen Worte ihrer Chefin: »Die letzten zwei Jahre an unserem Küstenabschnitt wurden weiß Gott von zahlreichen schlimmen Verbrechen geprägt und haben Urlauber und Einheimische zum Teil stark verunsichert, aber dem Team der Kripo Laboe ist es in seiner unnachahmlichen Art gelungen, alle Fälle aufzuklären. Das macht uns so schnell keiner nach. Auch nicht die aufstrebenden Karrieristen in Kiel.«

In der Bezirkskriminalinspektion sind einige neue Ermittler tätig, die es womöglich darauf abgesehen haben, uns die Posten streitig zu machen, informierte Gesa ihre Kollegen. Zimmermanns Sekretärin hat ihr verraten, dass es eine regelrechte Personalrochade zwischen den Bundesländern gab, um die Manpower beim Bezirk zu verstärken.

Lisa überlegt.

Da muss was Wahres dran sein, denkt sie. Wie sonst könnten auf einmal so viele neue Kommissare aus allen Teilen Deutschlands an die Küste versetzt worden sein? Das funktioniert eigentlich nur im gegenseitigen Austausch.

Ob man uns tatsächlich wegrationalisieren will, wie Frau Bähr befürchtet? Oder erhalten wir sogar Verstärkung und arbeiten in Zukunft gemeinsam?

Schön wäre es ja, dann dürfte ich mal wieder verlässlich meinen Urlaub planen.

Gerade jetzt, wo sich am Beziehungshorizont bei mir endlich etwas tut.

Abwarten, wie es sich entwickelt.

Während Lisa über Gesas Ansprache und ihre neue Bekanntschaft nachdenkt, kommt Oberkommissar Niklas Lux über den kleinen Seitenflur aus seinem Zimmer in das Großraumbüro gelaufen.

»Oh! Ein neues Oberhemd!«, ruft Gesa entzückt. »Schmuck siehst du darin aus, Niklas.«

»Das ist mein zweites heute«, stöhnt er. »Ich habe schon wieder eines durchgeschwitzt und nun hat auch noch der Ventilator in meinem Büro seinen Geist aufgegeben.«

Gesa schmunzelt. »Na, solange dein eigener gut funktioniert, kann uns nichts passieren.«

»Wenn du meinst ...«, Niklas verdreht seine blauen Augen und jammert: »Aber auch meine Gehirnzellen sind bei dieser Hitze kurz davor, durchzuschmoren. Ich habe sogar Kopfschmerzen, was bei mir wirklich selten vorkommt. Was ist das denn da unten für ein Krach vor dem Fenster?«, wundert er und hält sich demonstrativ die Ohren zu.

Stefan schaut den Kollegen erstaunt an.

Der taffe Lux ist heute aber ein Sensibelchen.

Dann geht er zum Fenster, um nachzuschauen. Draußen auf dem Parkplatz vor dem blaugetünchten Jugendstilgebäude, in dem die Dienststellen der Kripo und der Schutzpolizei Laboe untergebracht sind, ist es so laut geworden, dass die Stimmen durch die geöffneten Fenster bis in das erste Obergeschoss zu hören sind.

Neugierig lehnt sich Stefan hinaus.

»Können Sie erkennen, was dort unten los ist?«, fragt Gesa. »Haben Iversen und seine Männer etwa ihre Schreibtische an die frische Luft verlegt?«

Doch Stefan antwortet mit einer abwinkenden Handbewegung.

Die Kollegen der Schutzpolizei aus dem Erdgeschoss sind es nicht, die lautstark auf dem Parkplatz diskutieren, erkennt er.

Aber wer ist es dann?

Lasse drängelt sich jetzt neben Stefan an das Fensterbrett. »Ich fasse es nicht!«, ruft er und dreht sich freudestrahlend zu den anderen um.

»Dort unten steht Kommissar Birkner und verteilt haufenweise Autogrammkarten.«

»Im Ernst?«, fragt Lisa und läuft zu dem zweiten offenen Fenster.

Gesa reißt ihre großen grünen Augen noch weiter auf. »Lass mich nicht länger im Trüben fischen!«, bittet sie. »Welcher Kommissar Birkner?«

Nachdem Lisa sich mit einem genauen Blick auf das muntere Treiben vergewissert hat, dass Lasse die Wahrheit sagt, klärt sie ihre Chefin auf. »Es handelt sich um den Schauspieler Oskar Sturm, der in der Spreewald-Krimiserie den ermittelnden Kommissar Birkner spielt.«

»Genau«, bestätigt Lasse, »meine Mutter hat bisher keine Folge davon verpasst.«

Gesa lächelt. »Ach so. Ich schaue ja keine Krimis im Fernsehen. Die regen mich zu sehr auf.«

»Die Filme mit Oskar Sturm sind aber nicht so gruselig«, versichert ihr der Polizeischüler.

Gesa lacht. »Nee, nee, das ist nicht der Grund, sondern die oft dermaßen an der Realität vorbeigehende Darstellung kriminalistischer Arbeit. Die regt mich auf.«

Niklas legt Gesa die Hand auf die Schulter. »Ein wenig künstlerische Freiheit muss sein, damit die Leute gut unterhalten werden«, beschwichtigt er.

»Hast du denn schon einen Krimi mit diesem Oskar Sturm gesehen?«

Niklas schüttelt den Kopf. »Ich schaue einfach zu selten Fernsehen und genau wie du nichts, was mit unserer Arbeit zu tun hat.«

»Darf ich schnell hinunterlaufen und für meine Mutter ein Autogramm besorgen?«, bittet Lasse.

Gesa zieht nachdenklich die Stirn kraus. »Na gut, aber nur kurz. Wir müssen zu Ende aufräumen, bevor die Presse erscheint.«

Nachdem Lasse losgeflitzt ist, wendet sie sich an Niklas. »Hast du eine Erklärung dafür, warum Oskar Sturm seine Autogrammstunde ausgerechnet vor unserer Dienststelle abhält?«

Niklas überlegt. »Ehrlicherweise nicht. Aber ich

finde, wir sollten ihn das fragen.«

Lisa, die weiterhin interessiert aus dem Fenster schaut, ruft plötzlich: »Sie kommen!«

»Wer?«, fragen Gesa und Niklas fast zugleich.

»Na, das Team der Ostseebild. Zwei Männer und eine Frau. Die führen entsprechendes Equipment mit sich und tragen Leuchtwesten mit der Aufschrift Presse.«

Gesa wird blass. »Jetzt schon?«, stottert sie. »Wir sind gar nicht fertig vorbereitet.«

Stefan stürmt zum Fenster zurück. »Keine Sorge, Chefin«, sagt er. »Die bauen sich mit ihrer Kamera gerade vor Oskar Sturm auf.«

Niklas feixt. »Jetzt wissen wir, warum er ausgerechnet auf unserem Parkplatz Autogramme gibt.«

»Das ist doch nicht zu fassen!«, schimpft Gesa und haut mit ihrer zarten Faust auf den Besprechungstisch. »Wie können es diese Pressefrösche von der Ostseebild wagen, uns mit einem Fernsehkommissar in einen Fischtopf zu werfen? Wir wollen mit unserer Arbeit ernst genommen werden. Die Bevölkerung wachrütteln und darüber aufklären, was ihnen bevorsteht, wenn man uns kaputtspart.«

Niklas stimmt ihr zu. Kopfschüttelnd betrachtet er das quirlige Treiben vor der Dienststelle. »Wir könnten von unserem Hausrecht Gebrauch machen und Polizeimeister Iversen bitten, die Veranstaltung da unten zu beenden«, schlägt er vor.

Gesa starrt ihn entsetzt an: »Bist du von allen Meeresgeistern verlassen, Niklas? Ich möchte die Bevölkerung auf unserer Seite haben. Weißt du, was passiert, wenn ich den beliebten Fernsehkommissar vertreiben lasse?«

»Schlechte Presse.«

»Korrekt, und da wir die auf keinen Fall gebrauchen können, bereiten wir jetzt unseren eigenen Termin weiterhin gut vor«, verkündet Gesa energisch. »Alle auf ihre Plätze, bitte!«

Da klopft es zweimal kräftig an der Tür. Ohne abzuwarten, betritt Polizeimeister Iversen den Großraum. »Oh!«, stellt er überrascht fest. »Ihr seid schon hübsch beieinander. Dann fasse ich mich kurz: Es gibt Arbeit für euch. In den Dünen am Strand Heidkate haben Urlauber einen weiblichen Leichnam entdeckt. Eben kam der Anruf bei uns rein.«

3. Kapitel

»Danke, dass wir bei dir im Wagen mitfahren können, Iversen«, ächzt Gesa und lässt sich auf die Rückbank fallen. »Schön warm hast du es hier.« Sie wischt sich mit dem Taschentuch den Schweiß von der Nase.

»Es wird gleich besser«, verspricht der Polizeimeister und schaltet die Klimaanlage ein. Gesa und Niklas sind sofort, nachdem der Leichenfund gemeldet wurde, anstelle in ihren Dienstwagen zu Iversen in das Einsatzfahrzeug gestiegen. »Die Blamage, dass mein alter Opel womöglich vor den Augen der Presse und diesem Fernsehkommissar einen Fehlstart hinlegt, wollte ich tunlichst vermeiden«, begründete Gesa ihre Entscheidung.

»Was wird nun aus dem Pressetermin, Gesa?«, erkundigt sich Niklas, nachdem Iversen vom Parkplatz der Dienststelle losgefahren ist.

»Keine Ahnung. Zuerst müssen wir ja unseren Job erledigen. Stefan, Lisa und Lasse werden die Fahnen der Kripo Laboe allein hochhalten müssen. Das schaffen die schon. Ist mir auch ganz recht so, ich bin nicht so fotogen.«

Während Iversen in den Strandweg einbiegt, schaut er Gesa skeptisch von der Seite an. »Nun stapelst du aber tief, liebe Gesa«, widerspricht er und grinst.

Unsere furchtlose Bärin ist selbst mit Anfang fünfzig ein Hingucker.

Außerdem war sie extra beim Friseur.

Auch Niklas kann sich ein Lächeln nicht verkneifen. Jetzt schummelt sie aber, denkt er. So viel Wirbel, wie Gesa wegen dieses Termins veranstaltet hat.

»Vielleicht sind wir sogar rechtzeitig wieder zurück in der Dienststelle, falls die Presseleute sich lange genug mit dem Fernsehkommissar beschäftigen«, sagt er zu ihr.

Gesa legt ihre glatte Stirn in Falten und überlegt. »Egal«, antwortet sie, »ich habe in meinem Revier gerade Wichtigeres zu tun. Weißt du denn schon Genaueres über die Tote, Iversen?«

»Leider nein, nur dass die etwa dreißigjährige Frau definitiv seit Stunden nicht mehr am Leben ist. Der Urlauber, der sie bei einem Spaziergang mit seinem Hund gefunden hat, ist Arzt und hat ihren Tod zweifelsfrei festgestellt. Dr. von Isenberg ist schon auf dem Weg zum Leichenfundort.«

»Seit wann bestellst du den Rechtsmediziner, Iversen?«, wundert sich Gesa.

Warum hat Niels mich nicht angerufen?

Angeblich ist er heute den ganzen Tag auf einer Fortbildung.

Iversen wird rot. »Sorry, Gesa, ich wollte dir nicht vorweggreifen. Von Isenberg hatte mich in einer privaten Angelegenheit telefonisch kontaktiert und da habe ich ihm von der Toten erzählt. Er hat heute freigenommen, um bei uns im Jachthafen eine Sache erledigen zu lassen.«

»Hä?«, ruft Gesa von der Rückbank und schiebt ihren frisch frisierten Kopf zwischen die von Iversen und ihrem Kollegen Lux. »Ich verstehe nur Bahnhof«, schimpft sie.

Von wegen Fortbildung.

»Der Doktor hat mit seinem Segelboot bei uns am Jachthafen angelegt und mich um Hilfe gebeten. Ich habe ihm erzählt, dass eine tote Frau in den Dünen gefunden wurde und ich mich jetzt nicht um die Angelegenheit mit seinem Boot kümmern kann. Daraufhin hat er sich sofort von einem meiner Männer mit dem Motorrad zum Strand Heidkate fahren lassen.«

»Aha«, schnauft Gesa, »du sprichst aber weiter in Rätseln, Iversen.«

Niklas hilft dem Polizeimeister aus der Klemme. »Gesa, du wirst es früh genug erfahren, was dein Freund mit seinem Boot am Hafen vorhatte. Vielleicht möchte er dich überraschen.«

»Meinst du?«, fragt Gesa erleichtert.

Bei ihrem Freund Niels von Isenberg trägt sie immer noch das letzte Quäntchen Unsicherheit in ihrem Herzen, das sich sofort meldet, sobald er nicht die Wahrheit sagt. Der siebenundfünfzigjährige, eingefleischte Junggeselle hat vor seiner schon über ein Jahr andauernden Beziehung zu Gesa nichts anbrennen lassen, wie er selbst gern behauptet.

Angeblich ist mit mir alles anders.

Bislang kann ich mich auch nicht beschweren.

»Wir sind gleich da«, unterbricht Iversen Gesas Gedanken. »Ich halte da vorn, an dem Hinweisschild, an welchem das Absperrband befestigt wurde. Dort könnt ihr schnell aussteigen. Ich fahre weiter und parke anschließend hinter der Promenade.«

»Dann lassen Sie mich aber vorher noch den Spurensicherungskoffer hinten aus dem Wagen nehmen«, bittet Niklas.

»Ach ja, zum schussligen Klabautermann!« Gesa schlägt sich an die Stirn. »Den dürfen wir nicht vergessen. Die Hitze macht mein Hirn so müde«, jammert sie und trinkt hastig einen großen Schluck aus ihrer Wasserflasche.

Als Gesa und Niklas aus dem Einsatzwagen klettern, kommt ihnen ein Polizeimotorrad entgegen. Der Beamte hält an, klappt kurz das Visier an seinem Helm hoch und erklärt: »Euren Doktor habe ich bereits an die Fundstelle gebracht.« Dann braust er wieder davon.

»Das ist gut«, meint Niklas. »Wenn von Isenberg schon vor Ort ist, sind wir eher fertig.«

»Na«, Gesa kneift skeptisch ihre grünen Augen zusammen, »das hat noch nichts zu bedeuten. Du kennst ja unseren gründlichen Uwe Feddersen von der KTU. Ehe der mit der Spusi durch ist, vergehen ein paar Stündchen.«

Niklas sieht Gesa verwundert an.

Höre ich da etwa Hoffnung in ihrer Stimme?

Ich glaube, sie hat tatsächlich keine Lust mehr, pünktlich zu dem Pressetermin zu erscheinen.

4. Kapitel

Als Gesa und Niklas sich in ihren Schutzanzügen den Weg durch die Dünen gebahnt haben und am Leichenfundort angekommen sind, ist Dr. von Isenberg bereits mitten in seinen Untersuchungen.

Gesa und Niklas nicken ihm kurz zu. Aus Erfahrung wissen sie, dass sich der Rechtsmediziner zuerst in Ruhe allein einen Überblick von der Situation verschaffen möchte.

In einigen Metern Abstand von ihm und dem Leichnam durchsuchen Uwe Feddersen und zwei weitere Kollegen der Kriminaltechnik das mit hohem Dünengras bewachsene Gelände.

Gesa winkt ihnen zu: »Moin, moin! Wie sieht's aus bei euch, Uwe?«

Der erfahrene Kriminaltechniker geht ihr ein Stück entgegen. »Schlecht für uns, gut für den, der die Tote hier abgelegt hat. Denn was die Spurenlage angeht, haben wir bisher null Treffer eingefahren. Übrigens, die Frau ist nicht hier, unmittelbar am Strand, gestorben. Das wird euch der Doc gleich selbst erläutern«, sagt er an Gesa und Niklas gewandt. »Für uns bleibt leider wenig zu tun. In der Nacht hat es ein mächtiges Wärmegewitter gegeben und alle Spuren in der Umgebung des Auffindeortes sind von dem Starkregen verwischt worden. Es scheint gerade so, als ob die unbekannte Frau tot vom Himmel gefallen ist.«

»Mist!« Gesa ballt ihre schmale Hand zur Faust. »Du sagst Unbekannte, da ahne ich schon ...«

»Ja«, bestätigt Uwe Feddersen. »Die Tote führt weder Papiere noch persönliche Gegenstände mit sich. Bisher haben wir in den Dünen auch keine Handtasche oder Ähnliches entdeckt.«

Gesa verzieht enttäuscht den Mund.
»Lass uns weiter zu von Isenberg gehen«, meint Niklas resigniert, »hoffentlich hält er bessere Nachrichten für uns bereit.«
»Tut mir leid, dass ich euch nicht mehr sagen kann«, entschuldigt sich Uwe bei den beiden. »Vielleicht ergeben die Faser- und Fingerspuren am Leichnam irgendetwas Neues. Die überprüfen wir ja erst später im Labor.«
»Okay, Uwe. Trotzdem danke«, antwortet Gesa und verabschiedet sich, »du hältst uns ...«
»... wie immer auf dem Laufenden«, erwidert er und stapft zu seinen Kollegen zurück.

Gesa wischt sich die Schweißperlen von der Stirn.
In dem Schutzanzug komme ich mir vor wie in einem Brutkasten.
»Wir müssen endlich den Zeugen, der die tote Frau gefunden hat, befragen«, erinnert sie Niklas. »Der Mann, ein Dr. Weber aus Köln, der hier mit seiner Familie Urlaub macht, hat den Leichnam bei einem Spaziergang mit seinem Hund entdeckt.«
»Ja, Mensch, das stimmt«, sagt Niklas. »Der Mann wartet doch auf dem Strandparkplatz. In dieser Mittagshitze und dann noch mit einem Tier dürfen wir ihn nicht so lange schmoren lassen.«
»Iversen hat gesagt, den Pudel haben seine Kinder schon abgeholt«, beruhigt Gesa ihn.
»Okay, das ist gut.« Niklas überlegt. »Offen gestanden möchte ich mir die erste Leichenschau mit dem Doc nicht entgehen lassen. Wenn ich anschließend darüber im Protokoll nachlese, ist es nicht dasselbe.«
Gesa nickt. »Dito. Der Zeuge Weber läuft uns ja nicht weg. Er hat seinen Urlaub in Laboe gerade erst

begonnen. Ich rufe Iversen an und bitte ihn, die Aussagen des Arztes zu protokollieren. Wir laden den Mann später noch einmal vor, falls das überhaupt nötig sein wird.«

»Ich denke schon. Wir dürfen es nicht versäumen, seine Fingerabdrücke zu nehmen«, meint Niklas, »schließlich hat der Zeuge die Tote als Erster und allein entdeckt. Behauptet er jedenfalls und er hat sie berührt.«

Gesa schüttelt verwundert den Kopf. »Natürlich hat er sie angefasst, wenn er den Tod der Frau feststellen muss.«

»Trotzdem. Wir sollten genau so verfahren, als wäre er ein x-beliebiger Zeuge.«

»Verstehe«, Gesa bekommt sofort ein Déjà-vu, »nichts ist unmöglich.« Sie holt ihr Handy aus der Aktentasche und informiert Polizeimeister Iversen, während Niklas einen nachdenklichen Blick auf die spiegelglatte Ostsee wirft.

Kaum zu glauben, dass heute Nacht ein Gewittersturm über das Ufer peitschte und alle Spuren zunichtegemacht hat.

Unser Ermittlerglück werden wir uns wieder hart erarbeiten müssen.

Dr. von Isenberg sieht zur Begrüßung der Kommissare nur einmal kurz von der vor ihm liegenden, mit einer Shorts und Bluse bekleideten, blonden Frau auf. Danach beginnt er sofort mit seinen Ausführungen.

Das Gesicht des Pathologen ist von der konzentrierten Arbeit in der prallen Mittagshitze hochrot und verschwitzt, trotzdem springt er leicht wie eine Feder um den Leichnam herum.

»Die Merkmale zeigen sich wie aus dem Lehrbuch«, schwärmt er, »alles passt. Ihr habt Glück«, sagt er zu

Gesa.

Sie rümpft unauffällig die Nase. Gesa kennt ihren Freund Niels, der die Stelle von Dr. Karin Rose in der Rechtsmedizin Kiel inzwischen dauerhaft übernommen hat, lange genug.

Wenn er Lehrbuch sagt, folgt darauf meist ein langer Vortrag.

»Niels«, bittet sie, »kannst du uns heute ausnahmsweise hitzefrei gewähren und deine ersten Ergebnisse in aller Kürze verkünden?«

Von Isenberg stutzt. Dann lächelt er. »Okay, wie ihr wollt. Da müsst ihr später eben gründlicher lesen.«

»Das tun wir. Versprochen«, versichert Niklas, der ebenfalls wenig Lust auf ausschweifende Erklärungen verspürt. »Können Sie schon etwas zum Todeszeitpunkt sagen, Doktor?«, fragt er.

»Wegen der gleichbleibend warmen Temperaturen tippe ich auf den gestrigen frühen Abend. Eventuell ist die junge Frau bereits am späten Nachmittag verstorben. Genaueres erfahrt ihr nach der Obduktion.«

Von Isenberg weist mit seinem Zeigestock auf die zahlreichen Totenflecken an den Armen und Beinen. »Die sind alle vollständig wegdrückbar. Die Umlagerung des Leichnams ist also noch bevor sich diese sichtbaren Zeichen ausbildeten, erfolgt«, erklärt er. »Dass die Frau nicht hier, in den Dünen, verstorben ist, hat euch der Kriminaltechniker Feddersen ja sicher schon verraten.«

Gesa nickt.

»Schaut mal her!«, bittet von Isenberg und hebt den rechten Arm der auf dem Rücken liegenden Frau hoch. »Der Leichnam weist an den Unterarmen und Knien frische Schürfwunden auf. Nach der pathologischen Spurenlage stammen diese nicht vom Auffindeort und sind ihr auch nicht post mortem zugefügt worden. Wahrscheinlich war ein Sturz die Ursache.«

»Woran ist sie denn verstorben?«, möchte Gesa wissen. »Infolge des Sturzes?«

»Nein, auf keinen Fall. Dieser ist aus niedriger Höhe passiert. Möglicherweise ist sie ohnmächtig von einem Stuhl gefallen. Sie könnte einen Infarkt oder eine Lungenembolie erlitten haben.«

»Du schließt eine natürliche Todesursache also nicht aus?«

»Nein.«

»Aber warum wurde die Tote dann in den Dünen abgelegt?«

»Tja, das herauszubekommen ist eure Aufgabe. Ich werde euch erst nach dem Toxscreen und einer genauen Obduktion Näheres sagen können. Auch eine Vergiftung muss ich als Todesursache in Betracht ziehen.«

»Ja, möglich«, stimmt Gesa dem Rechtsmediziner zu. »Stumpfe Gewalt schließt du aber aus, oder, Niels?«

Von Isenberg nickt energisch. »Eine Sexualstraftat ebenfalls«, bekräftigt er. »Die Frau ist der Witterung entsprechend leicht, aber vollständig bekleidet und augenscheinlich körperlich unversehrt. Bis auf die von mir erwähnten Schürfwunden.«

Niklas runzelt nachdenklich die Stirn. »Die Tote trägt keine Schuhe«, stellt er fest, »und da sie in normaler sommerlicher Kleidung aufgefunden wurde, nehme ich an, dass wer auch immer sie hierhergeschleppt hat, ihre Schuhe verschwinden ließ.«

»Stimmt«, Gesa pflichtet ihrem Kollegen bei. »Möglicherweise waren diese zu auffällig oder die Leiche damit noch schwerer zu tragen.«

»Oder die Frau ist bei der Affenhitze vor ihrem Tod

barfuß gelaufen«, unterbricht von Isenberg die Kommissare, »zum Beispiel weil sie sich in der Wohnung oder in einem Haus aufgehalten hat, als sie starb.« Er schiebt Gesa jetzt sanft ein Stück beiseite. »Aber das müsst ihr bitte nicht hier ausdiskutieren. Lasst mich mal meine Arbeit zu Ende bringen, bevor der Leichenwagen kommt. Gesa, du solltest bitte noch die Staatsanwaltschaft informieren, damit sie die Obduktion anordnet.«

»Klar, Niels, ich kümmere mich sofort darum. Legt du und Friedhelm denn heute noch los?«

»Ich ja, Friedhelm nicht. Er hat gekündigt und ich erwarte jeden Tag seinen Nachfolger.«

Gesa entgleiten vor Überraschung die Gesichtszüge. »Ach du dicke Nesselqualle! Was zum Seeteufel hat den Friedhelm denn so ...«, verärgert will sie gerade sagen, verkneift es sich im letzten Moment aber, als sie von Isenbergs hellbraune Augen über seinem Mund-Nasen-Schutz wütend aufblitzen sieht, »... zu einem solchen Schritt bewogen?«, fragt sie leise.

Von Isenberg zuckt nur hilflos mit den Achseln. »Was weiß ich? Aber ich habe es befürchtet. Als klar wurde, dass Karin Rose nicht in die klinische Pathologie zurückkehrt, hat sich unsere Zusammenarbeit schlagartig verschlechtert. Wahrscheinlich hat sich Friedhelm vorher immer nur zusammengerissen und angepasst. Na, Reisende soll man nicht aufhalten.«

Gesa streichelt ihrem Freund den Arm. »Ihr seid einfach zwei grundverschiedene Dickköpfe, du und der Friedhelm. Was hat er denn jetzt vor? Weißt du etwas darüber?«, fragt sie.

»Er schleicht seiner Dr. Rose an die Uni nach und wird dort als ihr Assi arbeiten«, antwortet Niels verbittert. »Wenn er das mal nicht bereut. Friedhelm liebt die praktische Pathologie und er hat ein feines Spürnäschen. Ich kann mir nicht vorstellen, dass ihn der trockene Lehrkram beruflich ausfüllen wird.«

Gesa presst die Lippen zusammen.

Das glaube ich auch.

»Wart's mal ab, Niels«, tröstet sie von Isenberg, »vielleicht kehrt er ja zu dir in die Rechtsmedizin zurück.«

»So einfach läuft das Wechselspiel nicht. Deine liebe Freundin Karin hat mir nicht nur den Assistenten abgeworben, sondern auch versprochen, für schnellen Ersatz zu sorgen«, klagt Niels. »Na, Prost Mahlzeit! Ich befürchte, sie schickt mir einen unerfahrenen Frischling von der Uni«, schimpft er. Dann lüftet von Isenberg seine Maske und spukt wütend in den Sand.

Gesa fühlt sich angegriffen.

Das ist so typisch für Niels.

Dass er mir jetzt meine Freundschaft zu Karin vorhält.

Er wird immer gleich persönlich, sobald es bei der Arbeit Probleme gibt.

Gesa ärgert sich.

Karin hätte mir ruhig etwas sagen können, denkt sie und nimmt sich vor, heute mit ihrer langjährigen Freundin zu telefonieren und ein Treffen zu vereinbaren. Das letzte ist auch schon vier Wochen her, muss sich Gesa eingestehen.

Niklas, der das beginnende Streitgespräch zwischen Gesa und ihrem Freund von Isenberg mit Zurückhaltung verfolgt hat, bohrt mit seinem Sneaker vor Langeweile Löcher in den Dünensand.

»Ich finde, wir verabschieden uns dann mal wieder«, meint er ungeduldig. »Wolltest du nicht mit dem Staatsanwalt telefonieren, Gesa?«

Dr. von Isenberg sieht ihn dankbar an. »Guter Vorschlag! Ich möchte nämlich endlich weiterarbeiten,

bevor mir die Tote unter den Händen wegschmilzt.«
Gesa schaut auf die Uhr.
»Alles klar, Niels, und wegen Friedhelm reden wir noch einmal in Ruhe.«
»Ja, ja. Tschüs, ihr zwei«, murmelt von Isenberg und wendet sich wieder der toten Frau zu.
Als Gesa und Niklas über die Dünen hoch zum Strandweg laufen, schlägt die Hauptkommissarin vor, am Parkplatz vorbeizugehen, um mit dem Zeugen Weber zu reden.
Niklas wundert sich. »Sollte das nicht der Kollege Iversen für uns übernehmen?«
»Ich weiß ...« Sie stockt. »Aber sicher ist sicher.«
»Gesa!« Niklas droht ihr spaßeshalber mit dem Zeigefinger. »Du möchtest wohl unbedingt Zeit herausschinden, um den Pressetermin endgültig zu verpassen. Stimmt's oder habe ich recht?«
Gesa lächelt. »Beides.«

Dienstag

5. Kapitel

Gesa atmet erleichtert auf. Ihr störrischer, alter Dienstopel ist an diesem Vormittag sofort angesprungen. Dem bekommt die Hitze besser als mir, denkt Gesa und pustet sich eine Locke von der verschwitzten Stirn. Während sie den Wagen vom Parkplatz auf die Ausfahrt zur Hauptstraße lenkt, beißt Lisa, die neben ihrer Chefin im Auto sitzt, einmal kräftig in einen rotbäckigen Apfel.
»Möchten Sie auch einen, Frau Bähr?«, fragt sie mit halbvollem Mund. »Bevor uns nachher der Appetit

vergeht.«

Die junge Kriminalobermeisterin begleitet Gesa nach Kiel zu einem Termin im Rechtsmedizinischen Institut.

Dr. von Isenberg möchte den Kriminalisten erste Obduktionsergebnisse und außerdem seinen neuen Assistenten vorstellen.

»Nein, danke, Lisa. Zu viel Säure«, erwidert Gesa und greift in das Seitenfach der Wagentür, um sich ein Pfefferminzbonbon herauszunehmen. »Ich erfrische mich lieber anderweitig.«

Sie lächelt Lisa an. »Keine Sorge. Unser Doc geht bei der Präsentation der Toten immer sehr behutsam vor. Sie müssen nicht jeden seiner Schritte hautnah nachvollziehen.«

Lisa schluckt. Sie war bisher selten in der Pathologie zu Besuch. Die Nachricht, dass sie ihre Chefin heute begleiten soll und nicht Oberkommissar Lux, hat die junge Kriminalbeamtin am Morgen eiskalt erwischt.

Ihr Kollege Niklas Lux hat sich den Tag kurzfristig freigenommen. Er und seine Freundin Sinje Stein, die gleichzeitig seine Vermieterin ist, haben einen Notartermin wegen des Wohnungskaufs erhalten. Niklas wird Sinjes hübsche Eigentumswohnung mit der umlaufenden Dachterrasse und dem Ostseeblick kaufen, damit Sinje ihren Eltern, die unverschuldet in finanzielle Bedrängnis geraten sind, mit dem Geld aus der Patsche helfen kann.

Gesa war völlig baff, wie schnell das mit dem Kauf geklappt hat, denn um die nötige Kaufsumme für die 2-Zimmer-Wohnung aufzutreiben, hat Niklas eines seiner alten, von ihm selbst gemalten Bilder verkaufen müssen.

Der Lux und seine interessante Vergangenheit.

Davon muss er mir endlich mehr und in Ruhe bei einem Glas Wein berichten, nimmt sie sich vor.

Aber das wird noch dauern.

Zuerst steht Arbeit an. Es gibt eine unbekannte Tote.

Während Gesa über die Landstraße braust, schielt sie ängstlich auf die Anzeige an ihrem Tacho.

Lisa schmunzelt. »Keine Sorge, Frau Bähr. Ich habe alles im Blick.«

Gesa nickt schuldbewusst. Sie hat ihr Punktekonto in Flensburg erst vor zwei Monaten ordentlich aufgestockt. »Die kontrollieren immer dort, wo man es gar nicht vermutet«, schimpft sie und wird rot. Vor Lisa ist der Hauptkommissarin ihre Verfehlung ein wenig peinlich.

»Erzählen Sie doch einmal ausführlich von dem gestrigen Pressetermin!«, bittet sie die Kollegin, um das für sie so leidige Thema um ihren rasanten Fahrstil schnell zu beenden. »Stefan hat mir nur kurz ein paar Dinge berichtet, aber dann rief ja der Doc an, und wir sind nicht mehr zum Ende gekommen.«

Lisa kurbelt das Autofenster ein Stück herunter und wirft ihren Apfelgriebs mit Schwung entgegen der Fahrtrichtung in den Straßengraben. Sie lacht dabei. »Da freuen sich die Igel«, behauptet sie fröhlich. »Der Pressetermin gestern war amüsant. Da haben Sie echt etwas verpasst, Frau Bähr.«

Gesa umklammert das Lenkrad fester und kneift die Augen zusammen.

Ganz bestimmt nicht. Ich bin froh, dass ich den Lux überreden konnte, lieber noch weitere Personen am Strand zu befragen.

Obwohl es umsonst war.

Niemandem ist etwas Besonderes aufgefallen.

»Schön, dass bei dem Termin alles gut geklappt hat«,

sagt sie zu Lisa, »Stefan erwähnte, dass der Schauspieler Oskar Sturm ebenfalls mit in unserer Dienststelle war. Ich hoffe doch, nur in dem für die Besucher zugänglichen Bereich ...«

»Was denken Sie denn von uns!«, entrüstet sich Lisa. »Natürlich. Alles spielte sich im Großraum vor dem Empfangstresen ab. Dass am Strand Heidkate eine Tote gefunden wurde, hatte sich allerdings schon wie ein Lauffeuer im Ort herumgesprochen. Bevor die Journalistin mit ihrem Kameramann und dem Fotografen zu uns nach oben gekommen ist, wussten alle bereits darüber Bescheid. Deshalb ist der Herr Sturm auch mitgekommen und hat uns seine Visitenkarte dagelassen, falls wir Unterstützung benötigen. Er würde die Augen offenhalten, denn nach fünfundzwanzig abgedrehten Vorabendfolgen seines Spreewaldkrimis wüsste er genau, was in so einem Fall zu tun sei.«

Gesa ist irritiert und überlegt, ob sie lachen oder sich aufregen soll.

Ein Fernsehkommissar bietet uns im Beisein der Presse Hilfe an.

So weit ist es mit unserem Personalmangel gekommen.

Am liebsten würde Gesa ihre Augen schließen und glauben, dass sie träumt. Da sie Auto fährt, tritt sie vor Ärger nur einmal kräftiger auf das Gaspedal.«

»Frau Bähr!«, ruft Lisa erschrocken.

Sofort nimmt Gesa die Geschwindigkeit zurück.

»Entschuldigung, ich war in Gedanken. Erzählen Sie ruhig weiter.«

Lisa schaut leicht konsterniert zu ihrer Vorgesetzten, die ihr plötzlich gar nicht mehr begeistert darüber scheint, wie der gestrige Pressetermin abgelaufen ist.

Dann hätte sie eben dabei sein müssen.

Oder absagen.

»Das Interview mit Stefan und mir bekommen Sie, bevor es gedruckt wird, zum Gegenzeichnen zu lesen«, versichert Lisa der Hauptkommissarin. »Da kann nichts passieren, Frau Bähr. Wir haben uns sachlich, aber bürgernah präsentiert, genau so, wie wir es abgesprochen haben. Durch Herrn Sturm bekommen wir sogar zusätzliche Aufmerksamkeit, hat die Frau von der Ostseebild gemeint.«

»Na, ich weiß nicht, ob wir diese während der laufenden Ermittlungen so gut gebrauchen können«, nörgelt Gesa, die sich inzwischen noch mehr, diesmal aber über sich selbst ärgert.

Ich hätte die Kollegen nicht allein lassen dürfen.

Nun darf ich mich nicht beschweren.

Das ist ja völlig aus dem Ruder gelaufen.

Wie soll uns jetzt noch einer ernst nehmen? Die werden sich in Kiel schlapp lachen über uns.

»Was hat dieser Fernsehkommissar denn überhaupt mit uns am Sonnenhut, verdammt?«, fragt Gesa streng. »Wie kommt die Pressetante darauf, dass der uns die nötige Aufmerksamkeit verschaffen könnte?«

Lisa kommt ins Stocken. »Äh ... er ist auf einem der Fotos, die vor unserem Empfangstresen geschossen wurden, mit auf dem Bild. Anstelle eines Bürgers, der ein Anliegen hat. Damit es authentisch aussieht.«

Gesa kichert gekünstelt.

»Authentisch?«, krächzt sie und hustet, da sie sich vor Aufregung an ihrem Bonbon verschluckt hat.

»Was ist denn daran echt, wenn ein bekannter Schauspieler, der sonst einen Kommissar spielt, als Laiendarsteller für einen unserer Einheimischen oder Urlauber auftritt? Das ist so ein Blödsinn!«, schimpft sie.

»Für die Veröffentlichung dieser Bilder gebe ich niemals meine Einwilligung.«

»Es gibt ja genug andere Fotos«, erklärt Lisa schnell. »Oskar Sturm ist ohnehin nicht lange geblieben. Plötzlich erschien seine Ehefrau. Sie hat einmal kurz zur Tür hereingeschaut und gesagt, sie möchte ihren Mann dringend sprechen. Er hat sie mit ›Liebling‹ und einem Küsschen begrüßt und uns als seine Gattin vorgestellt. Herr Sturm schien von ihrem Auftauchen überrascht zu sein, fast schon erschrocken, und hat sich dann sofort von uns verabschiedet.«

Gesa verdreht genervt die Augen.

Das wird ja immer lustiger.

»Nachdem die beiden den Großraum verlassen haben«, fährt Lisa fort, »hat mir die Dame von der Presse erzählt, dass Sturms Ehefrau eine erfolgreiche Buchautorin sei. Sie schreibt unter ihrem Mädchennamen, Julia Blume, historische Liebesromane.«

»Ganz ehrlich, Lisa«, meint Gesa und muss nun doch herzhaft lachen, »ich weiß nicht, ob ich es bedauern oder gut finden soll, dass der Kollege Lux und ich gestern nicht rechtzeitig zurück gewesen sind.«

Lisa antwortet darauf lieber nicht. Sie schaut schweigend aus dem Fenster und denkt sich ihren Teil.

»Ich bin gespannt, welche Neuigkeiten Dr. von Isenberg für uns hat«, weicht sie Gesa aus, um endlich das Thema zu wechseln. »Vielleicht gibt es ein paar Anhaltspunkte, damit wir die Identität der Toten klären können.«

Gesa nickt zustimmend.

Lisa hat recht, kümmern wir uns lieber um die aktuellen Ermittlungen.

»Das hoffe ich sehr«, antwortet sie, »wir wissen bisher nicht einmal, ob die Frau an einer natürlichen Todesursache verstorben oder Opfer eines Verbrechens geworden ist.«

Gesa schaut auf die Zeitanzeige am Armaturenbrett.

»In fünfzehn Minuten sind wir schlauer«, sagt sie. »Mich interessiert außerdem, welche Perle meine Freundin Karin Rose an der Uni entdeckt hat. Sie meinte gestern Abend am Telefon zu mir, sie hätte jemanden sehr kompetenten gefunden, der gut zu unserem Doc passen würde, da er jünger und nicht so sensibel wie ihr alter Assistent Friedhelm ist.«

»Wissen Sie denn seinen Namen?«, erkundigt sich Lisa. »Ich nehme an, es ist ein Mann, so wie Sie gesprochen haben, Frau Bähr.«

»Jaja. Ein junger Mann mit Facharztabschuss in der Pathologie, bisher war er wissenschaftlicher Mitarbeiter in der von Karin neu übernommenen Abteilung. Pascal Weise ist sein Name.«

»Wie heißt er?«, ruft Lisa völlig überrascht.

»Weise. Mit Vornamen Pascal«, wiederholt Gesa und wundert sich.

Was ist denn mit Lisa los?

Sie ist ja röter als der Apfel, in den sie vorhin gebissen hat.

6. Kapitel

Nur eine Viertelstunde später wird Gesas Neugier befriedigt, denn während sie und Lisa vom Parkplatz zu dem rot verklinkerten Gebäude des Rechtsmedizinischen Instituts gehen, beichtet Lisa ihr, dass von Isenbergs Assistent höchstwahrscheinlich ihr neuer Bekannter ist.

»Freund wäre zu viel gesagt, Frau Bähr«, wiegelt Lisa

ab. Aber Gesa spürt Lisas ständig steigende Aufregung, je mehr sich die beiden dem Institut nähern. Sie schaut die junge Kollegin skeptisch von der Seite an.

»Na gut«, gibt Lisa zu, »es könnte sich etwas in diese Richtung entwickeln. Wir waren bisher zweimal abends essen und beim letzten Mal gab es einen längeren Kuss.« Lisa wird ein wenig rot im Gesicht, als sie weitererzählt: »Ich habe Pascal über eine Datingapp kennengelernt. Er lebt erst kurze Zeit in Kiel und suchte Freunde für die gemeinsame Freizeitgestaltung. Es war mir sehr sympathisch, dass er nicht sofort auf einen intimen Kontakt aus war, wie die meisten Männer, die ich bisher über dieses Portal kontaktiert habe.« Lisa kneift ihre blauen Augen zusammen: »Ich bin mir ziemlich sicher, dass Pascal Dr. von Isenbergs neuer Assistent sein muss.« Sie überlegt kurz. »Doch, er ist es. Pascal arbeitet doch als wissenschaftlicher Mitarbeiter in der Rechtsmedizin der Uni Kiel, hat er mir erzählt.«

Gesa, die ihre Hand bereits auf die gusseiserne Klinke der Eingangstür des historischen Gebäudes gelegt hat, nickt Lisa aufmunternd zu. »Dann lassen Sie uns mal schleunigst hineingehen, damit Sie endlich Gewissheit erhalten«, bittet sie. »Auf jeden Fall haben Sie Ihrem Bekannten voraus, dass Sie auf dieses unverhoffte Wiedersehen vorbereitet sind. Weiß er denn über Ihre Tätigkeit bei der Kripo Laboe Bescheid?«

Lisa schüttelt den Kopf: »Darüber gleich am Anfang zu reden, habe ich mir abgewöhnt. Die meisten Männer nehmen sofort Reißaus oder werden irgendwie komisch. Ich erzähle deshalb immer erst, dass ich Beamtin bin und im öffentlichen Dienst arbeite. Das klingt so langweilig, da fragt niemand näher nach«, erklärt sie, während Gesa schon die Tür zum Eingangsflur geöffnet hat und hineingeht.

Lisa stolpert ihr hinterher und zupft an Gesas Bluse. »Frau Bähr«, fügt sie bittend hinzu, »ich möchte Privates und Dienstliches unbedingt trennen. Falls wir tatsächlich gleich auf den Pascal treffen sollten, den ich kenne, behalten Sie es bitte für sich, ja?«

»Selbstverständlich, Lisa. Nichts anderes hatte ich vor.«

Nachdem Dr. von Isenberg die beiden Frauen begrüßt und seinen neuen Mitarbeiter in aller Kürze vorgestellt hat, ist Gesa sofort klar, dass es sich um Lisas Freund handeln muss.

So wie die sich angesehen haben.

Der junge Mann schien aber wenig überrascht, Lisa zu begegnen.

Ob er doch weiß, wo sie arbeitet?

Niels von Isenberg nimmt Gesa unter dem Vorwand, sie zuvor etwas Persönliches fragen zu wollen, beiseite und geht mit ihr in den verglasten Nebenraum des Obduktionssaals. Dort hat sich der Pathologe einen zweiten, kleinen Schreibplatz eingerichtet. Gesa glaubt, er möchte ihr endlich erklären, was er gestern mit seinem Segelboot im Hafen von Laboe vorhatte.

Warum macht er so ein Geheimnis darum?

Doch sie irrt sich. »Ist was mit dem Neuen?«, platzt Niels sofort heraus, kaum dass er die Tür hinter sich geschlossen hat. »Irgendwie seid ihr zwei heute so komisch«, meint er. »Liegt es daran, dass du deinen schlauen Lux nicht dabeihast, oder habe ich etwas verpasst?«

Gesa legt den Finger an die Lippen und schaut erschrocken durch die Scheibe. »Nicht so laut«, zischt sie.

Pascal Weise nimmt gerade das Tuch vom Leichnam der jungen Frau herunter. Dabei lässt er Lisa nicht aus den Augen. Sie wendet sich verschämt ab. Gesa erkennt selbst aus einigen Metern Entfernung und durch die Scheibe, dass ihre Kollegin noch blasser ist als die Tote auf dem Seziertisch.

Die Arme. Bestimmt wird ihr gleich übel.

Von Isenbergs neuen Assistenten scheint Lisas Zustand nicht weiter zu kümmern. Seelenruhig rollt er die vorbereitete Präparierstation neben den Metalltisch mit der Leiche und beginnt, auf Lisa einzureden.

Nun wird es Gesa zu bunt.

»Lass uns bloß schnell wieder in den Saal zurück, Niels«, bitte sie von Isenberg, ohne seine anfängliche Frage zu beantworten.

Er sieht jetzt ebenfalls, dass Lisa kreidebleich geworden ist.

»Pascal!«, ruft er. »Bitte decke die Tote wieder zu! Was ich zu sagen habe, geht erst einmal ohne Inaugenscheinnahme«, erklärt er dem jungen Mann.

Lisa wirft dem Pathologen einen dankbaren Blick zu.

»Nehmen Sie sich doch gern einen Stuhl, Frau Rückert«, meint er zu ihr, »dann ertragen Sie und Ihr Kreislauf es sicher leichter.«

Gesa schielt auf die Edelstahlschalen, die in die Präparierstation eingehängt wurden.

Die dürfen ruhig zubleiben, denkt sie erschrocken, während

von Isenberg zu dem Sideboard an der Wand geht, dort einen dünnen Plastikschnellhefter aufschlägt und konzentriert durch die Seiten blättert.

Gesa unterdrückt ein Gähnen.

Niels macht es heute aber wieder spannend.

Um sich die Zeit zu vertreiben, mustert sie derweilen unauffällig den neuen Assistenten des Rechtsmediziners.

Ein sportlicher Anfang-Dreißiger mit einem sympathischen Allerweltsgesicht.

Hinter der leicht getönten, randlosen Brille sind seine Augen schlecht erkennbar und er hat fast so raspelkurze Haare wie Niels, stellt Gesa fest. Nur dass die Haare von ihrem Freund weißblond sind und die von Pascal Weise braun.

Gefällt mir, der junge Mann.

Lisa hat Geschmack.

»Gesa?«, flüstert Niels ihr ins Ohr. »Darf ich anfangen?«

Was ist denn heute nur mit ihr los?

Der erfahrene Rechtsmediziner hat sich akribisch vorbereitet. Er liebt seine Auftritte vor den Kriminalbeamten, vor allem, wenn er in kurzer Zeit so viel Überraschendes herausgefunden hat.

Gesa wird beeindruckt sein.

»Ja, ja. Schieß los, Niels!«

»Das ca. dreißigjährige, weibliche Opfer ...«, beginnt er und senkt seine Stimme sofort wieder zu einer Kunstpause.

Gesa stutzt.

Also doch keine natürliche Todesursache.

Zu früh gefreut.

Wir haben es mit einem Verbrechen zu tun.

Niels schaut sie zustimmend an. »Ich weiß, was du denkst, Gesa. Richtig vermutet«, bestätigt er, »ich rede von einem Opfer, da die junge Frau leider ermordet wurde. Sie ist vergiftet worden, und zwar mit Digitalis.«

Lisa, bei der wieder etwas Farbe in ihr blasses Gesicht zurückgekehrt ist, hakt sogleich nach: »Digitalis?«, fragt sie überrascht. »Gibt es denn so etwas heute noch? Einen Mord mit dem Gift des Fingerhuts?«

»Selbstverständlich, natürlich muss niemand mehr den Pflanzensaft pressen, um an das Herzgift zu gelangen. Das geht viel eleganter. Da reicht der Gang zur Apotheke. Pascal hat euch eine Liste mit verschreibungspflichtigen Medikamenten zusammengestellt, die dafür infrage kommen könnten.«

»Na, ganz so einfach ist es auch nicht«, wirft Gesa ein. »Zuerst muss sich der Mörder beim Arzt ein Rezept besorgen.«

»Oder die Mörderin«, widerspricht ihr Dr. von Isenberg. »Giftmorde werden statistisch gesehen eher von Frauen begangen.«

Gesa verdreht die Augen.

Das weiß ich selbst.

Was soll die Wortklauberei?

Niels hat es nicht nötig, sich vor dem Neuen zu profilieren.

Dr. von Isenberg setzt jetzt zu einer seiner komplizierten wissenschaftlichen Erklärungen über den Vergiftungsvorgang an.

Nach einer halben Minute hebt Gesa energisch die Hand und bremst ihn aus: »Danke, Niels. Den Rest lesen wir im Protokoll nach. Zusammengefasst: Die Frau hat die tödliche Dosis mit der Nahrung aufgenommen. Beim Essen oder beim Trinken?«

»Eher durch ein Getränk, würde ich vermuten«, antwortet der Rechtsmediziner. »Ihr Magen war weitestgehend geleert. Dafür haben wir in ihrem Uterus etwas gefunden. Die Frau war schwanger, schätzungsweise in der 10. Woche. Wir haben den Fötus entnommen und lassen die DNA bestimmen.«

Lisa verzieht mitfühlend das Gesicht.

Die arme Frau.

Sie wäre Mutter geworden.

Auch Gesa hält kurz den Atem an. Scheiße, denkt sie, aber sie lässt sich nichts anmerken.

»Donnerwetter, Niels«, lobt sie den Pathologen, »da ist ja einiges an neuen Erkenntnissen zutage getreten. Alle Achtung dafür! Was du in der kurzen Zeit vorzuweisen hast ...«

Von Isenberg strahlt vor Stolz.

»Das wollte ich hören, Gesa«, sagt er und zeigt dann sofort mit der Hand auf seinen neuen Assistenten: »Ich hatte allerdings kompetente und fleißige Unterstützung«, gibt er zu, »sonst wären die zahlreichen Untersuchungen in der Kürze nicht zu schaffen gewesen.«

Gesa glaubt ihren Ohren nicht zu trauen.

Niels lobt den Neuen schon am ersten Tag.

»Als ich gestern Nachmittag fast zeitgleich mit dem Leichenwagen in der Rechtsmedizin eingetroffen bin«, erzählt von Isenberg weiter, »hatte Pascal schon alles vorbereitet und er ist bis zum späten Abend geblieben, obwohl sein erster offizieller Arbeitstag heute beginnt.«

»Herzlichen Glückwunsch!« Gesa nickt dem neuen Assistenten anerkennend zu. »Einen Einstand nach Maß nennt man das wohl.«

Pascal Weise blickt bescheiden zu Boden.

»Danke schön, ich gebe mein Bestes«, antwortet er mit ernster Miene, während Lisa ihn vorsichtig anlächelt. Auf ihren Wangen zeichnet sich sogar ein Hauch von Rosa ab.

Gesa schmunzelt innerlich.
Sie ist verliebt.
Das erkennt ein Blindfisch in der Nacht.
Dr. von Isenberg lüftet jetzt das Tuch vom Kopf der Toten und schlägt es bis zum Brustansatz zurück.
»Keine Sorge. Mehr müssen wir uns nicht gemeinsam ansehen«, erklärt er mit einem verständnisvollen Blick auf Lisa. Dann dreht er sich suchend im Obduktionssaal um.
Wo ist denn Pascal geblieben?, denkt er leicht verärgert.
Eben habe ich ihn noch gelobt.
Aber sein neuer Assistent hat Lisa nur schnell ein Glas Wasser geholt, das er ihr gerade zu ihrem Platz neben dem Seziertisch bringt.
Gesa beugt sich derweilen über das Gesicht der Toten. Voller Respekt hält sie inne.
Es sieht aus, als ob sie schläft.
Wer hat dir das nur angetan? Und warum?
Ich werde es herausbekommen.
Von Isenberg schaut streng zu Pascal, der immer noch neben Lisa steht.
»Ich benötige deine Hilfe!«, rügt er ihn. »Du musst doch die Lider aufhalten.«
Wortlos greift Pascal nach einer Zange aus dem Besteckkasten vom Präparierwagen und geht seinem Chef damit zur Hand.
»Siehst du die Sandkörner in ihren Augen, Gesa?«, fragt von Isenberg. Er hält ein Vergrößerungsglas über die starren Augäpfel der Frau.
»Ja, ich erkenne es deutlich.«
»Die stammen nicht vom Fundort der Leiche. Ihre Struktur ist viel gröber als der feine Dünensand, in dem sie lag.«

»Aha. Sehr aufmerksam, Niels«, lobt Gesa. »Denkst du an Kies oder Bausand?«

»Beides halte ich für möglich. Ich habe ein paar Körner separiert und an das Labor der Kriminaltechnik weitergereicht.«

»Prima. Mensch, du kannst bei uns anfangen«, scherzt Gesa.

»Na, irgendetwas muss ich ja auch allein hinbekommen«, erwidert Niels mit einem Seitenblick auf Pascal. »Ihm war an den Augen nämlich zuerst nichts Besonderes aufgefallen.«

Gesa sieht, wie der junge Mann angesäuert die Mundwinkel verzieht.

Sie kann seine Enttäuschung spüren.

Tja, so ist er unser Doc, denkt sie. Eben hat er dich gelobt und schwupp, relativiert er wieder alles. Er ist einfach sehr sprunghaft in seinen Äußerungen. Das hat Friedhelm wahrscheinlich auf Dauer nicht ertragen wollen. Dabei meint es Niels nie böse.

Ich kenne ihn ja besser und anders.

Sie seufzt innerlich.

Aber mein Chef dürfte er nicht sein.

Am besten, Lisa und ich machen uns jetzt auf den Rückweg, bevor Niels sich noch in eine seiner Profilneurosen hineinsteigert.

Dann ist der Neue gleich wieder weg, und das will schließlich keiner von uns.

7. Kapitel

»Thomas!«, jubelt Mila und fällt ihrem Freund vor Entzücken um den Hals. »Die Villa ist ein Traum!«

Ein zufriedenes Lächeln gleitet über das gebräunte Gesicht des dreiundfünfzigjährigen Immobilienmaklers. Er versucht sich sanft aus der Umklammerung seiner jungen Freundin zu befreien und küsst Mila zärtlich in den Nacken.

»In der Tat, so etwas Schönes sehe ich auch nicht alle Tage«, murmelt Thomas beim Anblick der reetgedeckten, weißen Strandvilla. Was für ein Glück, dass diese Ferienvilla nach dem Fauxpas mit der fehlgeschlagenen Hotelbuchung noch zu mieten war. Wenn ich mit der Firma nur zwei davon im Jahr vermitteln könnte, wäre mein Jahresumsatz gesichert, denkt er neidisch und setzt Mila, die weiter an seinem Hals klammert und ihre Endlosbeine um seine Hüften geschlungen hat, vorsichtig in dem aufgeschütteten Kies vor dem Eingang ab.

»Aua«, kreischt sie, »hier pikt was!« Mit schmerzverzerrtem Gesicht hebt sie ihren nackten Fuß an.

Thomas bückt sich sogleich zu ihr hinunter: »Lass mal sehen!« Als er ihre zierliche Fessel umfasst und Milas Fuß zu sich dreht, erschrickt er. »Da steckt ja eine Tonscherbe in deinem Ballen.«

Mila verzieht ihren hübschen kleinen Mund und bläst die Wangen auf. »Puh, so ein Mist aber auch!«, schimpft sie und lächelt tapfer. »Dabei sollen Scherben doch Glück bringen.«

Ihr Freund runzelt besorgt die Stirn: »Ich habe dich davor gewarnt, hier barfuß entlangzulaufen. Man weiß nie, was die Leute so alles auf den Weg werfen.« Er schüttelt den Kopf und fährt sich nervös durch seine

vollen graumelierten Haare.
»Aber ich liebe es nun einmal und bei der Hitze ist Schuhe zu tragen einfach Folter«, erwidert Mila und wirft trotzig ihre rotblonden Locken in den Nacken. »Die zwanzig Meter von der Parkbucht über den Dünenweg bis zur Villa habe ich wirklich nicht für gefährlich gehalten.«
Thomas kniet inzwischen im Sand vor ihr und betrachtet weiterhin kritisch die Scherbe in ihrem Fuß. »Die muss raus und anschließend desinfizieren wir die Wunde gründlich. Vielleicht ist es besser, wenn nachher ein Arzt draufschaut«, meint er fürsorglich.
Mila lacht laut auf. »Na, jetzt kommt wohl der Papa in dir durch!«, spottet die temperamentvolle Achtundzwanzigjährige und zieht die Scherbe ohne viel Federlesens aus ihrem Fuß heraus.
Sie legt das Corpus Delicti neben einen mit rosafarbenem Oleander bepflanzten, nagelneuen Terrakottakübel am Hauseingang. »Ich kann die Scherbe ja nicht in die Gegend werfen, sonst tritt womöglich wieder jemand darauf«, begründet sie ihr Tun. »So, und nun darfst du mich über die Schwelle tragen, mein edler Ritter.«
»Mhm«, antwortet Thomas nur. Er ist kurz gekränkt. Mila hatte zuvor den wunden Punkt des geschiedenen Familienvaters getroffen, denn seine quirlige Freundin ist fünfundzwanzig Jahre jünger als er. Als sich die Immobilienkauffrau vor drei Jahren, unmittelbar nach ihrer Ausbildung, in seinem erfolgreichen Maklerbüro beworben hat, war es um Thomas Bertram geschehen. Er stellte sie nicht nur als seine Assistentin ein, sondern verliebte sich auch Hals über Kopf in Mila.
Seine Ehe mit der Rechtsanwältin Heide bestand zu diesem Zeitpunkt ohnehin nur noch auf dem Papier

und ihre beiden Kinder waren das Einzige, was sie partnerschaftlich miteinander verband.

Inzwischen ist Thomas glücklich geschieden, wie er es nennt. Das Verhältnis zu seiner Exfrau war von Anfang an freundschaftlich. Seit sie ebenfalls einen neuen Lebenspartner hat, ist es geradezu tiefenentspannt geworden. Im Freundes- und Bekanntenkreis werden Thomas und Heide darum beneidet, wie gut sie alles miteinander geregelt haben.

Thomas ist glücklich darüber, dass sich seine Kinder, der zehnjährige Tamo und die sechzehnjährige Tanja, nach einer kurzen Gewöhnungsphase gut mit Mila verstehen. Tanja pflegt inzwischen sogar ein inniges Verhältnis zu der neuen Lebensgefährtin ihres Vaters. Thomas beobachtet diese Entwicklung seit geraumer Zeit mit einer gewissen Sorge. Er befürchtet, Mila könnte in puncto Jungsbekanntschaften einen zu großen Einfluss auf seine Tochter haben.

Tanja ist doch noch ein Kind.

Na gut. Sie ist sechzehn.

Mila, die auf einem Bein neben ihm steht, stupst ihn an.

»Was ist denn nun, Thomas? Willst du nicht endlich die Villa aufschließen?«

»Doch, doch, natürlich«, antwortet er.

In der Villa humpelt Mila als Erstes in das riesige Wannenbad mit ebenerdiger Regendusche und hält ihren verletzten, nackten Fuß vor den bodentiefen Spiegel. Zum Glück ist die Wunde gar nicht tief und es tut auch nicht mehr weh, findet sie und tupft das angetrocknete Blut mit feuchtem Toilettenpapier ab.

Thomas macht sich umsonst Sorgen.

Mila lächelt entschlossen.

Ich werde ihn gleich auf andere Gedanken bringen.

Wohlwollend betrachtet sie sich in dem riesigen Kristallspiegel. Die schlanke, gut proportionierte Achtundzwanzigjährige ist zufrieden mit dem, was sie sieht. Ihre hellbraunen Augen leuchten wie Bernsteine. Viel Schminke benötigt und benutzt sie nicht, denn obwohl ihre Haut sehr hell ist und sie lange, rotblonde Haare hat, sind Milas Wimpern und Augenbrauen von Natur aus dunkel.

Übermütig wirft sie ihrem Spiegelbild eine Kusshand von ihren vollen Lippen zu.

Danke, Mama, für die guten Gene.

In wenigen Sekunden hat sich die junge Frau ihr Sommerkleid und den Tangaslip vom Körper gestreift.

»Thomas! Komm mal bitte ins Bad!«, ruft sie.

Ihr Freund, der das Erdgeschoss der Villa inzwischen in Ruhe inspiziert hat, steckt den Kopf zur Badezimmertür hinein.

»Lass uns duschen. Ich bin total durchgeschwitzt«, bittet Mila ihn.

»Soll ich nicht lieber erst das Gepäck aus dem Auto holen?«, fragt Thomas. Doch als er seine Freundin nackt in der riesigen, ebenerdigen Dusche stehen sieht, schießt ihm sofort das Blut in die Lenden und er überlegt es sich anders.

»Ich kann dir natürlich auch den Rücken einseifen«, flüstert er. Seine braunen Augen verdunkeln sich vor Erregung. Mindestens genauso schnell wie zuvor Mila entledigt sich nun auch Thomas der wenigen Kleidungsstücke, die er bei der Hitze trug. Anschließend stellt er sich zu ihr unter die mit sanftem Wasserdruck prasselnde Regenbrause.

Mila hat bereits einen Klecks von dem nach Pfirsich

duftenden Shampoo aus dem weißen Spender entnommen und auf ihren Handflächen verteilt. Ehe Thomas etwas unternehmen kann, drängt sie ihn an den Rand der Duschkabine, bis er mit dem Rücken an den kühlen Kacheln lehnt. Dann beginnt sie sofort, ihn mit dem schäumenden Gel um seinen Bauchnabel herum zu massieren. Thomas schließt die Augen. Er stöhnt leise auf, als ihre weichen, warmen Hände sich immer weiter nach unten vortasten.

Die Frau macht mich wahnsinnig.

»Mehr«, keucht er, während er nach ihrem Kopf greift. Dann setzt sein Verstand aus.

Der Urlaub wird traumhaft.

Glücklich und erschöpft betrachtet Thomas seine mit ruhigen Atemzügen neben ihm liegende Freundin auf dem Kingsize-Bett. Er kann kaum glauben, welche lebhafte Wendung sein früher vorrangig auf den beruflichen Erfolg ausgerichtetes Leben genommen hat, seit er es mit Mila teilt.

Verliebt wie ein Teenager beobachtet er die Schlafende.

Sie ist ein Teufel in Engelsgestalt.

Wenn er an die vergangenen Stunden mit ihr zurückdenkt, schießt sein Puls sofort wieder in die Höhe. Mila löst jedes Mal ein Feuerwerk an Gefühlen in ihm aus und er hat längst gemerkt, dass sein Verlangen nach ihr nicht einseitig ist. Er spürt er, dass sie es genauso liebt, von ihm begehrt zu werden, und der Altersunterschied bei der körperlichen Anziehung zwischen ihnen keine Rolle spielt.

Die beiden sind, nachdem Thomas die Sachen aus dem Wagen ins Haus geholt hat, heute einfach den restlichen Tag in der klimatisierten Villa geblieben und haben auch den Nachmittag hauptsächlich im Bett verbracht.

Der Strand und das Meer laufen uns ja nicht weg.

Außerdem entzündet sich Milas Schnittwunde womöglich in dem aggressiven Salzwasser.

Behutsam streicht Thomas seiner Liebsten eine rotblonde Locke, die sich beim Atmen immer wieder hebt und senkt, aus dem feingeschnittenen Gesicht. Mila schnieft einmal kurz und zieht ihre Stupsnase kraus. Dann dreht sie sich zur Seite und schläft weiter.

Thomas lächelt zufrieden.

Jetzt schnarcht sie sogar leise.

Er überlegt, womit er Mila zum Abendbrot überraschen könnte.

Ich werde auf meinem Tablet im Internet nachschauen, wo es hier ein schönes Restaurant in der Nähe gibt, denkt er und setzt sich auf. Dann schiebt er das dicke Daunenkissen neben sich beiseite und klettert vorsichtig aus dem Bett.

Auf Zehenspitzen laufend, verlässt der durchtrainierte Dreiundfünfzigjährige splitternackt das Schlafzimmer, ohne seine Kleidung, die auf dem Boden verstreut liegt, aufzuheben. Während er an der Spiegeltür des mehrere Meter langen Wandschranks vorbeigeht, wirft er schnell einen kontrollierenden Blick auf seinen Bauch.

Gut, dass ich wieder mit dem Joggen angefangen habe.

Als Thomas anschließend das Wohnzimmer der reetgedeckten Ferienvilla betritt, wundert er sich, weil der eine Sessel exakt im selben Winkel wie der zweite vor dem Couchtisch steht.

Seltsam.

Er kann sich noch genau erinnern, dass sich dieser bei einem heißen Liebesakt mit Mila, die dabei bäuchlings über der Lehne lag, in Richtung Kamin verschoben hat.
Hat sie etwa zwischendurch aufgeräumt?
Dann entdeckt Thomas sein Mobiltelefon auf dem Sideboard. Er hatte es vorhin kurz vermisst. Aber die aufregenden Stunden mit Mila haben seine Gedanken daran schnell wieder verfliegen lassen.
Ich muss es bei der Ankunft hier abgelegt haben.
Komisch.
Hatte ich denn nicht bereits auf dem Sideboard nachgesehen?
Dein Handy brauchst du jetzt nicht, hat Mila ihn getröstet, es würde die Zweisamkeit nur stören.
Sie kennt mich eben, denkt Thomas schmunzelnd.
Sobald ich eine Nachricht erhalte, muss ich diese prüfen.
Berufskrankheit. Es könnte ja ein Geschäft platzen.
Außerdem ist es wegen der Kinder, rechtfertigt sich Thomas vor sich selbst. Vater ist man Tag und Nacht, da gibt es nie eine Auszeit, solange sie nicht erwachsen sind. In dieser Angelegenheit ist sich Thomas eher mit seiner Exfrau Heide einig als mit seiner jungen Freundin.
Mila kann da einfach noch nicht mitreden.
Sie meint, er klammere zu sehr. Vor allem die sechzehnjährige Tanja würde unter seiner übertriebenen Fürsorge leiden, behauptet Mila. Tanja hätte sich ihr neulich anvertraut.
Ich muss mal dringend mit meiner Tochter ein Vieraugengespräch führen, nimmt sich Thomas vor. Dann schaltet er sein Handy ein.
Schiet! Fünf Nachrichten.
Alle von Tanja.
Thomas wird blass.

Seine Kinder, Tamo und Tanja, sollten heute mit ihrer Mutter in den Urlaub auf Kreta fliegen.

Es wird doch nichts passiert sein?

Mit zittrigen Händen wählt Thomas sofort die Nummer seiner Tochter.

»Papa«, stöhnt sie, »na endlich! Wo bist du? Tamo und ich sitzen in der Lobby dieses Nobelhotels und warten auf dich. An der Rezeption wurde uns gesagt, du hast gar nicht erst eingecheckt, wegen einer Überbuchung. Stimmt das?«

»Ja«, stammelt Thomas, »aber warum seid ihr nicht auf Kreta?«

»Ist nicht wahr!«, mault Tanja. »Du weißt es nicht? Dann hast du also keine meiner Nachrichten abgehört?«

»Ich hatte das Handy verlegt«, gibt ihr Vater kleinlaut zu.

Tanja lacht. »Ach, wahrscheinlich bist du mit Mila nur nicht aus dem Bett gekommen«, meint sie schon wieder halb versöhnlich. »Wo bist du denn und wann kannst du uns abholen? Tamo hat in der Lobby bereits für über 50 Euro Getränke konsumiert.«

Thomas räuspert sich verlegen. »Natürlich hole ich euch ab, Tanja«, verspricht er ihr, »aber ich möchte vorher gern wissen, warum ihr nicht wie vereinbart mit eurer Mutter im Urlaub seid.«

»Äh, sorry, stimmt. Ich erkläre es dir gleich, du hast ja meine Nachrichten bisher nicht abgehört.« Tanja schnieft laut. »Mama ist heute früh auf dem Weg zum Taxi an der Bordsteinkante umgeknickt und hat sich den Knöchel gebrochen. Sie liegt im Krankenhaus und soll operiert werden. Unsere Reise hat sie gecancelt. Die Rücktrittsversicherung wird alles Weitere regeln, behauptet sie. Als Anwältin muss sie es ja wissen. Tamo und ich sind deshalb mit unserem Gepäck gleich zum Bahnhof weiter und mit dem Zug von Köln nach Kiel gefahren. Von dort haben wir uns ein Taxi zu dem Strandhotel genommen, wo wir dich angeblich treffen würden. So war jedenfalls Mamas Plan. An der Ostsee ist es zurzeit ähnlich heiß wie in Griechenland, meinte sie, und da würde es mit unseren bereits gepackten Sachen für die nächsten 14 Tage prima passen. Sie wollte uns auf keinen Fall allein zu Hause lassen, während sie im Krankenhaus liegt.«

Thomas schüttelt den Kopf.

»Mir tut es wirklich leid für eure Mutter, aber wie hat sie sich das denn vorgestellt? Es ist Hauptsaison und in der Suite, die ich ursprünglich für Mila und mich gebucht hatte, wäre kein Platz mehr für euch gewesen.«

»Mist. Das habe ich Mama auch gesagt, aber sie war felsenfest davon überzeugt, dass dir schon etwas einfallen würde.«

»Da hat sie wie immer recht und außerdem Glück im Unglück«, antwortet Thomas mit angesäuerter Miene. *Heide hätte mich wenigstens vorher fragen können.*

»Ich habe als Alternative zu dem doppelt belegten Hotelzimmer eine Luxusstrandvilla mit zwei Badezimmern und drei Schlafzimmern gemietet«, berichtet er seiner Tochter. »Es war purer Zufall, dass die wunderschöne Villa kurzfristig frei geworden ist.«

»Juchhu!«, jubelt Tanja. »Dann holst du uns gleich ab?«

»Moment, ich muss erst Mila Bescheid sagen. Sie schläft gerade.«

»Jetzt schon?«, fragt Tanja. »Es ist kurz nach 6 Uhr abends.« Sie grinst. »Wusste ich es doch, Papa! Ihr seid den ganzen Tag im Bett geblieben.« Dann atmet sie erleichtert aus. »Danke, dass du uns aufnimmst. Wir werden euch bestimmt nicht stören. Gibt es denn in der Nähe etwas zum Shoppen?«

»Weiß ich nicht. Wir sind selbst erst heute angereist. Lass dich überraschen, Liebes. Ich melde mich gleich wieder bei dir. Tschüs, bis dann!«, sagt Thomas und beendet das Gespräch.

Als er langsam zu Mila ins Schlafzimmer zurückgeht, verdreht er die Augen vor Verzweiflung.

Ab jetzt wird es ein Urlaub zu viert.

Wie soll ich ihr das nur erklären?

Mittwoch

8. Kapitel

»Moin, moin, ihr Lieben!«, Gesa begrüßt ihr vollständig versammeltes Team zur morgendlichen Besprechung im Großraum.

»Es kommt ordentlich Arbeit auf uns zu«, verkündet sie, »unser Doc hat uns einen klassischen Mord an Land gezogen. Wie Lisa und ich euch gestern Nachmittag schon berichtet haben, ist die junge unbekannte Frau, die in den Dünen am Strand Heidkate gefunden wurde, nachweislich mit Digitalis vergiftet worden. Korrekter ausgedrückt, mit einem bei Überdosierung oder Fehlmedikation in gleicher Weise wirkenden Herzmedikament.«

Niklas nickt Gesa kurz zu, dabei presst er konzentriert die Lippen aufeinander und widmet sich sofort wieder der Zeichnung in seinem Block, die er am

Abend zuvor begonnen hat. Seit er, um genügend Geld für den Kauf der Wohnung aufzutreiben, ein neues Bild malen musste, findet er wieder mehr Gefallen daran, seine Gedankengänge in Skizzen festzuhalten.

Gesa hatte Niklas, der ja wegen eines Notartermins verhindert war, das Ergebnis ihres Besuchs in der Rechtsmedizin per Nachricht auf sein Handy zukommen lassen.

Lisa beobachtet den Oberkommissar. Neugierig verfolgt sie jeden einzelnen Strich, den er auf seinem Blatt zieht. An Lisas glänzenden Augen erkennt Gesa sofort, dass sie sich wahrscheinlich gestern nach Feierabend noch mit Pascal Weise getroffen hat. Gesa hatte ja auf dem Rückweg mitbekommen, dass er ihrer Kollegin andauernd Nachrichten gesendet hat.

Wie schön für Lisa.

Bei Stefan hat es ja schon vor einer Weile ordentlich gefunkt.

Auch Stefan interessiert, was Niklas auf dem weißen Papier vor sich zaubert, aber bei dem jungen Kriminalmeister ist es weniger aus ermittlungstechnischem Interesse. Er möchte seine Freundin Olivia zum Geburtstag mit einem selbstgemalten Porträt überraschen und hofft dabei auf Niklas' Unterstützung. Ob ich ihn nach Feierabend einfach deshalb anspreche?, überlegt Stefan.

Gesa schaut in die Runde. Sie stellt mit Verwunderung fest, dass außer Niklas jeder aus dem Team gedanklich mit anderen Sachen beschäftigt ist. Selbst Lasse, der sonst immer aufmerksam an ihren Lippen hängt, wenn es einen neuen Fall zu klären gibt, scheint heute abgelenkt zu sein.

»Was ist das für ein Buch, Lasse, das Sie da ständig in Ihren Händen hin und her schieben? Das macht mich offen gesagt ein bisschen wuschig«, sagt sie und schaut dem Polizeischüler dabei streng in seine blauen Augen. »Trägt das Buch denn in irgendeiner Art zu unseren Ermittlungen bei?«

»Es ist von meiner Mutter«, erklärt der Rotschopf aufgeregt.

Stefan grinst. »Dann ist es ein Backbuch«, rät er. »Wahrscheinlich hat deine Mutter keine Lust mehr, uns ständig mit Kuchen zu versorgen, und stellt uns stattdessen ihre Rezepte zur Verfügung.«

Lisa, die wie immer gut auf die Teamsitzung vorbereitet ist und eine Liste mit den vermissten Personen der letzten Wochen vor sich zu liegen hat, schaut Stefan empört an.

Nimmt er die Dienstbesprechung denn nicht ernst?

Es gibt ein Mordopfer.

Gleich wird Frau Bähr sauer.

Aber Gesa trägt die Angelegenheit zum Glück mit Humor. »Ist es so, Lasse?«, fragt sie ihn. Lasse ist aufgrund der Situation puterrot angelaufen.

Ich habe es völlig falsch angefangen, ärgert er sich.

»Quatsch!«, erwidert er. »Es handelt sich um ein Fotoalbum. Dort sind Bilder und Zeitungsartikel eingeklebt, die meine Mutter jahrelang zu Oskar Sturm gesammelt hat.«

Niklas wundert sich. »Was sollen wir denn damit?«, erkundigt sich der Oberkommissar bei Lasse.

Der beginnt vor Aufregung zu stottern: »Na, na ... eigentlich wollte ich meiner Mutter die Seiten für ihre Freundin kopieren.« Der Polizeischüler schaut Gesa jetzt entschuldigend an. »Ich hätte natürlich noch gefragt, Frau Bähr. Sie haben ja gesagt, dass es kein Problem sei, wenn es nicht täglich vorkommt und es nicht gleich hundert Seiten sind.«

Gesa nickt. »Neunundneunzig wären ebenfalls zu viel«, scherzt sie. »Jetzt kommen wir aber bitte endlich wieder zu unserer Tagesordnung, Kollegen. Wir haben einen Mord aufzuklären, da ...«

»Lasse hat ›eigentlich‹ gesagt«, unterbricht Niklas die Hauptkommissarin und wendet sich aufmunternd an den Polizeischüler: »Und uneigentlich, Lasse? Was hatten Sie noch mit dem Album vor? Warum haben Sie es zur Teamsitzung mitgebracht?«

Lasse blättert nervös in dem in weinrotes Leder eingebundenen Buch.

Bei ungefähr der Hälfte stoppt er und hält seinen Zeigefinger zwischen die Seiten. »Hier!«, erklärt er den Kollegen. »Auf der Abbildung zu diesem Zeitungsartikel ist die tote Frau zu sehen«, behauptet er.

Den anderen bleibt vor Staunen der Mund offen stehen.

Niklas findet als Erster seine Sprache wieder. »Woher wollen Sie das so genau wissen, Lasse?«, fragt er. »Sie waren doch gar nicht mit am Leichenfundort.«

»Tja! Aber ich habe heute Morgen, um mich auf die Besprechung vorzubereiten, in dem Obduktionsbericht nachgelesen. Frau Bähr sagt immer, ich darf mich nicht davor drücken. Anschließend blieb etwas Zeit und ich habe aus Neugier in dem Album geblättert, um zu schauen, wie viele Kopien es werden. Dabei ist mir das Bild ins Auge gefallen. Ich bin aber nicht mehr dazugekommen, es jemandem aus dem Team zu erzählen, da unsere Sitzung pünktlich begann.«

»Natürlich, Lasse!«, ruft Stefan und klopft ihm auf die Schulter. »Du hast lieber auf deinen großen Auftritt gewartet. Gib es doch zu, du Schlawiner!«

»Stimmt gar nicht.« Vor Aufregung blubbert Lasse

wieder mit dem Strohhalm in seiner Cola.

Gesa nimmt das Album, welches vor ihm auf dem Tisch liegt, hastig an sich. »Dass mir da bloß nichts drauf kleckert!«, schimpft sie und schaut sich das besagte Foto genauer an.

»Heiliger Klabautermann! Ich fasse es nicht. Das ist tatsächlich unsere unbekannte Tote.«

Sie liest die Bildunterschrift laut vor. »Links neben Hauptdarsteller Oskar Sturm: Larissa Reuter, die Projektleiterin der Agentur, mit zwei Komparsen bei der Vorbereitung für die Obduktionsszene.«

Lisa schlägt die Hände über dem Kopf zusammen. Sie muss sofort an ihren gestrigen Besuch in der Rechtsmedizin denken. »Wie makaber ist das denn, bitte schön!«, stöhnt sie laut.

Gesa reißt ihre grünen Augen auf und Niklas weiß sofort, was dieser Blick bedeutet.

Wir werden dem Fernsehkommissar umgehend einen Besuch abstatten.

»Wer verwahrt die Visitenkarte des Oskar Sturm?«, fragt Gesa da auch schon in die Runde.

»Die hat Lieschen bei dem Pressetermin an sich genommen«, antwortet Stefan. Lisa ist bereits von ihrem Stuhl aufgesprungen und zu ihrem Schreibtisch gelaufen.

Sie wedelt mit der Karte. »Soll ich gleich einen Termin machen?«

»Danke, Lisa, ich rufe den Herrn lieber selbst an. Vorher muss ich kurz überlegen, was ich ihm sage und wie wir am besten vorgehen.«

Niklas nickt zustimmend.

Jetzt nur nichts überstürzen.

Falls der Typ in dem Mord mit drinnen hängt.

Es kann natürlich Zufall sein, dass er zur gleichen Zeit im

Urlaub ist, da sie zu Tode kommt.

Gesa starrt erneut fasziniert auf das Foto.

Die Ähnlichkeit ist frappierend.

Auch wenn wir die Identität erst überprüfen müssen.

Da muss sich Stefan nachher gleich dransetzen.

»Das Buch ist übrigens beschlagnahmt«, erklärt sie Lasse. »Es ist ein Beweismittel und leider gibt's vorerst auch keine Kopien davon.«

»Im Ernst, Frau Bähr?«, ruft der Polizeischüler entsetzt. »Das wird meiner Mutter aber gar nicht gefallen.«

Stefan überlegt.

Womöglich backt sie uns jetzt keinen Kuchen mehr.

»Sag ihr doch, der Kopierer ist kaputt«, schlägt er vor.

»Gute Idee«, meint Lasse erleichtert. »Das wird sie mir sofort glauben. So oft, wie ich zu Hause schon erzählt habe, dass ich den reparieren musste.«

Gesa blickt zufrieden in die Runde.

»Dann haben wir also eine salomonische Lösung für das kleinere Problem gefunden«, stellt sie fest und nimmt einen kräftigen Schluck aus ihrem Kaffeebecher. »Nun lösen wir hoffentlich auch den Mordfall. Ich bitte um Vorschläge für unsere nächsten Ermittlungsschritte. Wer fängt an?«

9. Kapitel

»Puh!«, stöhnt Gesa, als sie über die zwei nebeneinanderliegenden Bretter, die anstelle eines befestigten Gehsteigs zum Eingang von Oskar Sturms Feriendomizil führen, balancieren muss.

»Das ist ja eine Baustelle und kein Ferienhaus«, schimpft sie angesichts des maroden, kleinen Bungalows. Sie lacht und lästert auf ihre unnachahmliche Art: »Da haben es die eingelegten sauren Heringe meiner Schwester in ihrem Einweckglas komfortabler als der Herr Fernsehkommissar, und die Fische haben wenigstens klare Sicht.« Empört zeigt Gesa auf die mit einer dicken Staubschicht überzogene Fensterfront des heruntergekommenen Reihenbungalows. »Wann sind die denn das letzte Mal geputzt worden?«

Auch Niklas ist mehr als verwundert darüber, in welchem sanierungsbedürftigen Haus ein so bekannter und seiner Meinung nach sicher wohlhabender Schauspieler seinen Urlaub an der Ostsee verbringt.

Während Niklas über die möglichen Gründe dafür grübelt, öffnet Oskar Sturm die Tür seiner bescheidenen Unterkunft.

Der Dreiundvierzigjährige trägt ein bis zum Ansatz seiner dunklen Brusthaare aufgeknöpftes, schneeweißes Hemd über einer knielangen, kakifarbenen Shorts, dazu braune Birkenstocksandalen an den Füßen.

»Hereinspaziert, die Herrschaften!«, ruft er gut gelaunt und deutet eine Verbeugung an. »Dass Sie so schnell auf mein Angebot eingehen, ehrt mich ungemein.«

Gesa hebt leicht ihre feingeschwungenen Brauen.

Freu dich nur nicht zu früh.

Sie reicht Oskar Sturm zur Begrüßung freundlich ihre

Hand. »Hauptkommissarin Bähr von der Kripo Laboe, einer Außenstelle der Bezirkskriminalinspektion Kiel«, stellt sie sich in aller Form vor, »und das ist mein Kollege, Oberkommissar Niklas Lux.«

Niklas, der mit einem Fuß weiterhin auf dem wackligen Baustellenbrett steht, nickt dem Schauspieler höflich zu. »Guten Tag, Herr Sturm!«, sagt er. »Es freut mich, Sie kennenzulernen. Wir haben ja am Montag dazu keine Gelegenheit mehr erhalten.«

Der Fernsehkommissar strahlt Niklas aus seinen tiefblauen Augen an: »Sie sagen es, Herr Lux. Ich habe es so bedauert, dass Sie und Ihre Chefin bei dem Pressetermin nicht vor Ort waren. Aber es gab eine Tote, so ist mir jedenfalls zu Ohren gekommen. Wie schrecklich! Selbstverständlich haben Sie dann keine Zeit gehabt, mit einer Journalistin oder mir zu plauschen. Das verstehe ich vollkommen.« Oskar Sturm streicht sich durch seine dichten, fast schwarzen Haare und macht ein betroffenes Gesicht. »Bestimmt kommt es an Ihrer beschaulichen Küste nicht allzu oft vor, dass eine Leiche in den Dünen gefunden wird«, vermutet er. Dann seufzt er laut. »Bei mir stehen die Toten am Ende des Drehs zum Glück immer wieder auf.«

Gesa und Niklas werfen sich unauffällige Blicke zu.

Der schauspielert doch, was sonst?

Ob er tatsächlich so ahnungslos ist, wie er tut?

Die Kommissare haben zuvor gemeinsam mit ihrem Team beschlossen, Oskar Sturm nicht sofort den Grund ihres Besuchs zu nennen. Sie möchten sich erst ein Bild von seiner Persönlichkeit verschaffen, bevor sie ihn mit dem vier Monate alten Foto aus einer Fernsehzeitung konfrontieren, auf dem unter anderem er und die inzwischen tote Frau in einem Obduktionsraum zu sehen sind. Stefan hatte noch am Vormittag die Berliner Modellagentur kontaktiert, in der Larissa Reuter gemäß der Bildunterschrift des Zeitungsartikels als Agentin und Projektleiterin beschäftigt ist. Ihm wurde bestätigt, dass Frau Reuter dort für die Buchung der Komparsen zuständig ist und diese an Drehtagen manchmal auch am Set anleitet und betreut. Zurzeit sei sie aber für zwei Wochen im Urlaub. Ob und wohin das mutmaßliche Opfer eventuell verreisen wollte, wusste die Mitarbeiterin, die Stefan am Telefon genau befragt hat, nicht.

Gesa und Niklas befinden sich jetzt im Inneren des Bungalows und folgen Oskar Sturm über einen dunklen Flur. Plötzlich stößt er mit dem Knie eine Tür auf, an der die Klinke fehlt.

»Bitte folgen Sie mir in den einzigen fertig renovierten Raum!«, ruft er den beiden lachend zu.

Zu Gesas und Niklas großer Verwunderung sitzt in dem schmucken, maritim eingerichteten Wohnzimmer bereits jemand an dem gedeckten Kaffeetisch

»Darf ich vorstellen?« Oskar Sturm strahlt mit den Scheiben der bodentiefen Fenster, die im Gegensatz zu denen an der Eingangsfront blitzblank gewienert worden sind, um die Wette: »Sven Krüger, mein langjähriger Assistent. Ohne ihn fahre ich nirgendwohin. Jedenfalls nicht, wenn ich allein unterwegs bin«, erklärt er Gesa und Niklas. »Sven ist meine linke und rechte Hand, mein Kopf sowieso und wenn nötig auch mein Portemonnaie.«

Der Schauspieler feixt und klatscht sich auf seine muskulösen Schenkel.

Im Gegensatz zu dem kräftigen, untersetzt gebauten Dreiundvierzigjährigen ist Sturms Assistent von hoch aufgeschossenener, schlaksiger Statur. Langsam erhebt sich Sven Krüger nun aus einem gemütlichen Ohrensessel und lächelt Gesa und Niklas einladend an. Während er die Kommissare mit seiner sonoren Stimme begrüßt, wirft er den Kopf elegant nach hinten. Seine bis zu den Ohrläppchen reichenden, gleichlangen Haare schwingen wie ein grauer Vorhang über sein blasses Gesicht und bleiben vor den Augen hängen. Der Sechzigjährige pustet kurz dagegen, schiebt die Haarsträhnen mit einer lässigen Handbewegung wieder beiseite und klemmt sie sich anschließend hinter die Ohren.

»Nehmen Sie doch Platz!«, bittet er Gesa und Niklas, die seinen Auftritt aufmerksam beobachtet haben.

Komischer Kauz, denkt Gesa. Was will der hier? Wir sind darauf vorbereitet, mit Oskar Sturm allein zu reden.

Warum hat der mir am Telefon nicht gesagt, dass er Besuch hat?

Auch Niklas ist sich unschlüssig darüber, ob der Assistent des Schauspielers in die Befragung einbezogen werden soll.

Vielleicht bringt uns das sogar weiter.

Angeblich ist er doch ständig an Sturms Seite, wie der behauptet hat.

Sven Krüger ist das zögerliche Verhalten der Kriminalbeamten nicht entgangen.

»Nun setzen Sie sich doch endlich und bedienen Sie sich«, sagt er schnell und zeigt auf die Sitzgruppe mit der dunkelblauen Ledercouch. Auf dem Glastisch davor befindet sich eine sorgsam mit frischem Obst und bunten Törtchen bestückte Etagere.

»Was darf ich Ihnen zu trinken anbieten? Kaffee? Tee? Oder lieber etwas Kühles?«

»Ich nehme Wasser bei der Wärme«, entscheidet Niklas spontan. »Gut, ich auch«, meint Gesa, die daran denken muss, dass sie bei der morgendlichen Besprechung in der Dienststelle schon drei Becher Kaffee getrunken hat.

Aber Hunger habe ich schon.

Sie nimmt neben Niklas auf der Couch Platz und greift erfreut nach einem grün eingefärbten Macaron mit Pistazien, während Niklas einen saftigen Melonenspieß auswählt.

Den verputze ich als nächsten, überlegt Gesa. So einen aufmerksamen Assistenten wie den Krüger könnte ich auch gebrauchen. Er scheint um einiges älter als der Schauspieler. Bestimmt ist er schon um die sechzig, vermutet sie.

»Wohnen Sie beide gemeinsam in dem Bungalow?«, erkundigt sie sich bei Oskar Sturm, nachdem Sven Krüger in die Küche gelaufen ist, um Wasser für die Kriminalbeamten zu holen.

»Nein, nein!« Der Schauspieler schüttelt lachend den Kopf. »So weit geht die Liebe nun doch nicht. Sven hat sich in einer kleinen Pension am Hafen ein Zimmer genommen. Er mag keinen Luxus.«

»Na, Sie wohnen hier aber auch eher bescheiden.« Niklas kann sich diese Bemerkung nicht verkneifen.

Oskar Sturms dunkelblaue Augen weiten sich. Sein Blick bekommt etwas Belehrendes. »Sehen Sie, Herr Kommissar, äh Oberkommissar, so viel Ordnung muss sein«, ergänzt er schnell, »das ist eben der große Irrtum, dem meine Zuschauer und Fans ständig verfallen. Sie glauben felsenfest, dass wir Fernsehstars in Saus und Braus leben und mit der Gage nur so um uns werfen können. Dabei bleibt mir, wenn alle Kosten und Versicherungen beglichen sind, am Ende nicht mehr viel davon übrig.«

Gesa hört ihm mit großen Augen zu.

Das glaubt er doch selbst nicht.

Trotzdem nickt sie verständnisvoll, um weiter Vertrauen zu Oskar Sturm aufzubauen. Sie überlegt, mit welcher Frage sie am besten beginnen soll, greift sich aber erst noch schnell das nächste Macarontörtchen.

Bevor er die gleich wieder einsammelt.

Die kleinen Biester sind so teuer, die gibt es doch nur einzeln verpackt in der edlen Bonbonniere am Hafen zu kaufen, erinnert sie sich.

Sven Krüger betritt jetzt das Wohnzimmer und bringt den Gästen das gewünschte Wasser.

»Brauchst du mich noch, Oskar?«, fragt er. »Ich würde sonst bei der Hitze gern an den Strand und baden gehen. Schließlich habe ich auch Urlaub.«

Der Schauspieler lacht hämisch: »Danke, Sven, geh nur! Aber schwimm nicht so weit raus.«

Sein Assistent beißt sich verärgert auf die schmale Unterlippe. Er mag es nicht, wenn Oskar sich in der Gegenwart Fremder über ihn lustig macht.

»Du kannst mir ja deine Schwimmflügel ausleihen«, antwortet er und grient.

Niklas schmunzelt. *Gut gekontert.*

Nachdem Sven Krüger sich von Oskar und den Kommissaren verabschiedet und das Wohnzimmer verlassen hat, beklagt sich Oskar Sturm sofort über ihn. »Sven ist manchmal empfindlich wie eine Diva«, jammert er. »Man könnte meinen, er ist der Star und nicht ich.«

Gesa dreht ihren Kopf zum Fenster und rollt mit den Augen.

Etwas mehr Bescheidenheit würde dem Herrn durchaus guttun.

»Sie sagten, Sie wären ohne Ihre Gattin im Urlaub, Herr Sturm«, wendet sie sich nun an den Schauspieler, »wie kommt es dann, dass Ihre Frau Sie vorgestern bei uns in der Dienststelle abgeholt hat?«

»Haha, Frau Bähr!«, ruft Sturm fast schon beleidigt aus. »Möchten Sie mir da etwa eine Ehekrise andichten? Diese Spur ist leider kalt. Aber unser Privatleben ist natürlich nicht mit dem normaler Leute zu vergleichen. Wir sind ständig auf Reisen, und das selten gemeinsam. Während ich mich an der Ostsee auf die nächste Rolle vorbereite und nebenher ein paar Tage entspanne, weilt meine Frau Julia, die unter ihrem Mädchennamen Julia Blume historische Liebesromane schreibt, auf einer Lesereise in Norddeutschland«, erklärt der Schauspieler Gesa nicht ohne Stolz in der Stimme. »Da liegt es doch auf der Hand, dass wir, sobald sich unsere Wege kreuzen, immer bemüht sind, ein paar Stunden für die Zweisamkeit abzuknapsen«, säuselt er und setzt einen verliebten Blick auf.

Niklas trinkt schnell einen Schluck Wasser, um nicht laut loslachen zu müssen. Den Gesichtsausdruck erkenne ich wieder, denkt er, denn er hat sich zur Vorbereitung auf die Befragung des Fernsehkommissars Filmausschnitte mit dem Schauspieler in der Internet-Mediathek angesehen.

Gesa genügt Sturms Geprahle jetzt ebenfalls. Sie findet, es ist an der Zeit, ihn mit dem Foto zu konfrontieren. Ohne Ankündigung zieht sie die vergrößerte Kopie aus ihrer Aktentasche und legt den Farbausdruck vor Oskar Sturm auf den Tisch.

»Kennen Sie diese Frau?«, fragt sie und zeigt mit dem Finger auf Larissa Reuter.

Der Schauspieler verzieht keine Miene.

»Selbstverständlich«, erwidert er. »Frau Reuter betreut gelegentlich Komparsen am Set unserer Spreewaldkrimiserie, in der ich, wie Sie ja bereits wissen, die Hauptrolle des Kommissars Birkner spiele. Falls Sie sich wundern, erkläre ich es lieber gleich: Heutzutage werden eben alle Darsteller ohne Ende gepampert, sogar die Komparsen. Die Produzenten haben Angst vor Klagen. So ein Blödsinn«, jammert Oskar Sturm. »Als ich mir früher mit Statistenrollen mein Stipendium an der Schauspielschule aufgebessert habe, war ich froh, wenn ich den Toilettenwagen der Künstler mitbenutzen durfte und nicht draußen am Set in die Büsche pinkeln musste. Aber heutzutage werden alle in Watte gepackt.« Er streckt demonstrativ die Beine unter dem Tisch aus. »Lehrjahre sind keine Herrenjahre. Das gilt leider schon länger nicht mehr ...«, stöhnt er. »Was ist denn nun mit der Frau Reuter? Warum fragen Sie nach ihr?«

Gesa hebt bedauernd die Schultern. »Über die Hintergründe und Umstände unserer Frage können wir Ihnen leider nichts Genaues mitteilen, Herr Sturm.«

»Sehen Sie etwa einen Zusammenhang mit dem Leichenfund in den Dünen?«, fragt er aufgeregt.

Niklas hakt auf der Stelle nach: »Wie kommen Sie denn darauf?«

»Na, hören Sie mal, Herr Lux. Ich bin ein alter Ermittler!« Sturm klopft sich auf die behaarte Brust. »Als Spreewaldkommissar Birkner habe ich hinreichende Erfahrungen sammeln dürfen. Wir werden beim Drehen sogar von echten Kriminalisten beraten«, behauptet er. »Mir machen Sie nichts vor. Ich ...«

»Gut«, Gesa fällt ihm ins Wort, »dann können Sie uns sicher noch ein paar Fragen zu Frau Reuter beantworten.«

»Aber gern doch, wenn es Ihnen hilft.«
»Wann haben Sie Larissa Reuter das letzte Mal persönlich gesehen?«
Oskar Sturm zieht grübelnd seine braungebrannte Stirn kraus. »Das ist schon ein Weilchen her ... Ich glaube, es war tatsächlich bei den Dreharbeiten zur Folge 25, als dieses Pressefoto geschossen wurde. Ja, so ist es«, sagt er mit Bestimmtheit. »Seitdem habe ich Frau Reuter nicht mehr gesehen.«
Niklas schaut Oskar Sturm streng an. »Waren Ihre Kontakte rein beruflicher Natur oder haben Sie die Dame auch privat getroffen?«
Der Schauspieler macht ein entrüstetes Gesicht. »Kollege Oberkommissar«, echauffiert er sich. »Was denken Sie von mir? Ich bin glücklich verheiratet.«
Niklas zuckt nur nüchtern mit den Achseln. »Ich habe an einen rein freundschaftlichen Kontakt gedacht. Das soll ja vorkommen«.
»Ach so.« Oskar Sturm wirkt erleichtert und trinkt einen kräftigen Schluck aus seinem Wasserglas. »Da bin ich aber beruhigt«, meint er.
Niklas glaubt seinen Augen nicht zu trauen.
Der Mann spielt eins zu eins sich selbst.
Wie er erleichtert aus einem Glas Wasser trinkt, habe ich erst vor zwei Stunden in einem Filmausschnitt gesehen.
Mir reicht es jetzt.
Er stößt Gesa unauffällig unter dem Tisch an. Sie nickt.
»Herr Sturm«, sagt sie, »vielen Dank für das Gespräch.« Die Hauptkommissarin faltet das Foto wieder zusammen und steckt es in ihre Tasche. »Mehr Fragen haben wir nicht.«
»Aber«, Oskar Sturm lässt enttäuscht die Mundwinkel

hängen, »ich hätte Sie doch so gern bei Ihren Ermittlungen unterstützt.«

Niklas räuspert sich und steht von der Couch auf.

Das kann ich mir nicht mehr länger anhören.

Er und Gesa verabschieden sich nun eilig von dem Fernsehkommissar. »Danke, wir finden allein raus«, meint Gesa.

Als sie und Niklas draußen vor dem baufälligen Bungalow stehen, stellt Gesa enttäuscht fest: »Dieses Gespräch hat uns null Punkte weitergebracht.«

»Mhm.« Niklas presst die Lippen zusammen und bohrt mit der Fußspitze ein kleines Loch in den Kieshaufen, der am Wegrand neben einem Mischer abgeschüttet worden ist. »Ich bin mir sicher«, meint er nachdenklich, »dass uns dieser Schauspieler nicht die Wahrheit gesagt hat. Das ganze Szenario in seinem Ferienbungalow, vor allem die übertriebene Gastfreundschaft, schien mir gefakt zu sein.«

»Finde ich auch«, stimmt Gesa ihm zu. »Ich weiß nur nicht warum, aber irgendetwas passt da nicht zusammen.«

»Seine exklusive Markenkleidung, die teure Bewirtung und die Getränke, insbesondere die hochpreisigen Whiskys auf dem Sideboard im Wohnzimmer sprechen eine andere Sprache als seine Urlaubsunterkunft. Die gehört mir einfach nicht ins Bild«, vermutet Niklas. »Von wegen er liebt es bescheiden.«

Gesa schnieft kurz. »Die Nummer habe ich ihm auch nicht abgekauft.«

»Vielleicht ist dieser halbfertig sanierte Bungalow nur eine Notlösung gewesen«, überlegt Niklas.

»Aber aus welchem Grund?«

»Womöglich hat er zu spät gebucht?«

»Stimmt.« Gesa ist sich unsicher: »Hätten wir ihn danach fragen sollen?«

»Mir lag es auf der Zunge, aber es wäre reine Neugierde gewesen und nicht ermittlungsrelevant«, erwidert Niklas.

»Du hast recht«, meint Gesa zu ihm. Die beiden sind an ihrem Dienstwagen angekommen. »Der Mann hat sofort zugegeben, Larissa Reuter beruflich zu kennen, und das wollten wir ja bei unserem Besuch herausfinden.«

»Bevor wir nicht verifiziert haben, dass es sich bei ihr zweifelsfrei um das unbekannte Mordopfer handelt«, entgegnet Niklas Gesa, »halte ich es für unklug, den neugierigen Hobbykommissar mit unseren Fragen zum Nachdenken und womöglich zum eigenen Ermitteln anzuregen.«

»Genau! Bei allen Meeresgeistern, bloß das nicht!«, jammert Gesa. »Deshalb müssen wir nach dem Mittag unbedingt mit den anderen besprechen, wie wir bei der Identifizierung der Toten zügig vorankommen können.«

»Lisa ist schon an den Angehörigen dran«, meint Niklas. »Vielleicht hat ihre Kontaktaufnahme bereits etwas ergeben ... Ich kann ja mal anrufen und nachfragen.«

Gesa schüttelt den Kopf und schiebt ihren Kollegen energisch in Richtung Beifahrertür. »Ja, tu das, aber bitte nach dem Mittagessen ... Ich benötige dringend etwas Herzhaftes zwischen die Zähne. Von dem süßen Zeug, dass uns Sturms Assistent serviert hat, klebt mir die Zunge am Gaumen. Darf ich dich jetzt gleich auf ein Fischbrötchen einladen, Niklas?«

»Da sag ich nicht nein.«

10. Kapitel

In der weißen Reetdachvilla entwickelt sich der seit gestern unverhofft zu viert beginnende Urlaub für den Familienvater Thomas zunehmend zu einem Desaster. Hin- und hergerissen zwischen den Bedürfnissen seiner halbwüchsigen Kinder und den Ansprüchen, die seine junge Freundin an ihn hat, wirkt der dynamische Dreiundfünfzigjährige bereits 24 Stunden später um Jahre gealtert.

Resigniert sitzt er am frühen Abend im Liegestuhl und steckt sich eine Zigarette nach der anderen an, obwohl er sich fest vorgenommen hatte, sich im Urlaub das Rauchen abzugewöhnen.

Mein Urlaub ist seit gestern Nachmittag beendet, denkt Thomas traurig, als er das wütende Geschrei aus der Villa vernimmt.

Entnervt drückt er seine zur Hälfte aufgerauchte Zigarette in dem Aschenbecher auf dem Campingtisch aus und läuft anschließend durch die Terrassentür zurück in die Villa.

Mila stürzt sofort auf ihn zu. »Ich wollte die Abendsonne genießen und ein wenig im Meer schwimmen und nun ist mein roter Bikini weg!«, beklagt sie sich.

Thomas legt seiner Freundin den Arm um die Schulter. »Du besitzt doch sicherlich nicht nur diesen einen«, tröstet er sie. »Ich kann mich daran erinnern, dass wir extra für den Ostseeurlaub ein Bademodengeschäft aufgesucht haben, weil du fürs Schwimmen angeblich nicht genug anzuziehen hattest.«

Mila verzieht ihren Schmollmund zu einem Kreis.

Thomas muss schmunzeln. *Süß, ihr Flunsch.* Er küsst

sie auf die Stirn. »Stimmt's oder habe ich recht?«, flüstert er Mila ins Ohr.

»Keines von beiden«, antwortet sie schnippisch. »An dem Tag habe ich mir nämlich nur einen neuen Badeanzug gekauft und keinen zweiten Bikini. Bestimmt hat Tanja meinen roten angezogen. Sie hat ihn doch neulich, als wir in Köln gemeinsam das Schwimmbad besucht haben, so bewundert und gefragt, ob sie ihn sich später einmal ausleihen darf.«

Thomas zieht hörbar die Luft ein.

Geht das jetzt wieder los.

Den ganzen Tag streiten Tanja und seine Freundin miteinander, weil Mila behauptet hat, seine Tochter würde ungefragt ihre Sachen anziehen.

Dabei gestaltete sich der gemeinsame Start in den Urlaub zuerst sogar vielversprechend und harmonisch. Als Thomas am gestrigen späten Nachmittag seine Kinder in der luxuriösen Ferienvilla einquartiert hat, war zwischen Tanja und Mila noch alles in Ordnung.

Jedenfalls ist mir nichts Negatives aufgefallen.

Mila war nicht gerade in einen Begeisterungssturm ausgebrochen, als Thomas ihr von dem Missgeschick seiner Exfrau erzählt hat, infolge dessen er sich nun um seine Kinder kümmern muss. Aber sie hat es akzeptiert und versprochen, ihn zu unterstützen.

Warum dann heute dieses dauernde Gezanke?

Plötzlich kommt Tanja mit triefend nassen Haaren und einem breiten, gelben Handtuch um ihren Körper gewickelt durch die offene Terrassentür und bleibt vor den beiden im Wohnzimmer stehen.

»Ach Maus!«, schimpft ihr Vater, als er die Wasserlache zwischen ihren sandigen Füßen größer werden sieht, »trockne dich doch bitte vorher gründlich ab und klopf den Sand von den Beinen, bevor du über

das teure Parkett läufst.«
Mila nickt zustimmend und verzieht kritisch ihre Mundwinkel.
Später muss ich das wieder aufwischen.
Thomas hat Tanja viel zu sehr verwöhnt.
Dann stürzt sie auf Thomas' Tochter zu und klappt ihr das Handtuch vor der Brust auf.
»Ist was?«, fragt Tanja scheinheilig und funkelt Mila böse aus ihren großen, braunen Augen an. Sie schüttelt ihre langen blonden Haare einmal kräftig, sodass Mila von oben bis unten nassgespritzt wird.
Tanja grinst. »Falls du immer noch deinen blöden, roten Bikini vermisst, ich habe ihn nicht angezogen. Genauso wenig wie deine anderen Sachen, die du ständig suchst«, sagt sie zu Mila und schaut anschließend triumphierend zu ihrem Vater Thomas. »Sorry, Papa, ich habe draußen auf der Terrasse mitgehört, worüber ihr eben gesprochen habt.«
Mila ist blass geworden. Sie murmelt kurz eine Entschuldigung, dann macht sie auf dem Absatz kehrt und rennt aus dem Wohnzimmer hinaus in Richtung Badezimmer.
Thomas ist die Angelegenheit und Milas unbeherrschter Auftritt sichtlich unangenehm. Er sieht seine Tochter mitfühlend an. »Es tut mir leid, Tanja. Ich weiß nicht, was in Mila gefahren ist. Ihr schwarzes Spitzennegligé findet sie auch nicht mehr wieder. Es hing angeblich die ganze Zeit im Schlafzimmer über dem Stuhl.«
Tanja stöhnt. »Papa, schau doch bitte unter dem Bett nach! Bei eurem Temperament fliegt da schon mal etwas durch die Gegend.«
»Kind!«, antwortet Thomas entrüstet.
»Bin ich nicht mehr«, erwidert Tanja lachend. »Mach

dir keine Sorgen. Tamo und ich haben ja versprochen, wir tun so, als ob wir unsichtbar wären ... Wir bleiben brav auf unseren Zimmern im Obergeschoss, während ihr unten durch die Betten tobt.« Die Sechzehnjährige ist bei ihren Worten ein wenig rot im Gesicht geworden. Sie geht jetzt schnell an ihrem Vater vorbei.

Vor der weißen Holztreppe zum Obergeschoss bleibt sie stehen. »Im Ernst, Papa«, sagt sie, »die Villa ist echt der Hit, aber ihr könntet im Schlafzimmer ein wenig leiser sein. Ich dachte, ihr rückt die Möbel um.«

Thomas weiß vor Schreck nicht, was er darauf antworten soll.

Jetzt übertreibt Tanja aber.

»Ehrlich, Papa, in der letzten Nacht haben Tamo und ich kaum ein Auge zugetan«, behauptet sie und läuft dann eilig nach oben zu ihrem Zimmer.

Thomas schüttelt mit dem Kopf.

Das kann doch gar nicht sein.

Seine Kinder waren gestern Abend sehr erschöpft. Nach der Aufregung des Tages und dem zeitigen Aufstehen, da sie eigentlich den ersten Flieger nach Kreta nehmen wollten, wurden sie schnell müde. Die beiden lagen bereits in ihren Zimmern im Bett, während Mila und er auf der warmen Terrasse die Stille genossen und dem Rauschen der nahen Ostsee lauschten.

Von wegen wir haben es im Bett krachen lassen.

So war das gar nicht.

Thomas überkommt ein wohliger Schauer, als er sich erinnert. Nach einigen Gläsern Wein, es war schon weit nach Mitternacht, hat er die zierliche Mila in die Decke aus dem Strandkorb gewickelt und ein Stückchen weiter in die Dünen getragen. Sie zappelte zwar leise protestierend, aber das war nicht ernst gemeint.

Dafür kennt er seine Freundin hinreichend lange. Kaum hatten sie eine Sandkuhle in den Dünen gefunden, konnte es ihr gar nicht schnell genug gehen, dass Thomas die Decke darin ausgebreitet hat. Immer wieder gaben sich die beiden in der lauen Sommernacht einander hin.

Wie gut, dass die Villa so abgeschieden liegt.

Selbst tagsüber sind wenig Menschen am Strand.

Nachts stören wir erst recht niemanden.

Als Thomas Mila erschöpft und zufrieden in die Villa zurücktrug, beschloss er, den nächtlichen Ausflug so oft wie möglich zu wiederholen.

Dass er lautstarken, hemmungslosen Sex mit seiner jungen Freundin hat, während sich seine halbwüchsigen Kinder mit im Haus aufhalten, käme für ihn überhaupt nicht infrage.

Wer weiß, was Tanja gehört hat.

Wahrscheinlich hat sie schlecht geträumt.

Ich werde mich nachher noch einmal bei Tamo erkundigen.

Thomas schmunzelt.

Solange die beiden mit in der Villa wohnen, dürfen Mila und ich uns eben nur leise lieben.

Was bei Milas Temperament eine echte Herausforderung darstellt, wie er weiß, und weshalb er sich vorgenommen hat, solange die Nächte so schön warm bleiben, wieder mit ihr in die Dünen auszuweichen.

Am liebsten sofort.

Den ganzen Zank und Ärger vergessen.

Er seufzt und geht erneut hinaus auf die Terrasse, um zu rauchen.

Ich muss mal wieder runterkommen.

Die Bilder in seinem Kopf erregen ihn und stimmen ihn gleichzeitig traurig. Unbeschwerte Zweisamkeit mit der Freundin zu genießen und dabei seinen Kindern ebenfalls gerecht zu werden, wird eine Riesenherausforderung, befürchtet Thomas.

Wie soll ich das nur 14 Tage lang schaffen?

Donnerstag

11. Kapitel

»Ja, am Abend habe ich wieder Zeit«, erwidert Lisa, die, mit dem Handy am Ohr, heute Morgen als Erste die Eingangstür zu den Büros der Kripo Laboe aufschließt. Sie lächelt verliebt, während sie diese leise hinter sich zuzieht. »Pascal«, flüstert sie, obwohl sich außer Lisa niemand weiter im Raum befindet, und ihre blauen Augen leuchten dabei glücklich, »ich bin jetzt in der Dienststelle angekommen. Wir müssen auflegen. Frau Bähr sieht es nicht gern, wenn wir in der Dienstzeit Privatgespräche führen, ausgenommen bei dringenden Angelegenheiten.«

»Ich bin ein Notfall«, lacht Pascal am anderen Ende der Verbindung, »Gefahr im Verzug!«, ruft er schelmisch. »Ich halte es keine zwei Stunden aus, ohne die Stimme meiner Traumfrau zu hören.«

»Du Schmeichler! Ich wusste gar nicht, dass du so ein Süßholzraspler sein kannst«, lästert Lisa, aber sie genießt es und freut sich insgeheim.

Es ist leider schon einige Zeit her, dass ich so viele Komplimente bekommen habe.

Beschwingt, als hüpfe sie über wattebauschige Wolken, läuft sie am Empfangstresen vorbei zu ihrem Arbeitsplatz am Fenster. Dort nimmt Lisa ihre Tupperdose mit Obst für das zweite Frühstück aus ihrem

Rucksack und stellt diesen anschließend neben dem Rollcontainer unter den Schreibtisch. Dann schaltet sie ihren PC ein.

»Dong!«, erklingt es laut, als der Bildschirm hell wird.

Pascal, der genau wie Lisa bislang nicht aufgelegt hat, hört am Telefon, dass Lisas Computer hochgefahren ist. »Oh!«, ruft er ins Handy. »Ich befürchte, du möchtest loslegen.«

»Ja, tut mir leid. Ich muss.« Lisa schaut auf die weiße, runde Uhr über dem Eingang zum Großraum. »Es ist 7.30 Uhr. Die anderen werden jeden Moment durch die Tür hereinspazieren. Wegen des Mordes an der jungen Frau fangen wir jetzt noch zeitiger an. Sogar die Kommissare sind statt um neun bereits vor acht an ihren Plätzen.«

»Mhm. Verstehe«, meint Pascal. »Da geht's mir besser als euch. Von Isenberg ist ein Langschläfer, dafür findet er aber nachmittags kein Ende und ich habe später Feierabend. Der Doc will mich heute erst um 9 Uhr in der Rechtsmedizin sehen.« Pascal gähnt laut. »Bis dahin ist noch Zeit. Aber sich jetzt wieder ins Bett zu legen, lohnt sich nicht«, erklärt er Lisa.

Sie seufzt, als sie an die leidenschaftliche Nacht mit Pascal zurückdenkt.

Lisa hat wenig geschlafen, doch sie spürt die Müdigkeit kaum und fühlt sich den ganzen Morgen schon, als würde sie schweben.

»Es war so lieb von dir«, sagt sie, »mit mir gemeinsam aufzustehen und Frühstück zu essen.«

»Ich hätte dich auch gern noch zum Bus gebracht.«

»Quatsch!« Lisa lacht ihr ansteckendes, fröhliches Lachen, in das sich Pascal sofort verliebt hat. »Verwöhne mich bloß nicht zu sehr«, bittet sie.

»Doch, das werde ich«, versichert er, »eine Frau wie

du hat nichts anderes verdient.«

Lisa will gerade etwas erwidern, da vernimmt sie plötzlich Lärm aus dem Treppenhaus. Im selben Moment wird die Tür zum Großraumbüro aufgestoßen.

Stefan und Lasse kommen lautstark diskutierend herein, dicht gefolgt von Hauptkommissarin Bähr.

»Pascal, ich muss Schluss machen«, flüstert Lisa in ihr Handy.

»Niemals, dann stürze ich mich vom Leuchtturm in die Ostsee!«, protestiert er.

Lisa schimpft: »Du Blödmann! Schluss mit dem Telefonieren meine ich doch. Tschüs«, haucht sie in ihr Handy und drückt ihren Freund schnell weg.

»Guten Morgen, Lieschen!«, ruft Stefan ihr entgegen. »Du bist heute aber zeitig an Bord.«

»Ich musste den Bus aus Kiel nehmen. Die Abfahrtszeiten sind anders als bei mir zu Hause«, erklärt Lisa, die ja sonst zwei Orte weiter mit dem Bus übers Land zum Dienst fährt.

Wie blöd von mir, ärgert sie sich sogleich.

Ich hätte etwas anderes antworten sollen.

Gleich fragt er nach.

»Was machst du denn über Nacht in Kiel?«, möchte Stefan wissen und auch Lasse spitzt sofort die Ohren.

Gesa, die hinter dem Polizeischüler und Stefan in der Tür wartet, schiebt die beiden, jeden mit einer Hand, energisch am Empfangstresen vorbei.

»Moin, moin, meine Herren! Nur nicht stehenbleiben und Müdigkeit vortäuschen«, kommandiert sie fröhlich, »Leinen los und volle Kraft voraus! Um 8 Uhr sehen wir uns zur ersten Teamsitzung.«

Über Lisas Gesicht huscht ein dankbares Lächeln, als sie ihre Chefin begrüßt. Die zwinkert ihr verschmitzt zu. »Ich hoffe, Sie haben in Kiel gut geschlafen.« Lisa wird ein wenig rot.

Stefan, der gegenüber von ihr in einem Aktenberg auf seinem Schreibtisch wühlt, wundert sich.

Haben die Bärin und Lisa etwa Geheimnisse vor uns?

Er überlegt kurz.

Na, wenn, dann kann es nichts Schlimmes sein.

Lieschen sieht so glücklich aus.

Da muss ich gleich die Gelegenheit nutzen und sie um Hilfe bitten.

»Lisaaa?«, fragt Stefan.

»Ja, was ist denn?«

Stefan rollt mit seinen braunen Augen und setzt den berühmten Bettelblick auf, dem seine gutmütige Kollegin selten widerstehen kann: »Hast du dir die sogar für uns verständliche Zusammenfassung des Obduktionsberichts schon ausgedruckt? Ich finde meine Zettel nicht«, jammert er leise, denn er bemerkt, dass Niklas Lux gerade den Großraum betreten hat.

»Moin, moin, Kollegen!«, ruft er und stürmt an den anderen vorbei, über den Flur in sein Büro.

»Der Oberkommissar hat es aber eilig«, lästert Lasse.

Stefan grinst verständnisvoll.

Vielleicht hat er sich auch noch nicht auf die Sitzung vorbereitet.

Ach nee, revidiert er sich sogleich, der Lux doch nicht.

Der ist ein ganz Genauer.

»Was möchtest du denn von mir?«, murmelt Lisa, die sich konzentriert durch ihr E-Mail-Postfach scrollt und nicht richtig zugehört hat, worin Stefans Problem liegt.

»Den Obduktionsbericht, Lieschen, das habe ich doch schon gesagt.«

Lisa schaut auf ihre Armbanduhr. »Das wird aber

reichlich knapp, mein Lieber, wenn du den vor der Sitzung durchackern willst.«

»Ich benötige nur die Zusammenfassung. Der neue Assistent des Docs ist eine richtige Perle«, lobt Stefan, »endlich einer, der unsere Sprache spricht und uns das Fachchinesisch des Doktors verständlich zusammenfasst. Bei Friedhelm wurde es nur noch schlimmer.«

Lisa freut sich, dass Stefan die Arbeit ihres Freundes lobt, und reicht ihm die Doppelseite mit den wesentlichen Erkenntnissen aus der Obduktion der toten Larissa Reuter über den Schreibtisch. »Kannst du behalten. Ich drucke mir meine Datei vor der Besprechung schnell noch einmal aus.«

»Danke, Lieschen.« Stefan und klappert verzweifelt auf seiner Tastatur herum. »Irgendwo muss ich den Kram ja auch abgelegt haben.«

Lisa lächelt. »Ja, irgendwo, Stefan, das ist sicher richtig.«

Lasse, der am Multifunktionsgerät hockt, um das Druckerpapier nachzulegen, hat das Gespräch der beiden verfolgt und grinst. »Tja, Vossi«, lästert er, »nun müsstest du nur noch wissen, auf welchem fernen Planeten sich dein Irgendwo befindet.«

Stefan droht ihm scherzhaft mit der Faust. »Hier, riech mal!«, ruft er. Dann springt er von seinem Drehstuhl auf und ringt spaßeshalber mit dem lachenden Rotschopf. Dabei nimmt er Lasse in den Schwitzkasten. »Ergib dich oder ...«

»Kuchen!«, presst der jetzt mühsam hervor.

Lisa schüttelt den Kopf.

Die beiden können es einfach nicht lassen.

Auf einmal klopft es kräftig an der Tür zum Großraum. Iversen tritt, ohne abzuwarten, ein. »Post für euch!«, verkündet der großgewachsene Mittfünfziger

mit seiner unverwechselbar tiefen Stimme.
So früh schon, wundert sich Lisa. Sie steht auf und nimmt dem Polizeimeister den braunen A4-Umschlag ab.
Iversen zieht die Stirn kraus und zupft sich nachdenklich an seiner Uniform. »Ich war selbst völlig überrascht, normalerweise kommt die Post erst gegen 10 Uhr. Aus alter Gewohnheit schaue ich ja meistens schon zu meinem Dienstbeginn nach. Ganz früher, als ihr Entenküken alle noch nicht die Füße im Wasser hattet«, sagt er und schaut grinsend auf Lasse, Lisa und Stefan, »lagen die Briefe und Zeitungen nämlich pünktlich um acht im Kasten.«
Ja früher, denkt Lisa, ... da war alles anders.
Aber war es wirklich besser?
Oder vergessen wir das Unangenehme und Schlechte nur schneller?
Sie dreht den Umschlag in ihren Händen.
Er ist ausreichend frankiert worden, trägt keinen Absender und die Adresse der Kripo Laboe wurde aufgeklebt und anscheinend vorher aus einem Flyer herausgeschnitten.
Sie überlegt.
Irgendetwas ist komisch an dem Brief.
Ich hab's! Die Briefmarke ist gar nicht abgestempelt worden.
»Zeig mal bitte her!«, meint Stefan und nimmt Lisa den Umschlag aus der Hand.
»Ich geh dann mal wieder«, verabschiedet sich Iversen, »und keine Sorge, ich habe den Brief sicherheitshalber durchleuchtet. Es steckt nur ein Blatt Papier drinnen«, sagt er und schließt die Tür hinter sich.
Stefan geht mit dem Umschlag zum Besprechungstisch und nimmt einen Brieföffner aus dem mit einem blauen Anker verzierten weißen Keramikbecher. Gesa

hat den Becher dort neuerdings postiert und mit Ersatzkugelschreibern und anderem Bürobedarf gefüllt. Damit bei den Teamsitzungen nicht ständig jemand aufspringt, um sein vergessenes Zeug zu holen, war ihre Begründung.

Lasse und Lisa schauen Stefan neugierig über die Schulter, während er den Klebefalz am Umschlag jetzt sorgsam aufschlitzt.

Als der auf dem Computer getippte Text endlich vor ihnen auf dem Tisch liegt, liest Lasse die wenigen Zeilen, die auf dem Bogen Papier geschrieben stehen, laut vor: »Oskar Sturm und Larissa Reuter waren ein Liebespaar. Er könnte ihr Mörder sein«, zitiert er.

»Unterschrieben ist der Brief mit: Jemand, der zur Aufklärung beitragen möchte.«

In dem Moment kommt Gesa, ihre Kaffeetasse schwenkend, über den Flur gelaufen und gesellt sich zu den dreien.

»Oh!«, ruft sie erfreut aus. »Sind schon alle versammelt? Von mir aus beginnen wir gern zehn Minuten eher mit der Teamsitzung.«

Lisa, die sich inzwischen Handschuhe angezogen und eine Beweismitteltüte aus dem Schubfach ihres Schreibtisches geholt hat, zeigt ihr den Briefbogen auf dem Besprechungstisch.

»Frau Bähr, wir haben heute Morgen brisante Post erhalten. Kollege Iversen hat den Umschlag eben gerade zu uns hochgebracht. Bitte lesen Sie selbst!«

»Donnerlüttchen! Heiliger Klabautermann!« Gesa pustet hörbar Luft aus. »Wenn das stimmt«, meint sie, »bekommt der liebe Herr Sturm von uns eine ganz neue Rolle zugeteilt, und zwar als Verdächtiger. Das wäre dann eine, die er noch nie gespielt hat, und dafür erhält er sicher keine Gage.«

Gesa schaut triumphierend in die Runde. »Wir warten nur noch auf den Kollegen Lux und besprechen dann die neue Vorgehensweise.«
Lisa und Stefan nicken und laufen zu ihren Schreibtischen, um ihre Unterlagen zu holen.
Nur Lasse starrt weiterhin fassungslos auf den Brief. Er ist vor Schreck kreidebleich geworden, sodass seine vielen Sommersprossen stärker hervorgetreten sind als ohnehin schon.
»Falls Oskar Sturm tatsächlich ein Mörder ist, wird meine Mutter durchdrehen, wenn sie davon erfährt«, murmelt er, »dann bleibt ihr Backofen aber eine Weile aus, das garantiere ich euch jetzt schon.«

12. Kapitel

Bereits eine Stunde später sind Gesa und Niklas mit dem Dienstopel auf dem Weg zu dem Urlaubsdomizil des Schauspielers Oskar Sturm.
Gesa graut es schon vor dem erneuten Gang über die wackligen Bretter am Eingang des Bungalows
Womöglich bleibe ich dort mit meinen schmalen Absätzen in den Ritzen hängen.
Bei der Hitze weiß ich ja kaum noch, was ich anziehen soll.
Sie ist heute im Dienst schicker als gewöhnlich gekleidet und trägt zu ihrem quittegelben, ärmellosen Sommerkleid auch noch nagelneue, weiße Riemchensandalen.
Ihr Freund, Niels von Isenberg, der von Donnerstag bis Sonntag bei der Hauptkommissarin übernachtet, solange ihre Tochter Svenja noch in Australien lebt, möchte Gesa am Abend überraschen.
Ich bin schon so gespannt, was Niels geplant hat.

Gleich nach Dienstschluss soll sie zum Jachthafen kommen und sich für den Feierabend nichts mehr vornehmen.

Doch Gesa ist skeptisch.

Feierabend – hoffentlich gibt's heute einen!

Auch Niklas auf dem Beifahrersitz neben ihr ist mit seinen Gedanken bisher nicht bei dem Mordfall Larissa Reuter und der erneut anstehenden Befragung des Schauspielers Oskar Sturm.

Missmutig schaut er aus dem Autofenster. Niklas' Freundin Sinje ist der Grund für seine Zerknirschtheit. Sie hat sehr kurzfristig eine für ihn schwerwiegende Entscheidung getroffen, weswegen Niklas bereits den ganzen Morgen über in sich gekehrt ist und grübelt.

Warum hat sie mir nicht eher etwas davon erzählt?

Man könnte meinen, Sinje wollte unbedingt den Notartermin abwarten.

Vielleicht hatte sie Angst, dass ich es mir anders überlege, vermutet Niklas, der nun stolzer Besitzer einer 2-Zimmer-Wohnung mit Dachterrasse und Ostseeblick ist.

Er lächelt kurz.

Die Eintragung im Grundbuch ist eine reine Formsache.

Das kann sich aber Monate hinziehen.

Monate ... Niklas schlägt sich mit der Hand an die Stirn, als wäre diese Zeiteinheit für ihn plötzlich so unverständlich wie ein Buch mit sieben Siegeln.

Gesa wendet den Blick von der Straße und schaut ihn verwundert an.

»Was hast du, Niklas?«, fragt sie, während ihre Augen schon wieder auf die vor der Kurve entgegenkommende Fahrzeugschlange gerichtet sind.

Ein Verkehr ist das heute!

Man merkt, dass wir an der Ostsee Hauptsaison haben.

»Du bist so still, Niklas«, meint sie. »Gab es Ärger?«

Er nickt und starrt wütend geradeaus.

»Oh«, sagt Gesa mitfühlend, »das tut mir leid. Wenn du reden willst, fahre ich langsamer, dann haben wir mehr Zeit.«

Nun muss Niklas schmunzeln. »Du schleichst heute ohnehin über die Landstraße, Gesa.«

»Ist das ein Wunder?«, schimpft sie. »Die Radarkontrollen sind doch immer an den unmöglichsten Stellen und weitere Punkte in Flensburg darf ich mir nicht leisten. Dass Oskar Sturm ausgerechnet in Brasilien einen Bungalow gemietet hat, ist zu blöd. Jetzt müssen wir da extra noch einmal hingurken.«

»Weit ist es nicht mehr, der Ortsteil von Schönberg liegt gleich hinter dem Ostseebad Kalifornien, meiner alten Bleibe«, stellt Niklas bei einem Blick auf das Navi fest. Er denkt einen Moment an die Zeit zurück, als er übergangsweise im Ferienhaus von Gesas Schwager gewohnt hat. »Wahrscheinlich wollte der Sturm auch eine spaßige Ansichtskarte an die Daheimgebliebenen senden«, meint er, »Urlaubsgrüße aus Brasilien, ha, ha!« Niklas lacht auf einmal laut und gekünstelt los.

Das ist eine ganz blöde Ironie des Schicksals, denkt er wütend.

Warum ausgerechnet Brasilien?

Warum so weit weg?

Gesa erschrickt.

Was ist denn nur mit dem Lux los?

Sie versucht erneut, hinter den Grund für sein merkwürdiges Verhalten zu kommen: »Niklas ...«

»Sinje will für mindestens drei Monate nach Brasilien«, platzt es da von allein aus ihm heraus.

»Hä? Ich verstehe nicht? Gefällt es ihr in Kiel nicht mehr? Warum zieht sie nicht gleich zu dir nach Laboe?«

»Gesa! Ich meine nach Brasilien in Südamerika«, erklärt Niklas ihr nüchtern, als wäre ein Umzug dorthin das Normalste der Welt. »Sinje hat sich schon länger einer Gruppe von Ärzten ohne Grenzen angeschlossen. Nun ist denen der Kinderarzt für ein neues Projekt ausgefallen. In einem Armenviertel von São Paulo soll eine Klinik für junge Patienten errichtet werden und Sinje wird dabei sein.«

»Uffz!«, Gesa tritt einmal kräftig das Gaspedal durch und anschließend sofort auf die Bremse. »Entschuldige!«, sagt sie zu Niklas, der zuerst in seinen Sitz gepresst wurde und dann nach vorn gegen die Ablage und wieder zurück gegen die Rückenlehne flog.

»Willst du Sinje etwa begleiten?«, fragt sie aufgeregt.

Niklas reibt sich die schmerzenden Knie und schüttelt den Kopf. »Was soll ich denn dort? Nein, meine Aufgabe sehe ich hier, an der Küste von Laboe, als Kriminalkommissar.«

Gesa nickt und lässt sich ihre Erleichterung nicht anmerken.

Puh!, denkt sie, wenn der Stein, der mir eben vom Herzen geplumpst ist, real wäre, hätte er den Unterboden vom Opel durchschlagen.

Aber für Niklas tut es mir leid.

»Eure Beziehung wird die paar Monate Trennung überstehen«, tröstet sie ihn sogleich. »Wann geht's denn los?«

»Na, kommenden Montag. Sinje ist doch als Ersatz eingesprungen. Ich glaube aber, ihr war das schon vor drei Wochen bekannt. Der ausgefallene Kinderarztkollege hat zu dem Zeitpunkt nämlich einen Verkehrsunfall gehabt.«

»Woher weißt du das denn?«

»Gesa, ich bin bei der Kripo.«

»Mhm.« Gesa schweigt jetzt lieber.

Viel Vertrauen hat Niklas anscheinend nicht zu seiner Sinje, wenn er ihr nicht glaubt und extra recherchiert.

Na ja, sie sind kein Jahr zusammen.

Da entpuppt sich so einiges in der Partnerschaft.

»Du könntest sie doch besuchen«, unternimmt Gesa einen hilflosen Versuch, ihren Kollegen ein wenig aufzumuntern.

»Könnte ich. Aber ich muss erst in Ruhe über alles nachdenken«, erwidert er. »Dass Sinje tatsächlich nach Brasilien reisen wird, weiß ich seit gestern Abend. Zuerst war es nur eine Überlegung, die sie wieder verworfen hat. Dann traf sie einen Tag vor unserem Notartermin den Leiter dieser internationalen Ärztegruppe. Der muss Sinje einer Gehirnwäsche unterzogen haben. Plötzlich stand ihr Entschluss fest ... Sie fährt nun doch mit. Gestern Abend hat sie es mir mitgeteilt. So Knall auf Fall! Das geht doch nicht!«, schimpft Niklas leise.

Als er anschließend still aus dem Autofenster schaut, hält er sich gähnend die Hand vor den Mund und reibt sich, wie Gesa auffällt, zum dritten Mal kurz hintereinander seine müden Lider.

Ihr war das fehlende Leuchten in Niklas' sonst so wachen, stahlblauen Augen bereits am Morgen in der Teamsitzung aufgefallen. Da habe ich mich doch zu Recht darüber gewundert, warum die heute so klein und trüb sind, denkt sie.

»Die letzte Nacht war kurz«, bestätigt Niklas ihr mit einem Seufzer, »Sinje und ich haben viel geredet«, sagt er traurig und schweigt einen Moment.

Dann klatscht er sich auf die Oberschenkel, als hätte er einen inneren Weckruf erhalten.

»Was soll's, ich kann es eh nicht verhindern«, verkündet er mit fester Stimme. »Lass uns mal mit dem privaten Kram aufhören, Gesa. Noch gut fünf Minuten, dann sind wir in Brasilien. In unserem Brasilien an der Ostsee«, fügt er schmunzelnd hinzu, denn er hat im Vorbeifahren die ihm vertrauten Ferienhäuser des vorgelagerten Seebads Kalifornien entdeckt.

Die Hauptkommissarin nickt. »Hast ja recht, Niklas. Sammeln wir lieber unsere Gedanken zusammen. Mir ist ohnehin nicht ganz wohl dabei, den Schauspieler so ohne Vorwarnung mit einem Mordverdacht zu konfrontieren. Das Schreiben, welches ihn beschuldigt, ist schließlich anonym. Hoffentlich machen wir uns nicht lächerlich.«

Niklas kneift die Augen zusammen. »Schon möglich«, meint er, »aber wir müssen den Sturm unbedingt befragen. Wahrscheinlich kennt er den Absender des Briefes. Dieser weiß auf jeden Fall, dass es sich bei der Toten am Strand Heidkate um Larissa Reuter handelt. Wir wissen es selbst erst seit Kurzem sicher und haben keine Informationen an die Öffentlichkeit gegeben. Auch nicht darüber, dass es Mord war.«

»Stimmt«, lenkt Gesa ein, »das werden wir gegenüber Oskar Sturm jetzt aber tun. Da bleibt uns nichts anderes übrig.«

»Na klar. Wir werden ihn einweihen. Wenn er unschuldig ist, dann muss den Brief jemand aus seinem persönlichen Umfeld geschrieben haben, der ihm schaden will«, meint Niklas und überlegt. »Oder Sturm hat mit alldem überhaupt nichts zu tun und der unbekannte Mörder bzw. die Mörderin möchte den

Verdacht von sich auf den berühmten Fernsehkommissar lenken.«

»Eine steile These, die du da aufstellst«, bemerkt Gesa. »Falls es Oskar Sturm nicht gewesen ist, halte ich diese aber auch für am wahrscheinlichsten. Wenn wir nur schon wüssten, wo Frau Reuter das Getränk mit dem für sie tödlichen Herzmedikament zu sich genommen hat«, jammert sie und biegt auf den Parkplatz vor der Bungalowsiedlung ein. »Wir sind da!«

Gesa stöhnt laut auf. »Auf in die Bruthitze! Den Rest müssen wir wieder zu Fuß zurücklegen«, mault sie und wirft einen ängstlichen Blick auf ihre hübschen, neuen Sandaletten.

Hoffentlich überleben die das wenigstens.

Ich zerfließe garantiert, sobald ich die Wagentür geöffnet habe, befürchtet sie und schaltet den Motor aus.

»Blub!«, macht es und noch einmal, »blub, blub ...«

Gesa schlägt die Hände über dem Kopf zusammen. »Oje!«, kreischt sie. »Das Geräusch kenne ich! In 99 Prozent aller Fälle springt der Opel nachher nicht mehr an.«

»Beschwöre es nur nicht!«, warnt Niklas und reißt die Beifahrertür auf. »Puh, ist das schon wieder heiß draußen. Wie gut, dass wenigstens die Klimaanlage im Wagen funktioniert hat.«

Während Gesa und Niklas die fünfzig Meter vom Parkplatz zum Bungalow des Schauspielers laufen, stimmen sie sich noch einmal untereinander ab.

»Also«, beginnt Gesa zu erzählen, »unser Ziel ist es, eine freiwillige DNA-Probe von Oskar Sturm zu erhalten. Wenn der Brief eine Verleumdung ist und er kein Verhältnis mit Larissa Reuter hatte, kommt

Sturm auch nicht als Vater des Ungeborenen in Betracht.«

»Umgekehrt aber schon. Er kann ihr Geliebter gewesen sein und trotzdem ist ein anderer Mann für die Schwangerschaft verantwortlich«, gibt Niklas zu bedenken.

»Natürlich, ich weiß«, erwidert Gesa, »das hat Stefan in der Teamsitzung bereits gesagt. Aber wir müssen uns nun mal an das Wahrscheinlichste klammern. Wenn man es genau nimmt, könnte sich die Frau auch einer künstlichen Befruchtung unterzogen haben.«

»Oder sie hat Samenraub begangen«, wirft Niklas bissig ein.

Gesa schaut ihn entsetzt an.

Was für eine skurrile Idee.

Er ist heute einfach nicht gut auf die Frauen zu sprechen.

»Ja, sogar das ist schon vorgekommen«, stimmt sie ihrem Kollegen trotzdem zu und stupst ihm sanft in die Seite.

»Da vorn steht der schrottige Bungalow«, sagt sie, »nun lass uns mal loslegen und den Sturm knacken wie eine alte Miesmuschel.« Gesa reibt sich erwartungsvoll die Hände. »Mal sehen, ob er heute wieder so arrogant ist.«

Niklas erkennt das verräterische Blitzen in Gesas grünen Augen und schüttelt beim Balancieren über die wackeligen Bretter den Kopf. »Gesa«, bittet er, »bleib cool! Schieß dich nicht zu sehr auf ihn ein! Der Brief könnte Teil einer infamen Intrige gegen den Schauspieler sein.«

»Abwarten«, widerspricht Gesa, »mein Bauchgefühl sagt mir etwas anderes.«

Wie auf Kommando hört Niklas hinter sich ein lautes

Grummeln und Knurren. »Ups!«, entschuldigt sich Gesa. »Das war mein Bauch.« Sie grinst.

Auch Niklas' Gesichtszüge entspannen sich endlich wieder. »Ich übersetze mal«, sagt er lachend, »das hieß eben: Ich habe Appetit auf süße Macarons.«

13. Kapitel

Eine halbe Stunde später befinden sich Gesa und Niklas wieder auf dem Parkplatz und stehen verärgert vor ihrem von der prallen Mittagssonne aufgeheizten Dienstopel.

»War doch klar, dass der Sturm uns die Speichelprobe nicht freiwillig gibt«, jammert Gesa. »Aber wir benötigen dringend eine von ihm! Wie soll ich dafür nur einen richterlichen Beschluss erwirken? Ich könnte es vielleicht über den mir wohlgesonnenen Staatsanwalt probieren ...«, überlegt sie laut, während sie die Fahrertür öffnet.

Niklas winkt ab. »Ich glaube nicht, dass du da etwas erreichst. Bei Prominenten sind die in Kiel erst recht vorsichtig.«

»Aber ich traue dem Schauspieler nicht! Wenn er ein reines Gewissen hätte, würde er uns die Speichelprobe doch freiwillig geben«, erwidert Gesa trotzig und lässt sich erschöpft in den durchgesessenen Fahrersitz fallen.

Niklas steigt ebenfalls in das Auto ein. »Jedenfalls macht ihn seine Verweigerung nicht weniger verdächtig«, meint er. »Ich glaube aber, die Anwesenheit seines Assistenten Sven Krüger hat letztendlich den Ausschlag für seine ablehnende Haltung gegeben. Der hat ihm doch sofort geraten, nichts mehr ohne Anwalt zu sagen.«

Gesa seufzt. »Womit er recht hat. Wir haben Oskar Sturm doch als Verdächtigen vernommen.«

»Schon klar, aber die Belehrung führen wir immer noch selbst durch«, widerspricht Niklas. »Dazu benötigen wir Sven Krüger nicht. Ansonsten verhält der sich ja auch dermaßen schleimig-freundlich zu uns, dass es schon wieder auffällig wirkt, finde ich. Den Krüger sollten wir bei unseren Ermittlungen nicht außer Acht lassen. Er klebt an dem Schauspieler wie ein siamesischer Zwilling.«

»Das haben persönliche Assistenten so an sich, dafür werden sie bezahlt«, zischt Gesa. Sie ist verärgert, denn während Niklas erzählte, hat sie zweimal vergeblich versucht, den Wagen zu starten.

Wütend haut sie mit ihren zierlichen Fäusten auf das Lenkrad. »Verdammter Möwenschiss!«, flucht sie. »Habe ich es vorhin nicht vorausgesagt? Der Opel springt heute nicht mehr an.«

Niklas zuckt resigniert mit den Schultern. Seine vollen Haare kleben ihm schweißnass an der Stirn. »Wenn ich weitere fünf Minuten in diesem Brutkasten verbringen muss«, klagt er, »übergebe ich mich.«

Gesa dreht wie wild an den Knöpfen auf dem Armaturenbrett. »Die Klimaanlage funktioniert natürlich auch nicht!«, schimpft sie. »Wir müssen aussteigen. Das wird nichts mehr.«

Niklas lässt sich das nicht zweimal sagen. »Soll ich Iversen anrufen?«, fragt er, als Gesa und er wieder auf dem Parkplatz stehen.

»Ja, tu das. Er möchte uns bitte abholen und den Opel abschleppen lassen.« Sie wirft einen letzten, hoffnungsvollen Blick auf den eingestaubten, dunkelblauen Wagen. »Oder jemand von den Kollegen schaut mal unter die Motorhaube, vielleicht springt das Fahrzeug abends, wenn es etwas kühler geworden ist, wieder an.«

Niklas verzieht zweifelnd sein Gesicht. »Falls man den Wetterprognosen Glauben schenken darf, bleibt uns diese Affenhitze erhalten. Die Temperaturunterschiede zwischen Tag und Nacht sind marginal.« Er stöhnt. »Fast schon wie in den Tropen.«

»Deshalb bleibe ich im Sommer am liebsten zu Hause an der Ostsee«, erwidert Gesa mit ironischem Grinsen. »Warum soll ich fürs Schwitzen bezahlen, wenn mir hier die Sonne gratis auf den Kopf knallt.« Sie wedelt mit den Armen und schaut unter ihre Achseln.

Mist.

Mein Lieblingskleid habe ich durchgeschwitzt.

Nicht nur wegen der Hitze. Vor allem aus Ärger darüber, dass uns der Sturm hat abblitzen lassen.

Wo bekomme ich jetzt noch etwas Frisches zum Anziehen her?

Eigentlich wollte ich das Kleid tragen, wenn Niels mit mir am Hafen ausgeht.

Was er wohl für eine Überraschung plant?

Niklas, der in der Zwischenzeit telefoniert hat, unterbricht Gesas Überlegungen: »Iversen fährt sofort los«, berichtet er ihr, »und um den Opel kümmert sich Stefan beziehungsweise die Werkstatt, die er sonst immer kontaktiert. Die haben ganz in der Nähe eine Zweigstelle.«

Als Gesa und Niklas eine halbe Stunde später in das

klimatisierte Einsatzfahrzeug des Polizeimeisters einsteigen, verteilt der als Erstes eisgekühlte Wasserflaschen. »Hier, ihr habt sicher Durst.«

»Danke, Iversen! Du bist ein Schatz!«, schwärmt Gesa. »Wo hast du die denn her? Oder gibt es eine neue Anweisung aus Kiel, uns bei dem Wetter die Arbeit zu erleichtern?«

»I wo!« Iversen lacht. »Eher fängt der Fisch die Möwe, haha!«, brummt er mit seinem fröhlichen Bass. »Ich war gerade bei meiner Frau in der zentralen Ferienunterkunftsvermittlung an der Strandpromenade zu Besuch. Als der Kollege Lux anrief, hatte ich nämlich Pause.«

»Oh, entschuldige«, Gesa lächelt Iversen dankbar an.

»Na hör mal, das ist doch selbstverständlich, dass ich euch hier nicht in der Mittagssonne grillen lasse.«

»Wie geht's deiner Frau?«, erkundigt sich Gesa.

»Gut, sehr gut. Die Buchungen laufen wie am Schnürchen. Sie hat mir ganz stolz berichtet, dass sie sogar einen prominenten Fernsehkommissar kurzfristig unterbringen konnte.«

Nun wird Niklas, der bisher still vor sich hin gedöst und nachgedacht hat, wie er das vorläufig letzte gemeinsame Wochenende mit Sinje verbringen wird, sofort hellhörig.

»Bitte erzählen Sie mehr darüber, Kollege Iversen«, meldet er sich von der Rückbank. »Uns interessiert jedes kleine Detail dieser Buchung.«

Iversen stutzt kurz. Er weiß ja nicht, dass die Kriminalisten eben bei Oskar Sturm zu einer Befragung waren und dass es in dem anonymen Brief, den er morgens bei der Kripo vorbeigebracht hat, um den Schauspieler ging.

»Okay«, willigt Iversen ein. »Der Oskar Sturm«, berichtet er, »war mit seiner alten Unterkunft, einem privat vermittelten Quartier, nicht zufrieden und wollte dringend etwas Neues. Egal, was. Meine Frau hat nur noch einen halbfertig renovierten Bungalow in der Kartei freigehabt und diesen dem Fernsehkommissar in Abstimmung mit dem Eigentümer angeboten.«

»Ha!«, ruft Gesa. »Wir waren gerade in dem besagten Bungalow und haben den prominenten Schauspieler befragt. Das ist ja ein Ding, Iversen. Der feine Herr Sturm hat uns nämlich weismachen wollen, dass er so bescheiden Urlaub macht, weil seine Gage nicht mehr hergibt.«

»Habt ihr den etwa in Verdacht?«, fragt Iversen neugierig.

»Du erfährst es noch rechtzeitig«, weicht Gesa aus »Wir ermitteln im Tötungsdelikt Larissa Reuter in allen Richtungen. In dem anonymen Brief an uns, den du heute aus dem Postkasten gefischt hast, wird Herr Sturm des Mordes beschuldigt.«

»Ist nicht wahr!« Iversens Augen verfinstern sich. »Meine Frau und ich sehen jede Folge mit ihm als Spreewaldkommissar. Da will jemand dem Mann etwas anhängen. Die Branche ist ein Haifischbecken ...«

»Ja, Iversen«, unterbricht ihn Gesa genervt.

»Das sagt man doch so«, wehrt sich Iversen. »Auf meine Menschenkenntnis kann ich mich jedenfalls verlassen«, behauptet er, »der Sturm ist ein guter ...«

»Schauspieler«, vervollständigt Gesa den Satz des Kollegen und lacht. »Nun bleib mal objektiv, mein Lieber. Du kennst ihn doch gar nicht persönlich.«

Niklas schmunzelt auf dem Rücksitz in sich hinein.

Gesa hat völlig recht.

Gut, dass sie es Iversen gesagt hat.

Ich dürfte mir das nicht erlauben.
Bis es so weit ist, muss ich noch ein paar Jahre länger Küstenluft schnuppern.
Von mir aus gern.
Er lächelt und lehnt sich entspannt in seinen Autositz.
Ich bleibe hier.
In Brasilien war ich doch eben schon.

14. Kapitel

Es ist früher Abend, als die Kommissare endlich die Dienststelle verlassen haben und gemeinsam in Richtung Laboer Hafen unterwegs sind. An einer schmalen Kreuzung verabschiedet sich Niklas, der sein Rennrad bisher neben Gesa geschoben hat, von ihr: »Tschüs, Gesa, viel Spaß!«, wünscht er und steigt aufs Rad. »Grüß bitte den Doc von mir!«, ruft er Gesa noch hinterher, bevor er in die kleine, kopfsteingepflasterte Straße zu Trude Hansens Kapitänshäuschen einbiegt.
Trude wird staunen, dass ich unangemeldet auftauche.
Hoffentlich freut sie sich trotzdem.
Niklas tritt in die Pedale und dreht sich noch einmal zu Gesa um.
Sie hat es gut, denkt er und ist fast ein wenig neidisch, denn Gesa fährt heute nicht nach der Arbeit nach Hause, sondern trifft ihren Freund, von Isenberg, am Jachthafen. Den gesamten Fußweg über redete sie von nichts anderem als von der möglichen Überraschung, die er für sie vorgesehen hat.
Niklas schmunzelt, während er langsam über das holprige Pflaster rollt.

Gesa verhält sich manchmal wie ein Kind.
Aber schön, dass sie sich das bewahrt hat.
Vielleicht bin ich einfach zu verkopft.
Warum stört es mich denn, wenn Sinje für drei Monate nach Brasilien geht, noch dazu für einen karitativen Zweck?, überlegt er.
Bin ich zu egoistisch?
Nein, das ist es nicht.
Niklas ahnt, wo ihn der Schuh drückt, denn bei der Dauer von Sinjes Einsatz in Brasilien handelt es sich um mindestens drei Monate. Daraus können, falls keine Ablösung erfolgt, schnell sechs und mehr werden, wie sie ihm gegenüber zugegeben hat.
Das ist mir eindeutig zu lange.
Außerdem wurmt es ihn, dass die Entscheidung seiner Freundin erst endgültig fiel, nachdem sie den mitreisenden Leiter der Gruppe persönlich getroffen hat. Niklas googelte später dessen Vita im Internet. Als er ein Porträtfoto des Arztes entdeckte, ist er fast hintenübergefallen. Er hatte das Gefühl, in einen Spiegel zu schauen, so ähnlich sieht ihm dieser Mann.

Vor Trudes Haus sichert Niklas sein geliebtes Rennrad mit dem dreifachen Kettenschloss. Ganz wohl ist ihm nicht dabei.
In der Gasse ist es abends so einsam.
Meistens besucht er seine ehemalige Wirtin und inzwischen sehr gute Freundin zur Mittagszeit und geht dann zu Fuß. Heute Abend wird er im Anschluss an seinen Besuch nach Hause zu seiner Wohnung fahren und hat sich daher für das Rad entschieden.
Niklas drückt auf den Klingelknopf.
Sein Magen knurrt. Er presst schnell die Bauchmuskeln zusammen.

Ich werde Trude sagen, dass ich schon gegessen habe.

Niklas weiß, dass die ältere Dame pünktlich um 18 Uhr Abendbrot isst, und die Zeiger der Turmuhr von der Kirche gegenüber stehen bereits auf halb acht.

Trude wäre furchtbar aufgeregt, dass sie nichts für ihn vorbereitet hat. Die zweiundachtzigjährige Witwe kocht leidenschaftlich gern, vor allem für einen dankbaren Esser wie Niklas.

Heute genügt mir ein Glas Rotwein.

Ich möchte nur ein wenig plauschen und mich ablenken.

Nachdem er ein zweites Mal geklingelt hat, öffnet Trude ihm, auf ihren Krückstock gestützt, endlich die Tür.

»Niklas!«, ruft sie hocherfreut. »Das ist ja eine Überraschung, min Jung! Entschuldige, erst habe ich die Klingel nicht sofort gehört und dann bin ich nicht schnell genug von der Couch hochgekommen.« Sie stöhnt. »Du weißt ja, mein Rücken.«

Niklas beugt sich zu Trude hinunter und umarmt sie. »Ich muss mich entschuldigen, so unangemeldet hereinzuplatzen«, sagt er und schließt die Haustür hinter sich, während Trude auf dem welligen Läufer voraneilt. »Rotwein?«, krächzt sie heiser und stiefelt den Flur entlang in Richtung ihrer Speisekammer.

»Ja, gern«, antwortet Niklas.

Als er sich die Schuhe auszieht und seine Puschen, die Trude extra für ihn gekauft hat, überstreift, überfällt ihn ein schlechtes Gewissen.

Ich habe sie aufgeweckt.

Wahrscheinlich hat sie bereits auf ihrem Sofa geschlafen.

Doch Trude überzeugt ihren unerwarteten Gast sogleich vom Gegenteil. »Endlich trinkst du mal ein Gläschen mit mir!«, jubelt sie. »Mittags bist du ja immer im Dienst.«

»Stimmt«, meint Niklas und geht weiter bis ins Wohnzimmer. Über den Fernsehbildschirm flimmert der Abspann eines Spreewaldkrimis mit Kommissar Birkner. Niklas reißt erstaunt die Augen auf.

Das glaub ich jetzt nicht.

»Du hast Glück!«, verkündet ihm Trude freudestrahlend, als sie mit dem Rotwein in der Hand ihre gute Stube betritt. »Der Film ist gerade zu Ende.«

Sie stellt die Flasche auf den Tisch und schaltet den Fernseher aus.

»Wenn du zu Besuch bist, brauche ich keine andere Unterhaltung. Das war ohnehin eine Wiederholung. Wozu zahle ich eigentlich Fernsehgebühren?«, schimpft sie, aber sie lacht dabei und zeigt auf den Wein. »Bitte öffne uns den mal, den Korkenzieher findest du jetzt in der Küche im obersten Schubfach. Ich habe umgeräumt.«

Niklas eilt mit Trudes Lieblingswein in die Küche, während sie zwei Gläser aus der Wohnzimmervitrine herausnimmt. Als er zurückkehrt, sagt sie: »Den Birkner mag ich. Der ist so kernig und natürlich in seiner Art. Dann schaue ich mir auch gern mal eine Folge doppelt an.«

Niklas verzieht leicht die Mundwinkel.

Ich habe auf ein wenig Ablenkung gehofft.

Na, besser, als wenn sie mich nach Sinje fragt.

Doch für Trude scheint es heute nur ein Thema zu geben. »Den Kommissar Birkner spielt ja Oskar Sturm. Angeblich soll er bei uns in Laboe seinen Urlaub verbringen. Ich wollte es zuerst gar nicht glauben. Meine Canasta-Freundin Sieglinde hat mir die Autogrammkarte gezeigt, die sie auf dem Parkplatz vor der Polizei bekommen hat.« Trude seufzt. »Du hättest mir auch eine besorgen können, Niklas. Das muss euch doch in der Dienststelle aufgefallen sein, dass die vor eurer Tür verteilt wurden.«

Niklas füllt schnell Rotwein in die Gläser. »Nun lass uns erst einmal anstoßen, Trude!«, versucht er sie abzulenken.

»Prost, min Jung!« Trude strahlt ihn an.

»Na, schietegal«, meint sie, »ich besitze ja inzwischen eine. Ihr habt bei der Kripo auch Wichtigeres zu tun, als aus dem Fenster zu schauen.«

Niklas nickt sofort. »Wir waren ständig unterwegs«, behauptet er.

»Wegen der toten Frau in den Dünen am Strand Heidkate?«, erkundigt sich Trude.

Sie weiß es natürlich schon wieder.

»Dazu darf ich nichts sagen, Trude.«

»Ach, na klar, ich frage immer ganz automatisch.«

Niklas lächelt. »Das macht auch nichts, ich muss ja nicht antworten.«

»Genau. Kennst du eigentlich die Ehefrau von dem Schauspieler Oskar Sturm?«

»Nein, sollte ich?«, schwindelt Niklas in der Bedrängnis.

»Sie ist Schriftstellerin. Ihre historischen Liebesromane sind Weltklasse.« Trude bekommt glänzende Augen. »Julia Blume heißt sie. Frau Blume hat am Montag in der Konzertmuschel an der Promenade eine Signierstunde gehalten«, berichtet Trude und redet sich in Rage: »Das war völlig spontan!«, ruft sie. »Carlos Enkel hat extra im Internet nachgesehen, sie wäre eigentlich in Süddeutschland auf einer Lesereise gewesen. Aber meine Freundin Sieglinde hat erneut Glück gehabt. Die Gute ist zufällig mit ihrer Tochter im Kulturpark spazieren gewesen und dann an der

Freilichtbühne vorbeigelaufen, wo sie Julia Blume getroffen hat.«

»Du meinst an der Konzertmuschel, Trude?«

»Ja, Musikmuschel oder Konzertmuschel so heißt die Bühne, Niklas. Das müsstest du dir nach zwei Jahren bei uns doch gemerkt haben.«

»Hab ich ja«, wehrt er sich. »Erzähl ruhig weiter«, bittet er Trude.

Das sind ja äußerst interessante Informationen.

»Liest du etwa die Bücher von Julia Blume?«

Niklas verneint ehrlich. »Keine Zeit«, sagt er höflich.

»Die Geschichten sind auch eher etwas für Frauen«, tröstet Trude ihn, »aber nicht für jede. Sieglinde zum Beispiel, die liest lieber Krimis. Da sie an meinem Geburtstag vor vier Wochen krank war und mir noch nichts geschenkt hat, kam sie auf die Idee, den neuesten Roman von Julia Sturm für mich zu kaufen. Sogar mit Widmung! Ich habe mich riesig gefreut. Aber nun gibt es ein Problem mit dem Buch.«

»Ist es zu langweilig?«, fragt Niklas scherzhaft und gießt Trude Wein nach.

Sie schüttelt den Kopf. »Im Gegenteil, es ist äußerst pikant, aber auf eine sehr spezielle Art und Weise.«

»Nun bin ich aber gespannt.« Niklas räuspert sich.

Hoffentlich handelt es sich nicht um schlüpfrige Liebesszenen, die Trude gleich zum Besten geben wird.

Doch die Zweiundachtzigjährige setzt jetzt ihren verschwörerischen Blick auf: »Julia Blume ist schwanger!«, flüstert sie. »Ich freue mich so für die Autorin. In einem Interview, das ich vor Jahren in einer Illustrierten beim Friseur gelesen habe, stand geschrieben, dass sie sich nichts sehnlicher als ein Kind wünscht.«

Trude steht auf und holt den Roman von der Anrichte.

»Und hier ist der Beweis«, verkündet sie nicht ohne Pathos in der Stimme. Sie reicht Niklas das dicke Taschenbuch, auf dessen knalligem Umschlag eine aufgehende Sonne und eine junge Nonne, die vor einer mittelalterlichen Burg wartet, zu sehen sind.

»Schlag es mal auf! Seite 97 musst du lesen.«

Niklas legt das Buch vor sich auf den Tisch und blättert darin.

Zwischen den Seiten 96 und 97 findet er einen nur wenige Zentimeter breiten Thermopapierausdruck. Es handelt sich um ein Ultraschallbild mit eingezeichneten Bemaßungspfeilen, die auf einen winzigen dunklen Bereich in der Mitte eines Uterus zeigen.

»Woher hast du das, Trude?«

»Das Foto lag in dem Roman, genau an der Stelle, die du eben aufgeblättert hast. Wahrscheinlich hat Julia Blume es in einem ihrer Bücher aufbewahrt, damit es nicht zerknickt.«

»Aha, und du glaubst, das Bild ist dann später, von der Autorin völlig unbeabsichtigt, zusammen mit dem Roman in den Verkauf geraten?«

Trude nickt eifrig. Ihre Wangen glühen rot vom Wein und der Aufregung.

»Gut möglich«, meint Niklas anerkennend, »das wäre eine plausible Erklärung.«

»Ich möchte es der Frau gern zurückschicken«, sagt Trude, »aber ich weiß nicht wohin. Mir ist es ja heute erst aufgefallen. Wie gut, dass du gekommen bist. Bei der Polizei kümmert ihr euch doch auch um Fundsachen.«

Niklas hat das Ultraschallbild inzwischen genauer studiert. Am oberen linken Rand hat er den Namen der schwangeren Patientin entdeckt, und der lautet nicht Julia Blume oder Julia Sturm, sondern Larissa

Reuter.
Völlig überrascht klappt Niklas das Buch wieder zu.
»Natürlich können wir uns darum kümmern, Trude«, verspricht er. »Ich müsste aber aus Gründen, die ich nicht näher erklären darf, auch den Roman mitnehmen. Du bekommst ihn selbstverständlich zurück.«
Trude grinst.
»Das kannst du gern tun, Niklas.« Sie droht ihm lachend mit dem Finger. »Gib es doch zu, dass du darin lesen möchtest. Pikant, pikant, sag ich nur.«
Niklas ist froh, dass Trude sich so schnell einverstanden erklärt hat.
Erleichtert schenkt er ihr und sich Wein nach.
Dabei lächelt er Trude an.
»Jetzt hast du mich aber ertappt«, erwidert er mit einem schelmischen Grinsen.
In dem Fall muss eine kleine Notlüge erlaubt sein.
Ich bin gespannt, was Gesa morgen früh zu dieser überraschenden Wendung sagen wird.
Niklas schaut auf Trudes Wanduhr über der Couch.
Nein, heute rufe ich Gesa nicht mehr an. Sie hat sich so auf den Abend mit von Isenberg gefreut.
Es genügt, wenn einer von uns Probleme in der Beziehung hat.

15. Kapitel

Thomas Bertram steht vor dem Badezimmerspiegel und verteilt millimeterdicke Pflegecreme auf seinem sonnenverbrannten Gesicht.
Ich hätte mehr auf meine Haut achtgeben und rechtzeitiger vom Strand zurückkehren müssen, ärgert er sich, während er seine rot glänzende Stirnpartie und den sich leicht zu pellen beginnenden Nasenrücken

im Spiegel betrachtet.

Seine Freundin Mila steckt den Kopf zur Tür hinein.

Thomas muss schlucken.

Donnerwetter!

In dem dunkelgrünen, rückenfreien Kleid sieht sie atemberaubend aus, findet er. Es passt perfekt zu ihren rotblonden, langen Haaren.

»Bist du fertig, Thomas?«

»In zwei Minuten, Schatz.«

»Gut, aber leider ist Tanja immer noch nicht zurückgekehrt!«, schimpft Mila. »Es ist gleich 20 Uhr. Wir werden den Anfang verpassen, wenn wir nicht bald losfahren.«

Sie hat recht, denkt Thomas. Eine halbe Stunde Autofahrt nach Kiel müssen wir mindestens einkalkulieren.

Wo bleibt denn Tanja nur?

Thomas hat für sich und seine Freundin Karten für eine Varieté-Vorstellung in einer Kieler Bar besorgt. Er hatte Mila versprochen, sie im Urlaub schick auszuführen. Dass Tamo und Tanja nun mit ihnen die Zeit in der Villa verbringen, sollte dem nicht im Wege stehen, hat Thomas seinen Kindern erklärt.

Die beiden hatten auch überhaupt nichts dagegen, den Abend allein in der Villa zu bleiben.

Im Gegenteil, ich glaube, sie waren sogar froh darüber.

Tamo daddelt ohnehin jeden Abend mit Kopfhörern auf den Ohren am iPad.

Als Thomas mit Tamo Fußball spielen wollte, erzählte der Zehnjährige seinem Vater, er würde zu Hause nach der Schule auch am liebsten nur am Computer spielen.

Tamo behauptet, er sei dabei am glücklichsten.

Ich muss mit Heide reden, dass das so nicht weitergeht, und mich selbst mehr kümmern.

Tanja verbringt leider auch sehr wenig Zeit mit ihrem Bruder.

Na ja, der Altersunterschied ...

Tamos sechzehnjährige Schwester Tanja genießt ihren Urlaub an der Ostsee in vollen Zügen. Sie hat sich einer Gruppe Jugendlicher vom Zeltplatz Heidkate angeschlossen und verbringt die meiste Zeit am Strand, schwimmt und spielt Volleyball.

Das Mädchen ist richtig aufgeblüht.

Gott sei Dank hat das Gezanke mit Mila aufgehört.

Obwohl ihr Bikini immer noch verschwunden ist.

Thomas hat Mila versprochen, dass er morgen mit ihr einen neuen kauft, obwohl er eher glaubt, dass seine manchmal etwas chaotische Freundin das vermisste Kleidungsstück gar nicht eingepackt hat.

Was soll's, denkt er, gehen wir eben shoppen und setzen einfach mal einen Tag am Strand aus. Dann kann sich mein Sonnenbrand wenigstens etwas erholen.

Plötzlich vernimmt Thomas Motorengeräusche durch das geöffnete Badezimmerfenster. Das ist doch ein Mofa, erkennt er sofort.

Ich hatte früher selbst eines.

Die Geräusche verstummen kurz, werden lauter und entfernen sich erneut wieder, bis Thomas sie gar nicht mehr hört.

Dafür stürmt seine Tochter jetzt ins Badezimmer hinein.

»Ich muss dringend duschen!«, ruft sie und wirft ihre sandige Strandtasche mit Schwung auf die Spiegelfliesen. Thomas springt verärgert beiseite.

»Moment!«, schimpft er. »Schon mal etwas von Privatsphäre gehört? Euer Bad ist oben!«

»Aber wir haben keine Regendusche«, mault Tanja,

»und ich habe es eilig. Sie zieht an ihren versandeten, langen Haaren. »Der Dreck muss raus. Ich bin später auf eine Geburtstagsparty eingeladen. In einer Stunde holt mich Sönke mit dem Mofa ab.«

»Welcher Sönke?«, fragt Thomas mit schneidender Stimme.

Tanja zuckt vor Schreck zusammen.

»Na, einer aus der Clique vom Zeltplatz. Ich habe dir doch von denen erzählt. Sönke hat ein Mofa, sonst ist da nichts mit ihm. Ehrlich, Papa.«

Thomas rollt mit den Augen.

Tanja schaut ihn flehend an: »Bitte, Papa, ich möchte mich auch mal amüsieren. Ich muss unbedingt auf diese Party.«

»Das sehe ich nicht so«, meint Thomas streng und postiert sich vor der Duschkabine. »Wir hatten eine Abmachung: Du und Tamo verbringt den Abend heute in der Villa. Ich möchte nicht, dass dein Bruder allein in dem riesigen Haus zurückbleibt.«

»Ach Scheiße!«, flucht Tanja und Tränen steigen ihr in die Augen. »Das hatte ich ganz vergessen, du willst ja mit Mila ins Theater.«

Thomas streichelt Tanja versöhnlich über den Kopf. »Varieté, Liebes, und anschließen gehen Mila und ich noch in die Bar. Wir nehmen den Wagen und ich werde nichts trinken, dann sind wir bald wieder zurück.«

»Darf ich nicht trotzdem zu der Party?«, bettelt Tanja. »Tamo ist doch kein Baby mehr. Er ist zehn Jahre alt.«

»Einen anderen Tag gern«, erwidert Thomas, »aber dann fahre ich dich dorthin und hole dich auch wieder ab.«

»Papa!«, kreischt Tanja wütend. »Das ist doch nicht

dein Ernst? Du machst mich so lächerlich!«, schreit sie ihrem Vater ins Gesicht. »Andere Sechzehnjährige zelten schon allein mit ihren Freunden, ohne väterlichen Aufpasser.«

Thomas wird kurz nachdenklich.

»Du bist aber nicht andere«, entscheidet er. »Solche gravierenden Angelegenheiten müsste ich außerdem mit deiner Mutter besprechen.«

»Ist klar.« Tanja lacht laut. Es klingt verzweifelt. »Wenn es nach ihr geht, würde sie mich im Möbelkaufhaus noch im Bällebad abgeben.«

»Nun übertreibst du aber.« Thomas nimmt seine Exfrau in Schutz. »Mama hat dich und Tamo doch allein an die Ostsee fahren lassen.«

Tanja schüttelt nur resigniert den Kopf.

»Du verstehst nicht, was ich meine, Papa!«, schluchzt sie und läuft aus dem Bad.

Ihr Vater rennt ihr hinterher.

»Niemand versteht mich!«, schreit sie die Treppe von der Galerie ins Wohnzimmer hinunter.

Mila, die im Sessel sitzend auf Thomas gewartet hat, steht auf und schneidet ihm den Weg ab. Sie zeigt demonstrativ auf ihre goldene Armbanduhr, die er ihr geschenkt hat.

»Wir müssen los«, flüstert sie.

»Ja, gleich, warte noch kurz«, bittet Thomas, »hol schon mal die Papiere und die Wagenschlüssel aus dem Safe, ich komme sofort«, vertröstet er Mila und läuft Tanja in ihr Zimmer ins Obergeschoss nach.

Er klopft kurz und geht dann sofort hinein. Seine Tochter hat sich auf ihr Bett geworfen und das Gesicht tief im Kissen vergraben.

Thomas setzt sich auf die Kante und streichelt ihr liebevoll über den Kopf. »Wir reden morgen, versprochen. Aber jetzt müssen Mila und ich wirklich aufbrechen. Kann ich euch denn allein lassen?«, fragt er. Es klingt eher wie eine Bitte.

»Ja«, krächzt Tanja aus ihrem verheulten Kissen. »Nun fahrt schon endlich los! Es war ja so abgemacht.«

Freitag

16. Kapitel

Gesa sitzt an diesem bereits fünfundzwanzig Grad warmen Morgen mit leuchtenden Augen an ihrem Schreibtisch. Das Fenster zum Innenhof hat sie weit geöffnet, aber es weht kaum frischer Wind von der nahen Ostsee herein.

Die Luft steht wieder.

Genau wie gestern Abend.

Bevor sich die Hauptkommissarin ihrem vollen E-Mail-Postfach widmet, scrollt sie die letzten Fotos auf ihrem Handy, die sie von dem Treffen mit ihrem Freund Niels am Hafen geknipst hat, erneut durch.

Das war wirklich eine Riesenüberraschung, die sich Niels für mich ausgedacht hat.

Es klopft an ihrer Bürotür. »Ja?«, ruft sie.

Ihr Kollege Niklas Lux kommt eilig hineingelaufen. In seiner Hand hält er den neuesten, von der Autorin Julia Blume verfassten Roman. Das Ultraschallbild mit dem Schwangerschaftsbeweis der ermordeten Larissa Reuter hat Niklas wieder zwischen die Seiten 96 und 97 gelegt.

»Moin, moin!«, begrüßt Gesa ihn. »Ich bin auch erst

seit fünf Minuten an Bord, Niklas.« Gesa gähnt kurz, aber ihr Blick wirkt klar und glücklich.

Niklas sieht es mit neidloser Freude.

Da hat von Isenberg gestern Abend wohl das volle Programm geboten.

Dieser Charmeur.

Während ich mit Trude ordentlich tief ins Rotweinglas geschaut habe.

»Wie war es mit dem Doc am Hafen?«, erkundigt er sich.

»Fantastisch!« Gesa sprudelt sofort los: »Stell dir vor, Niels hat sein Segelboot nach mir benannt. Das ist so süß von ihm. Das Boot hieß seit seiner Jungfernfahrt zwanzig Jahre lang Albatros.«

»Dann bist du die erste und ganz sicher einzige Frau, deren Namen es jetzt trägt. Das freut mich für dich.«

»Danke«, Gesa strahlt Niklas an, »das ist lieb von dir. Wie war dein Besuch bei Trude? Geht's ihr gut?«

Nach Sinje frag ich lieber nicht.

Niklas sieht sehr angespannt aus.

Was soll sich da auch von gestern Abend bis heute Morgen geändert haben?

»Ja, alles bestens«, versichert Niklas, »und Trude wäre ja nicht unser Trudchen, wenn sie nicht auch dieses Mal zur Aufklärung eines Falls beitragen würde«, sagt er und hält Gesa den Roman von Julia Blume hin. Dann greift er sich einen Stuhl und setzt sich zu ihr an den Schreibtisch.

Sie bestaunt sofort das knallbunte Cover mit dem Sonnenuntergang und der Nonne vor der mittelalterlichen Burg. »Schick. Aber ich lese historische Romane eher weniger. Daher kannte ich die Autorin Julia Blume bisher auch nicht.«

Niklas bittet Gesa jetzt, genau wie es Trude bei ihm

getan hat, die Seite 97 aufzuschlagen.

Gesa, deren Blick anschließend sofort zum linken oberen Rand des Ultraschallbildes wandert, schnalzt mit der Zunge, als sie Larissa Reuters Namen dort entdeckt. »Heiliger Klabautermann! Das ist ja eine Überraschung! Was für ein besonderes Lesezeichen!«, meint sie. »Aber Scherz beiseite, wie kommt dieses Foto denn in das Buch? Hast du eine Ahnung, Niklas?«

Er erzählt Gesa nun Trudes Geschichte.

»Mannomann!«, stöhnt sie. »Das macht die Ehefrau des Schauspielers ebenfalls verdächtig.«

»Sehe ich genauso. Aber uns bringt dieses Bild bei den Ermittlungen entscheidend weiter«, bekräftigt Niklas, »denn es zeigt, dass es eine Verbindung zwischen den Eheleuten Sturm und Larissa Reuter gegeben hat, die über eine berufliche Zusammenarbeit mit dem Schauspieler hinausging.«

Gesa nickt heftig. »Vollkommen klar! So ein intimes Fotodokument verteilt eine schwangere Frau ja nicht wie ihre Visitenkarten. Ich ahne, was dir durch den Kopf geht, Niklas: die Speichelprobe von Oskar Sturm. Du hast recht, die ist uns jetzt sicher.«

»Dann suchen wir den Mann heute erneut auf oder wollen wir ihn lieber zu uns in die Dienststelle einbestellen?«

Gesa legt kurz den Zeigefinger an die Lippen und überlegt.

»Nee, wir haben einfach zu wenig Zeit. Heute ist bereits Freitag«, bemerkt sie mit einem Blick auf ihren Wandkalender, der einen von tosenden Wellen umspülten, roten Leuchtturm abbildet. »Wenn ich den richterlichen Beschluss besorgt habe, werde ich Iversen bitten, bei Oskar Sturm vorbeizufahren, oder einen seiner Männer zu ihm schicken.«

Niklas kneift kurz die Augen zusammen. »Iversen ist ein Riesenfan des Schauspielers. Ist er da nicht möglicherweise befangen?«

»Ach Quatsch! Der erfahrene Kollege verhält sich garantiert professionell. Außerdem ermittelt er nicht eigenständig. Iversen führt lediglich den technischen Akt einer Probenentnahme für den DNA-Abgleich durch.«

»Haha, Gesa!«, Niklas gibt sich geschlagen. »Wenn du es so siehst, hast du natürlich vollkommen recht.«

»Oskar Sturm darf auf keinen Fall erfahren, dass wir dieses Ultraschallbild besitzen und wo wir es gefunden haben«, warnt Gesa Niklas. »Wenn wir einen richterlichen Beschluss in den Händen halten, müssen wir ihm die Maßnahme zum Glück nicht mehr begründen.«

»Tja!«, über Niklas' Gesicht huscht ein zufriedenes Lächeln. »Beim letzten Mal haben wir den Herrn noch höflich gebeten und er hat abgelehnt. Nun schlägt das Pendel der Wahrheitsfindung zu unseren Gunsten aus.«

»So ist es«, bestätigt Gesa, die bereits wieder dabei ist, in ihrem E-Mail-Postfach zu scrollen. »Es ist gleich halb neun, Niklas«, sagt sie, ohne den Blick von ihrem Bildschirm abzuwenden. »Ich denke, es reicht, wenn wir die anderen um halb zehn, während der Teamsitzung, über Trudes spektakulären Fund in Kenntnis setzen.«

»Einverstanden«, antwortet er und erhebt sich von seinem Stuhl. »Dann verflüchtige ich mich mal wieder. Um den Beschluss kümmerst du dich?«

»Ja, mach ich sofort. Wie blöd, dass heute Freitag ist.

Das Ergebnis der DNA-Probe des Schauspielers erhalten wir mit viel Glück dann erst am Montagabend.«

»Es sei denn, in der Pathologie arbeitet jemand am Wochenende.«

Gesa rollt mit ihren Augen: »Ich weiß. Wenn es schnell gehen muss, ist der Analyseprozess in acht Stunden durch, aber nur, wenn einer ununterbrochen dabeibleibt.«

»Könntest du nicht ...?«, beginnt Niklas vorsichtig.

»Meinen Freund, den Doc, fragen, ob er eine Nachtschicht einlegt?«, vollendet Gesa den Satz. »Ich weiß nicht«, seufzt sie. »Vorausgesetzt, wir erhalten den Beschluss heute, ist es nicht einmal sicher, dass der Kollege Iversen den Sturm gleich antrifft, um eine Speichelprobe von ihm zu nehmen.« Gesa schürzt ihre vollen Lippen. »Eigentlich wollte ich mich heute Abend bei Niels revanchieren«, mault sie.

»Verstehe.« Niklas grinst verschmitzt. »Du hast dir einiges vorgenommen. Wie schön! Mein Wochenende ist bislang noch nicht verplant«, gesteht er.

»Aber?« Gesa schaut ihn verwundert an. »Sinje fliegt doch schon am Montag los.«

»Ja, das stimmt. Natürlich werden wir die Zeit gemeinsam verbringen, aber ich weiß noch nicht, wie. Der Schock über ihre kurzfristige Entscheidung sitzt einfach zu tief.«

Gesas Stirnrunzeln signalisiert Niklas Unverständnis für sein Verhalten.

Der Lux ist aber stur.

»Mal schauen, wie es morgen aussieht«, lenkt er ein. »Dann treffe ich Sinje und übernachte bei ihr in Kiel. Viel Zeit hat sie ohnehin nicht. Sie muss etliche Besorgungen und Behördengänge erledigen und morgen damit beginnen, alles für die längere Reise einzupacken.«

Gesa greift nach Niklas' Hand, mit der er sich auf ihrem Schreibtisch abstützt. »Das wird schon«, tröstet sie ihn. »Du hast dir eben eine kluge und selbstbestimmte Partnerin ausgewählt«, nimmt sie Sinje in Schutz. »Es ist wahrscheinlich eine Riesenchance, an einem solchen Projekt in Brasilien mitzuarbeiten. Sinje ist eine ehrgeizige Ärztin.«

»Ich weiß«, antwortet Niklas.

Gesa hat gut reden.

Von wegen Ehrgeiz.

Dieser smarte Arzt hat garantiert den Ausschlag für ihre Entscheidung gegeben.

Wenn Gesa von dem wüsste, würde sie anders darüber denken.

Vielleicht zeige ich ihr später mal sein Foto.

Man könnte fast glauben, er ist mein Zwilling.

Das ist so krass.

Dabei hat Niklas bereits eine Zwillingsschwester. Frieda Lux, die genau wie er die höhere Laufbahnausbildung beim Bundeskriminalamt abgeschlossen hat, ist immer noch für das BKA in Wiesbaden tätig und inzwischen sogar zur Hauptkommissarin befördert worden. Ihr Weg verlief geradliniger als der ihres mit so unterschiedlichen Begabungen ausgestatteten Bruders.

Niklas sieht verträumt aus Gesas Bürofenster und erinnert sich kurz wieder: an seinen Ausstieg aus dem aktiven Dienst, die Karriere als verdeckter Ermittler, Privatdetektiv und Kunstmaler und an seinen Entschluss, zurückzukehren zur Kriminalpolizei und dafür im Norden neu anzufangen ... Zwei Jahre ist das schon wieder her, grübelt er. Warum rast die Zeit immer schneller, je älter man wird?, überlegt der Sechsundvierzigjährige.

Bei diesem Gedanken muss er kurz schlucken.

Mit Sinje habe ich mir eine eigene Familie vorstellen können. Davon bin ich innerlich gerade meilenweit entfernt.

Gesa stupst ihn behutsam an. »Niklas«, sagt sie leise. »Ich möchte jetzt die Teamsitzung vorbereiten.«

Er zuckt erschrocken zusammen. »Oh, natürlich. Ich war für einen Moment sehr weit weg.«

»Das habe ich gemerkt.«

»Sorry.«

»Dafür musst du dich nicht entschuldigen.«

Niklas sieht Gesa dankbar an.

Sie ist eine richtig gute Freundin geworden.

Auf eine Art, die ich bei einer Frau so bisher nicht kennengelernt habe.

17. Kapitel

Nachdem Gesa und Niklas um halb zehn ihre Büros verlassen haben und über den Verbindungsflur an der Küche vorbei in den Großraum laufen, erkennen sie von Weitem, dass bislang niemand vom Team am Besprechungstisch sitzt. Nur ein benutztes Glas Wasser steht einsam und allein in der Mitte des ovalen Tisches neben dem Keramikbecher mit den Büroutensilien.

»Frau Bähr!«, ruft Stefan aufgeregt von seinem Platz, als er die Kommissare in den Raum kommen sieht. »Wir haben eben eine Vermisstenmeldung bearbeiten müssen. Ein sechzehnjähriges Mädchen ist mutmaßlich seit gestern Abend, ca. 20 Uhr verschwunden. Ihr Vater ist eben bei uns in der Dienststelle gewesen.«

Lisa, die der Hauptkommissarin auf dem Weg in die Küche entgegeneilt, um die Kaffeemaschine einzuschalten, bleibt vor ihrer Chefin stehen und informiert sie und Oberkommissar Lux über das, was sich vor dreißig Minuten im Großraumbüro der Kripo abgespielt hat.

»Wir haben den Mann erst einmal darüber aufgeklärt, dass durchaus keine 24 Stunden vergehen müssen, ehe wir tätig werden dürfen«, sagt sie aufgeregt. »Schon gar nicht, wenn Kinder oder Jugendliche nicht nach Hause kommen beziehungsweise von dort verschwinden. Herr Bertram hätte die Kollegen durchaus nachts informieren können, aber zu dem Zeitpunkt hat er sich lieber selbst mit seiner Freundin auf die Suche begeben. Er vermutete seine Tochter auf dem Zeltplatz Heidkate, bei einer Party mit anderen Jugendlichen. Er hat sie dort aber nicht angetroffen und die jungen Leute behaupteten, Tanja Bertram, so heißt die Vermisste, wäre gar nicht auf der Feier aufgetaucht.«

Gesa schüttelt ratlos den Kopf. »Oje, das sind keine guten Voraussetzungen, das Mädchen zu finden. Hoffentlich hat ihr Wegbleiben einen ganz profanen, familiären Grund. Zum Beispiel einen Streit oder Ähnliches. Trotzdem, wir müssen tätig werden. Das mit den 24 Stunden Wartezeit ist natürlich ein weitverbreiteter Irrglaube, der sich aber leider hartnäckig in der Bevölkerung hält«, sagt sie.

»Ja«, antwortet Lisa, »vielleicht sollten wir diesbezüglich unsere Öffentlichkeitsarbeit verstärken. Stefan und ich werden gleich in der Teamsitzung ausführlich über den Vermisstenfall berichten. Ich kümmere mich nur schnell um den Kaffee.«

»Das ist lieb, Lisa, danke«, meint Gesa und schaut auf

Niklas. »Der Kollege Lux und ich haben ebenfalls brisante Neuigkeiten. Daher wird es eine längere Sitzung werden und wir könnten ordentlich viel Kaffee benötigen. Haben wir vielleicht auch etwas zum Knabbern vorrätig?«, erkundigt sich die Hauptkommissarin und denkt dabei an ihren leeren Magen und das zuhause vergessene Frühstücksbrot.

Lisa zeigt mit der Hand auf den frisch gefüllten Obstkorb auf dem Empfangstresen. »Wir haben reichlich Äpfel, Frau Bähr.«

Niklas, der seine Unterlagen bereits auf den Besprechungstisch gelegt hat, muss schmunzeln, als er Gesas enttäuschtes Gesicht sieht.

Die Bärin steht eben eher auf Süßes.

»Wenn Sie in der Küche sind, Lisa«, sagt er zu der jungen Kriminalobermeisterin, »schauen Sie doch bitte einmal im Kühlschrank nach! Dort liegt ein Paket mit frischem Butterkuchen, das ich heute Morgen beim Hafenbäcker gekauft habe. Bei der Wärme wollte ich den Kuchen nicht draußen stehen lassen.«

Gesa strahlt ihren Kollegen an. »Toll, Niklas! Vielen Dank, ich habe nämlich noch nicht ...«

»Gefrühstückt?«, fragt er.

»Mhm«, gibt sie grinsend zu.

Niklas lacht. »Klar, heute ist ja Freitag«, sagt er und nimmt auf seinem Stuhl am Besprechungstisch Platz, »und von Isenberg übernachtet von Donnerstag an bei dir ... Dann ist deine Zeit morgens immer knapp bemessen. Ich weiß.«

Stefan verlässt nun auch endlich seinen Schreibtisch und setzt sich zu Gesa und Niklas. »Lasse kommt bestimmt auch gleich«, sagt er, während er seine Unterlagen vor sich ausbreitet, »er musste heute früh bei der Schutzpolizei aushelfen.«

Fünfzehn Minuten später sind alle vom Team der Kripo Laboe vollständig versammelt und reden sich ihre ohnehin von der Hitze glühenden Köpfe zusehends heißer.

Ein Ultraschallbild von der Schwangerschaft des Opfers im Roman der Autorin Julia Blume – diese unerwartete Neuigkeit im Fall der toten, jungen Frau in den Dünen hat Lisa, Lasse und Stefan überrascht.

Der Verdacht gegen den Schauspieler Oskar Sturm und nun auch gegen seine Ehefrau verdichtet sich daher und erfordert weitere Maßnahmen, stellte Gesa zusammenfassend fest. Der Beschluss für die Entnahme einer Speichelprobe von Oskar Sturm wurde bereits beantragt. Eine Tatsache, die insbesondere dem Polizeischüler Lasse missfällt. Er ist zutiefst enttäuscht und beteiligt sich diesmal kaum am Gespräch, während Stefan sich bereits in den Vermisstenfall Tanja Bertram eingearbeitet hat und seine Überlegungen jetzt mit Nachdruck kundtut: »Die Strandvilla, in der Thomas Bertram mit seinen Kindern und seiner jungen Freundin Urlaub macht, liegt keine hundert Meter vom Leichenfundort der Larissa Reuter entfernt. Das habe ich recherchiert«, berichtet er, »wir sollten diesen Aspekt berücksichtigen.«

»Sehen Sie etwa einen Zusammenhang der beiden Fälle?«, fragt Gesa erstaunt.

Niklas unterstützt Stefans Hinweis sofort mit einer gewagten These: »Zwei junge Frauen, die eine wurde ermordet aufgefunden, die andere ist spurlos verschwunden, und das alles in einem Umkreis von gerade einmal einhundert Metern ist eine Übereinstimmung, Gesa«, betont er.

»Moment«, Lisa schüttelt ablehnend den Kopf, »bei

der Toten handelt es sich um eine erwachsene, junge Frau, die noch dazu schwanger ist. Wir haben bereits Verdächtige aus dem beruflichen und, wie sich nach Auswertung der ausstehenden Speichelprobe zeigen wird, sogar aus dem privaten Umfeld des Opfers ermittelt. Die vermisste Tanja Bertram ist ein sechzehnjähriger Teenager. Sie hatte Streit mit dem Vater, weil sie nicht auf eine Party durfte. Es ist für mich naheliegend, dass sie einfach abgehauen ist.«

»Mhm«, erwidert Niklas, »sicher ist das eine Möglichkeit, Lisa, aber Sie und Stefan haben uns doch erzählt, dass Herr Bertram die Villa sehr kurzfristig gemietet hat. Andersherum erinnere ich mich, Gesa, du wirst es bestätigen«, wendet sich Niklas an die Hauptkommissarin neben ihm am Tisch, »dass der Kollege Iversen berichtete, seine Frau hätte dem Schauspieler Sturm den maroden Bungalow als schnellste Lösung angeboten, da dieser mit seiner vorherigen Bleibe nicht zufrieden war.«

Gesa schnauft laut durch: »Niklas! Mensch, du bist ja aufmerksamer als ein hungriger Fischreiher! Ich ahne, worauf du hinauswillst ...«

»Ich auch«, bestätigt Stefan sofort. »Der Sturm ist aus der Villa raus und Herr Bertram kurz darauf rein. Das passt mit den Wochentagen. Der Schauspieler hat den Bungalow seit Montag gemietet und Thomas Bertram wohnt mit seinen Kindern und seiner Freundin seit Dienstag in der Villa. Ich habe uns schon die Adresse des Besitzers und Vermieters der reetgedeckten Strandvilla besorgt. Haltet euch fest! Der Mann ist eine bekannte Kiezgröße aus Hamburg. Ihm gehören nicht nur die Luxusvilla an unserem Ostseestrand, sondern auch mehrere Etablissements auf der Hamburger Reeperbahn.«

»Wie heißt der Mann?«, fragt Niklas sofort.

Vielleicht kenne ich den von früher.

»Louis Schiffner, Alter 32, ein ganz junger Kerl.«

Niklas schüttelt den Kopf. »Nee, nie gehört. Vermutlich handelt es sich um einen Strohmann.«

»Haben wir die Kontaktdaten?«

»Jupp!«, antwortet Stefan und strahlt.

Lisa nickt ihm anerkennend zu.

Auch Gesa ist voll des Lobes: »Kollege Voß«, sagt sie, »Sie sind heute mehr als bestens vorbereitet.«

Stefans tiefbraune Augen leuchten vor Stolz: »Wenn es um vermisste Kinder und Jugendliche geht, schalte ich automatisch den Turbo ein.«

»Selbstverständlich, das tun wir alle«, meint Gesa. »Ich schlage vor, wir unterbrechen unsere Sitzung kurz und rufen zuerst den Herrn Schiffner in Hamburg an, um zu fragen, ob Oskar Sturm die Villa ebenfalls gemietet hatte.«

Niklas hebt kurz die Hand: »Meine Vermutung ist gewagt und etwas um die Ecke gedacht«, wirft er ein, »vielleicht sollten ...«

»Na, dafür haben wir dich doch!«, widerspricht Gesa ihm, ohne Niklas ausreden zu lassen. »Aber du hast recht, ich werde den Schauspieler namentlich nicht erwähnen, sondern Louis Schiffner lediglich fragen, an wen er seine Ferienvilla vor Thomas Bertram vermietet hat.«

»Lass mich das lieber erledigen«, bittet Niklas. »Der Villenbesitzer muss dir keine Auskunft erteilen. Ich habe aus meiner früheren Zeit als Sonderermittler beim BKA ein paar Informationen aus dem Rotlichtmilieu in der Hinterhand, die ihn eventuell dazu bewegen könnten, es dennoch schnell und freiwillig zu tun.«

Lasse, der die Gespräche inzwischen wieder aufmerksam verfolgt, schaut den Oberkommissar bewundernd an.

»Kollege Lux«, beschwört er Niklas, »Sie werden die Kiezgrößen doch dingfest machen. Vielleicht sollten die jungen Frauen für ein Bordell gekidnappt werden ...« Vor Aufregung blubbert der Polizeischüler wieder mit dem Strohhalm in seinem Colaglas.

Lisa stößt ihn an und Stefan zieht seine dichten Brauen verärgert zusammen.

»Lasse!«, schimpft er. »Nur weil du es nicht wahrhaben willst, dass das Idol deiner Mutter und womöglich sogar dein eigenes in einen Mord verwickelt ist, musst du jetzt nicht die alten Verbrecherklischees auspacken. Mädchenhandel, Prostitution ... Puh, geht's noch etwas größer?«

»Warum denn nicht?«, beschwichtigt Gesa. »Wir prüfen jede mögliche Verbindung. Aber zugegebenermaßen ist Ihre Idee, Lasse, die zurzeit unwahrscheinlichste. Falls es sich bewahrheitet, dass Oskar Sturm für die Schwangerschaft des Opfers verantwortlich ist, sind unsere Hauptverdächtigen Oskar Sturm und seine Ehefrau. Beide hätten ein Motiv, Larissa Reuter umzubringen. Er, weil er die Geliebte loswerden wollte, aus Gründen, die wir noch nicht kennen, und Julia Blume könnte aus Eifersucht getötet haben.«

Niklas erhebt sich vom Tisch. »Ich geh dann mal in mein Büro und telefoniere mit dem Villenbesitzer«, erklärt er. »Hoffentlich erreiche ich ihn. Sonst versuche ich es mehrmals. Ich glaube, alle anderen könnten eine Pause gebrauchen, Gesa«, meint er zu ihr, mit einem Seitenblick auf die streitenden Hitzköpfe Stefan und Lasse.

Gesa nickt: »Stefan, geben Sie dem Kollegen Lux zuvor bitte die Kontaktdaten von Louis Schiffner.« Sie schaut sehnsüchtig auf die letzten Krümel Butterkuchen auf dem großen weißen Teller in der Mitte des Besprechungstisches.

Der ist ratzfatz alle geworden.

Hunger habe ich nicht mehr, aber ...

»Wie wäre es denn, Lasse«, schlägt sie freudestrahlend vor, »wenn Sie die Zeit, in der der Kollege Lux telefoniert, nutzen und uns ein paar Kugeln Eis besorgen?«

»Super, Frau Bähr! Ich laufe gleich los«, jubelt der Rotschopf und sprintet in die Küche.

»Den Eisbehälter findest du im Schrank unter der Spüle«, ruft ihm Lisa hinterher. »Ich habe die Fächer vorgestern aufgeräumt.«

Gesa lächelt zufrieden.

Wenn sich die Gemüter nach der Pause etwas abgekühlt haben, legen wir erst richtig los.

Der Sturm kann sich frisch machen.

Er muss uns endlich die Wahrheit sagen.

18. Kapitel

Es ist Abend, die Wellen der Ostsee plätschern leise im Mondlicht, während Thomas Bertram wie abwesend über die vor ihm liegenden Dünen schaut. Er hat seinen Platz auf der Terrasse der gemieteten Strandvilla seit drei Stunden nicht mehr verlassen. Das Kristallglas des Aschenbechers vor ihm auf dem Campingtisch kann man unter dem Berg angehäufter Zigarettenkippen lediglich erahnen. Ein Teil der überquellenden Asche hat sich bereits auf der Tischdecke

verteilt.
Thomas pustet die grauen Krümel vorsichtig herunter. Dann greift er nach der nächsten Flasche alkoholfreien Biers aus der Kühltasche neben seinem Liegestuhl. Am liebsten würde er sich jetzt sinnlos betrinken vor Kummer.

Aber vielleicht muss ich noch Autofahren.

Der Familienvater hofft jeden Moment auf den erlösenden Anruf der örtlichen Polizei, die inzwischen intensiv nach seiner Tochter Tanja sucht.

Vor Traurigkeit steigen ihm erneut Tränen in die Augen.

Sogar das Landeskriminalamt Kiel und die Wasserschutzpolizei unterstützen jetzt die örtliche Kripo.

Deren Dienststelle ist tatsächlich sehr klein.

Doch die Beamten waren ausgesprochen nett.

Sie haben mich beruhigt, aber ich habe gemerkt, dass sie die Sache von Anfang an ernst genommen haben.

Thomas weint jetzt hemmungslos. Die Tränen laufen ihm in Strömen über seine eingefallenen Wangen. Thomas gebräuntes Gesicht ist inzwischen aschfahl vor Sorge und unter den Augen des Dreiundfünfzigjährigen liegen tiefe schwarze Schatten. Er ist, seit Mila und er in der vergangenen Nacht um 2 Uhr von ihrem Bar- und Varietébesuch zurückgekehrt sind, ohne Unterbrechung wach geblieben.

Als er nachts in die Zimmer seiner Kinder kam, fand er seinen Sohn mit Kopfhörern über den Ohren und dem iPad auf dem Kissen neben sich tief und fest schlafend vor. Thomas befreite den Zehnjährigen behutsam von den Gerätschaften und schaute anschließend nach seiner Tochter. Ihr Bett war unberührt. Er erschrak und suchte sie verzweifelt im ganzen Haus.

Doch vergebens. Tanjas Rucksack mit ihrem Portemonnaie lag aber noch im Schrank.

Das hat die Kriminalbeamten später stutzig gemacht.

Wenn mein Kind einfach abgehauen wäre, hätte sie Geld mitgenommen.

Wie blöd, dass ich der Polizei nicht sagen kann, was Tanja anhatte.

Woher soll ich wissen, welches Kleidungsstück in ihrem Koffer fehlt?

Sie wohnt sonst bei ihrer Mutter und ich kenne ihre Garderobe nicht so genau.

Als Mila und ich nach Kiel losgefahren sind, war Tanja eben erst vom Strand zurückgekehrt und wollte duschen.

Thomas erinnert sich jetzt mit Grauen daran, wie er und Mila die ganze Nacht nach Tanja gesucht haben. Doch sie haben das Mädchen weder im nahen Umkreis der Ferienunterkunft noch später bei ihren neuen jugendlichen Freunden angetroffen.

Tanjas Handy ist ebenfalls verschwunden. Es lässt sich nicht orten.

Ich kann mir das alles nicht erklären.

Auf dem Zeltplatz hat sie angeblich niemand gesehen.

Dieser Sönke behauptet, Tanja hätte ihm abgesagt, weil sie auf ihren Bruder aufpassen muss.

Als Thomas an seinen Sohn Tamo denkt, schüttelt er ratlos den Kopf.

Der Junge schwört, nichts mitbekommen zu haben, er hätte den ganzen Abend Computerspiele gespielt und wäre darüber eingeschlafen.

Tanjas Bruder wurde am Nachmittag, nachdem er zuvor noch einmal ausführlich von den LKA-Beamten aus Kiel befragt wurde, von einer Freundin seiner Mutter abgeholt, die ebenfalls mit ihrer Familie an der Ostsee Urlaub macht.

Gott sei Dank, so kommt er wenigstens auf andere Gedanken.
Heide liegt ja mit frischoperiertem Fuß im Krankenhaus.
Das war das Schlimmste, was ich ihr erzählen musste: dass unser Kind verschwunden ist.
Thomas schlägt die Hände vor das Gesicht und schluchzt hemmungslos.

Im Schlafzimmer ihres Feriendomizils sitzt Mila mit angezogenen Knien auf dem Kingsize-Bett und telefoniert mit ihrer besten Freundin Sophie. Unter Tränen berichtet Mila ihr von den Ereignissen in der Luxusvilla, in der die Achtundzwanzigjährige mit ihrem Freund Thomas Bertram eigentlich nur unbeschwerte zwei Wochen an der Ostsee verbringen wollte.
»Ich darf ihn gar nicht ansprechen«, beklagt sie sich. »Als ob es meine Schuld wäre, dass Tanja verschwunden ist. Ständig dieser vorwurfsvolle Blick ... ich halte es bald nicht mehr aus«, jammert Mila.
»Wie kommt er darauf?«, staunt Sophie. »Hattet ihr denn Streit?«
»Ja ... aber nur kurz. Es ging um ein paar Klamotten, die ich vermisst habe. Wir hatten das längst geklärt.«
»Und was willst du jetzt tun?«
»Thomas beistehen, so gut es geht«, schnieft Mila. »Nach Hause, nach Köln, zu fahren ist auch keine Option. Ich fühle mich in meiner Bude nicht mehr wohl.«
»Wegen des Stalkers?«, fragt Sophie erschrocken.
»Mhm. Kurz vor dem Urlaub ist er plötzlich wieder aufgetaucht. Auf einmal stand er in unserem Maklerbüro hinter einem Prospektständer. Gerade als ich mich mit Thomas über das Hotel, das er ursprünglich für uns an der Ostsee gebucht hat, unterhalten habe.«

»Du musst mit Thomas über den Kerl reden, Mila!«, warnt ihre Freundin. »Man hört immer wieder, wie so etwas im schlimmsten Fall endet. Außerdem, so viele Jahre, wie ihr ein Paar seid, könntet ihr doch endlich zusammenziehen. Dann bist du sicherer.«

»Das sagst du so einfach! Die freien Zimmer in seiner Eigentumswohnung hat Thomas doch für seine Kinder eingerichtet, wenn die ihre Wochenenden beim Papa verbringen.«

»Stimmt, aber dann erzähl ihm wenigstens endlich von dem aufdringlichen Mann.«

»Jetzt?« Mila greift sich an die Stirn. »Das ist wohl der denkbar ungünstigste Moment.«

»Ja, du hast recht, sorry. War ne blöde Idee von mir«, entschuldigt sich Sophie.

»Ich habe ohnehin Muffensausen, Thomas etwas darüber zu sagen«, gesteht Mila ihrer Freundin.

»Mila, das brauchst du nicht. Du hast dir nichts vorzuwerfen. Du warst nur mit dem Typ Kaffeetrinken. Wenn der daraus so eine Welle macht, ist das nicht deine Schuld. Nein heißt immer noch nein. In welcher Zeit lebt der denn?«

Mila seufzt. Sie bereut es zutiefst, sich auf dieses, wie sie damals dachte, harmlose Treffen, eingelassen zu haben. In Gedanken verflucht sie den verdammten Mittwoch letztes Jahr im Oktober, als sie dem fremden jungen Mann aus Versehen bei einem Zusammenstoß auf der Promenade am Rheinufer den Inhalt ihres To-go-Kaffeebechers über die Jacke schüttete. Er wollte, dass sie zur Wiedergutmachung einen Kaffee mit ihm trinken geht. Zuerst zierte sich Mila, aber die Blicke des Unbekannten hatten etwas Magisches an sich und zogen sie sofort in seinen Bann, obwohl er eher durchschnittlich aussah und keineswegs so charismatisch und attraktiv wirkte wie ihr Freund Thomas.

Trotzdem habe ich ihm meine Handynummer gegeben.

Ich muss verrückt gewesen sein.

Inzwischen habe ich eine neue.

»Mila? Bist du noch dran?«, fragt Sophie.

»Ja«, antwortet sie heiser. »Ich habe kurz überlegt.«

»Du Arme, es tut mir so leid«, versucht Sophie, sie zu trösten.

»Ach was«, Mila schnieft in ihr tränennasses Taschentuch. »Um mich geht's doch jetzt nicht. Hauptsache, Tanja ist nichts passiert. Ich dreh fast durch vor Angst.«

Sophie räuspert sich. Sie sucht nach den passenden Worten. »Wenn ich irgendwie helfen kann ...«, sagt sie.

»Das ist sehr lieb von dir«, bedankt sich Mila, »dann melde ich mich sofort. Es tut schon gut, mit dir zu reden, aber erst einmal werde ich gleich hinaus auf die Terrasse zu Thomas gehen. Ich darf ihn jetzt nicht allein lassen. Er ist so verzweifelt.«

»Ja, natürlich, das verstehe ich«, antwortet Sophie und verabschiedet sich von Mila. »Tschüs und gute Nacht! Ich drücke euch alle Daumen«, verspricht sie und legt auf.

Samstag

19. Kapitel

»Moin, moin, ihr Lieben!«, begrüßt Gesa ihr Team am Besprechungstisch. »Danke, dass heute alle noch vor dem Aufstehen in unserer Dienststelle erschienen sind.« Sie wirft einen gequälten Blick auf ihre Armbanduhr.

Es ist Samstagmorgen um halb acht.

Lasse gähnt ungeniert. Dann zieht er mit dem Strohhalm verzweifelt die letzten Tropfen vom Flaschenboden seiner Cola hoch, als würde sein Leben davon abhängen.

Mitfühlend wendet sich Gesa an den müden Polizeischüler, der ihr am Tisch gegenübersitzt. »Sie dürfen uns später belegte Brötchen vom Bäcker holen und für sich selbst eine weitere Cola mitbringen. Sonst fallen Sie mir heute noch vom Stuhl«, meint sie zu ihm in einem mütterlichen Ton, in den sie manchmal verfällt, sobald sie mit dem Zwanzigjährigen spricht.

Niklas fällt es sofort auf. Man merkt, dass Gesa ihre Tochter Svenja vermisst, denkt er. Die Zwanzigjährige hat in Australien einen jungen Mann kennengelernt und wird erst Weihnachten wieder an die Ostsee, nach Hause zu Besuch kommen.

»Kollegen«, Niklas beginnt jetzt die Besprechung, »es ist ja gestern leider spätabends geworden, als ich den Hamburger Vermieter der verdächtigen Luxusstrandvilla endlich ans Telefon bekommen habe. Dafür war Louis Schiffner aber sofort auskunftsbereit. Tatsächlich hatte Oskar Sturm die Villa zuvor schon für zehn Tage gemietet, und zwar ab Sonntag. Montag rief er seinen Vermieter an, dass ihm die abgeschiedene Lage nicht zusage und das einzige Highlight in der Nähe ein Zeltplatz sei. Er kündigte den Mietvertrag.«

»Und was ist mit der Bezahlung?«, erkundigt sich Lisa. »Die Miete für die Ferienhäuser wird doch schon vor Mietbeginn abgezogen.«

»Gute Frage«, meint Niklas, »die habe ich Herrn Schiffner auch gestellt. Er berichtete, dass er sich mit Oskar Sturm geeinigt hat, ihm die Hälfte zu erstatten, falls er die Villa sofort wieder weitervermieten kann.«

»Was ihm ja wohl gelungen ist«, wirft Gesa ein.

»Genau. Thomas Bertram ist am Dienstag eingezogen. Louis Schiffer erzählte mir, dass seine Reinigungskraft, die er aus dem Ort engagiert hat, nach dem Auszug Oskar Sturms einen zu Bruch gegangenen Terrakotta-Blumenkübel vor dem Hauseingang bemängelte. Sie hat diesen auf seine Anweisung hin entsorgt und in der Gärtnerei einen neuen gekauft. Im Inneren der Villa sei alles blitzblank gewesen. Die Betten sind nicht einmal benutzt worden.«

»Aber wo hat der Sturm denn von Sonntag auf Montag übernachtet?«, hakt Stefan sofort nach.

Gesa zuckt mit den Schultern. »Das werden wir ihn fragen«, antwortet sie. »Wenn wir ihn nur endlich antreffen würden. Eine Speichelprobe haben wir bislang auch nicht nehmen können. Heute Nachmittag ist es aber endlich so weit. Oskar Sturm erscheint höchstpersönlich mit der Anwältin seiner Produktionsfirma bei uns. Wahrscheinlich sieht er seine Felle bzw. Rollen davonschwimmen.«

Stefan rümpft die Nase: »Ich gehe jede Wette ein, dass wir bei dem DNA-Abgleich einen Treffer landen. Warum sonst veranstaltet er ein solches Theater?«

»Laut Aussage seines Assistenten Sven Krüger hat

sich Oskar Sturm gestern den ganzen Tag in die Natur zurückgezogen, ohne Handy«, berichtet Gesa. »Das würde er immer so tun, wenn er sich auf eine neue Rolle vorbereitet. Oft bleibt er dann bis in die Nacht weg. Als Schauspieler müsse er das Böse in der Dunkelheit spüren, um später glaubhaft ermitteln zu können.«

Lisa schüttelt entsetzt den Kopf. »Das hat er gesagt?«

»Na, nicht der Sturm, sein Assistent«, erwidert Niklas. »Sven Krüger ist so ein schwülstiger Heini!«, schimpft er. »Wer sich ihm nähert, läuft Gefahr, auf der Schleimspur auszurutschen, die der zuvor gelegt hat.«

Stefan lacht. »Der Spruch könnte glatt von der Chefin sein, Kollege Lux.«

»Ich gewöhne mich eben immer mehr ein«, antwortet Niklas und schaut Gesa grinsend an.

Lasse nickt zustimmend. »Bei einem alten Ehepaar werden die Partner einander auch immer ähnlicher, behauptet meine Mutter«, plaudert er unbekümmert los und hält sich gleich darauf erschrocken die Hand vor den Mund. »Entschuldigung, Frau Bähr«, murmelt er schnell. »Sie wissen doch, wie ich es meine.«

Gesa schmunzelt. »Ja, Lasse, ich weiß. Aber nun weiter im Thema! Hat noch jemand Fragen?«

»Ja.« Lisa ergreift das Wort. »Gibt es Neuigkeiten zu der vermissten Jugendlichen?«, möchte sie wissen. »Auch wenn wir diesen Fall an das LKA in Kiel abgegeben haben, interessiert es mich brennend.«

»Leider nein, aber Hauptkommissar Winter und ich stehen in ständigem Kontakt deswegen«, versichert Gesa der Kollegin. »Zum Glück ist unser direkter Vorgesetzter HK Zimmermann im Urlaub, das erleichtert mir die Kommunikation mit dem LKA immens. Da sich herausgestellt hat, dass der verdächtige Oskar Sturm die Luxusvilla, aus der später Tanja Bertram verschwand, zuvor gemietet hat, ist ein Zusammenhang der Fälle nicht mehr ausgeschlossen. Oskar Sturm und die Ferienvilla sind das Bindeglied zwischen dem Mord an Larissa Reuter und dem Vermisstenfall Tanja Bertram«, fasst Gesa zusammen, während Niklas eilig die Umrisse einer Villa in seinen Block zeichnet.

»Dreh- und Angelpunkt wird die Auswertung der DNA-Probe von Oskar Sturm sein«, bemerkt Niklas und schaut jetzt von seinem Papier hoch zu den anderen. »Bisher stützt sich unser Ermittlungsgerüst auf einen anonymen Brief und Indizien«, sagt er, »und wir wägen uns zu Recht in einer gewissen Sicherheit, seit das Ultraschallbild im Roman seiner Gattin aufgetaucht ist. Sollte der Vaterschaftstest bei Oskar Sturm jedoch negativ ausfallen, bricht unser Konzept wie ein Kartenhaus zusammen.« Niklas legt demonstrativ den Bleistift auf die Tischplatte und lehnt sich in seinen Stuhl zurück.

»Na und?«, antwortet Gesa. »Dann mischen wir die Karten eben neu. Aber erst einmal halten wir uns an die Fakten, auch wenn diese vorerst nur von Indizien untermauert werden. Das Ultraschallbild ist allerdings ein Beweisstück.«

»Genau!«, bekräftigt Stefan mit einem Blick auf Niklas.

Der Lux ist irgendwie die letzten Tage schlecht drauf.
So pessimistisch kenne ich den gar nicht.

»Was ist denn mit der holden Gattin des Schauspielers, Frau Bähr?«, erkundigt er sich. »Müssten wir die nicht langsam mal befragen?«

»Selbstverständlich, Stefan. Aber erst, wenn uns das Ergebnis der DNA-Probe vorliegt.«

»Ach, und da beißt sich die Katze in den Schwanz«, bedauert Lisa, »das wird wohl nichts vor Montag nächster Woche.«

Gesa muss innerlich schmunzeln.

Man merkt gleich, dass Lisa gut über die Vorgänge in der Pathologie informiert ist.

»Ja, so ist es leider«, bestätigt sie. »Ich schlage vor, Lasse besorgt uns jetzt die Frühstücksbrötchen und wir besprechen die anstehenden Aufgaben für jeden Einzelnen von uns.«

Lasse reißt seine blauen Augen auf: »Und ich? Was ist mit meinen Aufgaben?«

»Du bekommst das, was übrigbleibt«, erwidert Stefan und boxt Lasse, der neben ihm sitzt, freundschaftlich in die Seite, »und das wird sicher sehr viel sein«, frotzelt er.

»Quatsch!«, meint Gesa. »Morgen, am Sonntag, haben alle frei, bis auf die fleißigen Kollegen in der Rechtsmedizin. Die werden arbeiten, damit wir am Montag endlich Vollgas geben können.«

Lasse steht auf. »Aber denken Sie bitte an Ihre Punkte in Flensburg, Frau Bähr«, belehrt er sie vorlaut.

Lisa zupft ihn erbost am Arm. »Lasse!«, zischt sie. »Geh bloß Brötchen holen und rede nicht so viel Blödsinn!«

Lasse läuft schnell vor zur Tür.

»Moment!«, ruft ihm Gesa hinterher. Sie wedelt mit ihrer Brieftasche.

»Haben Sie nicht etwas vergessen?«

»Ach ja!« Der Polizeischüler haut sich an die Stirn und kehrt mit hochrotem Kopf zurück an den Tisch.

»Sorry, Frau Bähr«, entschuldigt er sich, als die Hauptkommissarin ihm das Geld für die Frühstücksbrötchen und die Cola überreicht.
Gesa winkt ab. »Nun lauf mal los!«, sagt sie und duzt Lasse mütterlich: »Kauf dir lieber schnell eine kalte Cola, du glühst ja schon im Gesicht.« Sie lacht.
Lisa, die sich immer noch ein klein wenig über Lasses Verhalten ärgert, schaut ihm kopfschüttelnd nach.
Ob wir den noch groß kriegen?
Doch als sie sieht, dass Gesa lächelt, ist Lisa wieder versöhnt.
Ich denke, Lasse braucht mal eine Freundin, die ihm zeigt, wo es lang geht.
»Ist es auch wirklich sicher, dass wir am Sonntag freihaben, Frau Bähr?«, fragt sie.
»Stand jetzt ja«, bestätigt Gesa. »Sie haben wohl etwas Schönes vor?«, raunt sie der jungen Kollegin zu.
Lisas Augen leuchten, aber sie nickt nur kurz zur Antwort, da Stefan bereits die Ohren spitzt.
Er zwinkert ihr vielsagend zu.
Sieht doch jeder, dass Lieschen verliebt ist.

Sonntag

20. Kapitel

Lisa blinzelt unter ihrer Bettdecke hervor. Durch das Kippfenster des Ferienbungalows hört sie die Wellen der Ostsee plätschern. Mehr ist es nicht, was vom nahen Ufer zu ihr durchdringt. *Es scheint wieder windstill zu sein, genau wie die Tage zuvor.*
Lisa schielt zu dem Wecker auf dem Nachtschrank, den sie sich sicherheitshalber zu 10 Uhr gestellt hat.

Sie freut sich, dass es erst halb neun ist, und drückt die Weckfunktion aus.

Dann haben wir noch fast drei Stunden für uns.

Zärtlich schaut sie auf ihren schlafenden Freund neben sich. Sie weiß, dass Pascal spätestens mittags um zwölf in der Rechtsmedizin in Kiel zur Arbeit erscheinen muss, um Dr. von Isenberg bei der Analyse der Speichelprobe des Schauspielers Oskar Sturm zu unterstützen.

Lisa lächelt dankbar.

Zum Glück übernimmt der Doc die erste Schicht an der Apparatur.

Aber Pascal darf sich heute auf keinen Fall verspäten.

Sie überlegt kurz und schaltet den Weckruf erneut ein.

Ist besser so.

Falls ich wieder einschlafe.

Als sie sich im Bett zu ihrem Freund umdreht, merkt sie, dass es gar nicht mehr nötig war. Pascal ist soeben aufgewacht und schiebt seine Hand zu Lisa unter die Bettdecke. Sie genießt seine Berührungen und sieht ihn verliebt an. »Du bist ja schon wach«, flüstert er heiser, »wie wäre es mit einem morgendlichen Bad in der Ostsee?«, schlägt er vor und küsst Lisa flüchtig auf ihre schmale Nase.

Sie überlegt einen Moment, schüttelt dann leicht mit dem Kopf und kuschelt sich an ihn. Obwohl die sportliche Kriminalobermeisterin sehr gesundheitsbewusst lebt, bevorzugt sie am frühen Morgen eher ein duftendes Schaumbad oder eine warme Dusche.

Frühsport war noch nie mein Ding.

»Nun sei kein Frosch«, bettelt Pascal, »das Wasser hat bestimmt über zwanzig Grad, so heiß, wie es die letzten Wochen gewesen ist.« Er spielt mit seinen Fingern in Lisas Haaren. »Komm schon, mir zuliebe«, drängelt er.

Lisa verzieht schmollend ihren Mund, aber sie setzt sich hin und schlägt die Bettdecke beiseite.

»Na gut«, lenkt sie ein. Langsam steigt sie aus dem Bett. Pascal krabbelt ihr hinterher.

Irgendwie finde ich Gefallen an seiner Idee, denkt Lisa beim Anblick ihres athletisch gebauten Freundes, der jetzt, nackt und etwas verschlafen, vor ihr steht. Sie streift sich ihr hauchdünnes Spitzennachthemd vom Leib und strahlt ihn aus ihren hellblauen Augen an: »Springen wir gleich so ins Meer?«, fragt sie keck.

Pascal kann ihren verführerischen Blicken nicht widerstehen. Sofort umarmt er Lisa und presst sich von hinten an sie. Sie spürt seine Wärme in ihrem Rücken und die Härte an ihrem Po. »Ich denke, du wolltest baden?«, haucht Lisa ihm entgegen, bevor Pascals volle Lippen ihren Mund mit einem innigen Kuss verschließen.

Er atmet hastig, als er sich von ihr löst. Dann streicht er ihr eine blonde Strähne aus dem Gesicht. »Das eine schließt doch das andere nicht aus«, flüstert er Lisa zärtlich ins Ohr. »Wir könnten bis zur Sandbank schwimmen und ...«

Lisa dreht sich aus seiner Umarmung und läuft schnell ins Badezimmer. Sie greift nach den Strandtüchern, die sie gestern Abend dort zum Trocknen aufgehängt hat, und wirft Pascal, der ihr gefolgt ist, eines entgegen. »Fang!«, ruft sie. »Mal sehen, wer als Erstes im Wasser ist.«

»Das ist unfair!«, mault er, aber seine Augen lachen.

»Vergiss nicht, den Bungalow abzuschließen!«, entgegnet ihm Lisa und rennt auch schon, nur mit einem Handtuch um den Körper, zur Tür hinaus.

Nach einem dreißig Meter langen Sprint durch den Zuckersand des von hochgewachsenen Kartoffelrosen abgeschirmten Dünenwegs hat Pascal seine Freundin eingeholt.

Lisa ist zufrieden. Test bestanden, denkt sie, er sieht nicht nur sportlich aus, er ist es auch.

»Der Bungalow ist übrigens einsame Spitze«, keucht Pascal neben ihr noch völlig außer Atem. »Wo hast du die feudale Behausung denn mitten in der Hochsaison so kurzfristig aufgetrieben?«

»Der Ferienbungalow gehört meinem Onkel Klaus und meiner Tante Margarete«, erklärt Lisa ihm und nimmt seine Hand. »Die beiden vermieten nicht mehr, sondern nutzen den Bungalow nur noch für sich selbst. Margarete ist die Schwester meiner Mutter. Sie hat mir sofort den Schlüssel überlassen, als ich ihr sagte, dass ich ein halbes Wochenende freihabe und an der See ausspannen möchte.«

»Weiß sie, dass du in Begleitung bist?«

Lisas hellblaue Augen weiten sich vor Schreck. »Um Himmels willen, natürlich nicht! Dann erfährt es sofort die gesamte Verwandtschaft!« Sie drückt Pascals Hand jetzt fester. »Nicht, dass ich dich meinen Leuten nicht gern vorstellen würde«, versichert sie ihm, »aber dafür kennen wir uns einfach noch nicht lange genug.«

»Kein Problem«, meint Pascal. »Hauptsache, wir beide haben es schön. Was kümmern uns die anderen?«

Lisa stutzt kurz.

Meine Familie ist mir aber wichtig.

Ich weiß gar nichts über seine.

»Du musst mir unbedingt mehr über dich erzählen, Pascal«, bittet sie.

»Nicht jetzt«, erklärt Pascal mit einer Bestimmtheit in der Stimme, die Lisa kurz erschreckt. Aber sie findet es auch anziehend, dass er einen so sicheren und überzeugten Eindruck auf sie macht, und ist daher hin- und hergerissen mit ihren Gefühlen.

Pascal hat etwas Geheimnisvolles an sich.

Etwas, dem ich schwer widerstehen kann.

Als Lisa und Pascal am Strand angekommen sind, zieht er ihr das Badehandtuch, das sie sich um den Körper gewickelt hat, herunter und betrachtet verliebt Lisas trainierte, schlanke Figur. Dann sieht er sich suchend am Ufer um: »Wir haben Glück, noch ist kein Mensch hier.«

»Der Bungalow meiner Verwandten liegt weit draußen. Hierher verirren sich die Urlauber seltener. Beim Hineingehen ins Wasser musst du allerdings aufpassen. Der Untergrund ist sehr steinig.«

Kaum hat Lisa zu Ende gesprochen, wirft Pascal die Handtücher auf den Boden und hebt sie hoch in seine Arme. Dann trägt er Lisa über den Strand zum Wasser.

Zwei Möwen, die zuvor auf den glitschigen, bemoosten Steinen in der Morgensonne gedöst haben, fliegen kreischend in den strahlend blauen Himmel.

»Ich möchte nicht, dass sich meine Königin verletzt«, haucht Pascal Lisa ins Ohr, während er im Flachen vorsichtig über die spitzen, scharfen Muschelreste und grobkantigen Kieselsteine läuft. »Mit deinen blonden Haaren siehst du aus wie eine Nixe«, schwärmt er.

Seine Erregung ist auf Lisa übergesprungen. Sie seufzt gedankenversunken und fühlt sich jetzt schon wie im siebten Himmel.

Als die beiden im tiefen, dunklen Wasser schwimmen, genießt Lisa das Baden im Meer wie noch nie in ihrem Leben. Sie fühlt sich geborgen und sicher. Lisa kennt diesen Abschnitt der Ostsee sehr gut und ist als Kind oft genug zu der Sandbank hinübergeschwommen, wo das Wasser dann wieder flacher und wärmer wird.

Auch Pascal ist ein ausgezeichneter Schwimmer, was er neben Lisa, die ein hohes Kraultempo angeschlagen hat, ohne Abstriche unter Beweis stellt. Die letzten Meter zum Ziel nehmen die Verliebten ein paar ruhige Brutschwimmzüge und gleiten harmonisch nebeneinander durch die flachen Wellen.

Voller Vorfreude schaut Lisa auf die hellgrün schimmernde Sandbank vor ihnen. Als die beiden endlich den von der Strömung mit einem Wellenmuster versehenen Boden unter den Füßen spüren, bricht die Leidenschaft aus ihnen heraus.

Auf dem Rückweg zum Ufer lässt sich Lisa, die Pascals Hals fest umschlungen hält, auf seinem Rücken durch das tiefe Wasser ziehen, so k.o. ist sie.

Zum Glück habe ich heute frei.

Der arme Pascal, er muss gleich dem Doc assistieren.

Hoffentlich ist er nicht zu müde.

Von Isenberg kann ganz schön streng sein.

Pascal prustet erleichtert Wasser in die Luft, als er den Strand näherkommen sieht. Mit letzter Kraft schneidet er die aufkommenden Wellen. Lisa spürt seine Erschöpfung. »Ich kann das kleine Stückchen auch allein schwimmen«, sagt sie und knabbert liebevoll an seinem Ohr. *Brr.* Sie schmeckt das Salzwasser, das über Pascals Kopf strömt.

»Die paar Meter schaffe ich noch«, schnauft er.

Lisa schließt glücklich die Augen.
Was für ein Mann.

Zurück im Bungalow kann sie kaum begreifen, wie viel Zeit inzwischen vergangen ist.
»Pascal«, sagt sie, als ihr Freund aus der Dusche kommt, »schaffst du es denn überhaupt noch, zu frühstücken?«
Pascal küsst Lisa auf ihre von der Sonne gerötete Stirn.
»Ich glaube, ich schwinge mich lieber gleich auf mein Mofa«, meint er und seufzt. »Dr. von Isenberg hasst Unpünktlichkeit und ich möchte es mir nicht schon in der ersten Woche mit meinem neuen Chef verderben.«
»Stimmt, der Doc versteht diesbezüglich keinen Spaß. Du Armer, ich könnte dir schnell ein Brot schmieren.«
»Ach was«, erwidert Pascal und rubbelt sich sein raspelkurzes, dunkles Haar trocken. »Mir macht es nichts aus, ohne Essen aufzubrechen. Den Hunger spare ich mir für später auf. Besuchst du mich heute Abend in Kiel? Wir könnten in das Fischrestaurant gehen, von dem du das letzte Mal so begeistert warst.«
Lisa kneift die Augen zusammen. »Ich glaube, das wird nichts. Morgen früh beginnen wir sehr zeitig mit unserem Dienst. Wir hoffen ja, dass von Isenberg und du uns dann die Ergebnisse der Speichelprobe präsentiert.«
»Ach, schade.«
»Mhm.« Lisa überlegt. »Sorry, Pascal, das ist mir heute alles zu knapp. Am Nachmittag muss ich meiner Tante den Bungalowschlüssel zurückbringen. Wer weiß, wann ich von ihr loskomme, bestimmt möchte

sie, dass ich zum Abendbrot bleibe.«

Pascal gibt sich geschlagen.

»Okay, wenn es am schönsten ist, soll man ja aufhören. Ich fahr dann mal«, sagt er und küsst Lisa zum Abschied. »Schau doch später bitte auf dem Tisch neben dem Fernseher nach, da habe ich ein kleines Geschenk für dich hingelegt. Eigentlich wollte ich es dir überreichen, bevor wir an den Strand gehen. Aber der Morgen ist dann ja anders verlaufen ...« Er lächelt. »... und viel schöner, als ich es mir vorgestellt habe.«

Lisa strahlt ihn an. »Finde ich auch«, sagt sie. »Tschüs, Pascal, und danke.« Vor Neugierde wird sie ganz hippelig. »Oh, ich bin schon so gespannt.«

Kaum, dass er sein Mofa startet, kann es Lisa nicht mehr abwarten.

Sie verlässt noch vor dem Duschen das Bad und geht in den Wohnraum des Bungalows. Wie von Pascal beschrieben, liegt ein handbreites Päckchen auf dem Beistelltisch neben dem Fernseher.

Als sie es hochhebt, wickelt es sich fast von allein aus, da das Band fehlt.

Lisa ist entzückt.

Pascal hat Geschmack.

Was für ein hübscher roter Bikini, denkt sie. Sie hält sich das Oberteil vor ihre Brust und tanzt verliebt damit durch das Wohnzimmer.

Wenn ich geduscht habe, probiere ich ihn sofort vollständig an.

Montag

21. Kapitel

Lisa und Hauptkommissarin Bähr laufen die Treppe zum Vernehmungsraum im Erdgeschoss ihres Dienststellengebäudes hinunter. Sie teilen sich dieses große Zimmer mit den Kollegen der Schutzpolizei, die dort mangels weiterer Räumlichkeiten auch ihre Mahlzeiten einnehmen.

»Hoffentlich hat Iversen gelüftet«, meint Gesa und rümpft schon einmal vorsorglich die Nase.

Lisa atmet anstelle einer Antwort laut aus. »Ja, hoffentlich«, stöhnt sie. *Meine Erfahrung ist leider eine andere.*

Die junge Kriminalobermeisterin wird gleich gemeinsam mit Gesa die Vernehmung von Oskar Sturm durchführen, da Oberkommissar Lux seine Freundin Sinje zum Flughafen nach Hamburg begleitet. Er hatte Gesa um einen halben freien Tag gebeten.

Polizeimeister Iversen steckt neugierig den Kopf aus der Tür seiner Abteilung: »Moin, moin! Ich habe eure Absätze auf der Treppe klappern gehört«, lacht er. »Geht ruhig durch! Der Sturm und seine Anwältin sitzen bereits bei einer Tasse Kaffee am Tisch.«

»Danke, Iversen. Hast du auch an das Aufnahmegerät gedacht, um das ich dich gebeten habe?«, fragt Gesa ihn.

»Selbstverständlich, liebe Bärin. Ist eures denn wieder kaputt?«

Gesa zuckt mit den Achseln. »Sieht so aus. Lasse hat es gerade auseinandergeschraubt.«

Nach Feststellung der Personalien und einer Belehrung beginnt Gesa mit der Vernehmung des Oskar

Sturm. Der Schauspieler und seine Anwältin, die ihm von seiner Filmproduktionsfirma an die Seite gestellt wurde, sitzen ihr und Lisa gegenüber. Beide waren bereits vorgestern, am Samstagnachmittag, in der Dienststelle erschienen, um eine Speichelprobe des Verdächtigen abzugeben. Das Ergebnis liegt nun vor.

Oskar Sturm trägt seine dichten, schwarzen Haare heute streng gescheitelt, was den kernigen Dreiundvierzigjährigen seltsam bieder und harmlos aussehen lässt.

Wahrscheinlich ist das wieder so eine Masche, um uns zu beeinflussen, vermutet Gesa.

Der hat tatsächlich alle Tricks drauf.

Aber dieses Mal wird es ihm nichts nützen.

»Herr Sturm«, sagt sie, »die Auswertung Ihrer Speichelprobe ergab, dass Sie für die Schwangerschaft der ermordeten Larissa Reuter zweifelsfrei verantwortlich sind. Möchten Sie sich dazu äußern?«

Sturms Anwältin, Frau Dr. Marten, nickt ihm zu. »Mein Mandant wird reden«, sagt sie und schaut freundlich über den oberen Rand ihrer Brille.

»Ja, ich gebe es zu, Larissa und ich waren zusammen«, beginnt Sturm mit stockender Stimme. »Meine Frau durfte davon nichts erfahren. Noch nicht. Mit der Schwangerschaft hat sich natürlich alles geändert.«

»Inwiefern?«, hakt Gesa nach.

»Larissa hat von mir verlangt, dass ich Julia endlich reinen Wein über unser Verhältnis einschenke.«

»Und das wollten Sie nicht und haben Ihre Geliebte getötet«, unterbricht Gesa ihn sofort. Sie hat den beschuldigten Fernsehkommissar bewusst provoziert, um ihm Täterwissen zu entlocken. Bisher haben die Beamten Sturm bei seiner Festnahme am frühen Morgen zwar mit dem Mordvorwurf konfrontiert, ihm jedoch vorenthalten, woran Larissa Reuter starb.

Sturms Anwältin tuschelt ihrem Mandanten etwas ins Ohr.

»Ich habe Larissa geliebt«, behauptet er und setzt wieder seinen treuen Dackelblick auf. »Niemals würde ich ihr wehtun. Meine Frau Julia muss etwas über unsere Beziehung herausgefunden haben. Jedenfalls hat sie, woher auch immer, über die Schwangerschaft Bescheid gewusst«, jammert Oskar Sturm.

Lisa wendet sich jetzt an den Beschuldigten: »Ihnen ist schon klar, dass Sie damit einen Mordverdacht gegen Ihre Ehefrau formulieren?«, erklärt sie dem aufgebrachten Schauspieler.

»Aber eine andere Begründung habe ich nicht«, stöhnt er. »Julia hat ihre Lesereise in Süddeutschland unterbrochen und ist mir an die Ostsee nachgereist, wo sie mir ein Ultraschallbild, das Larissa gehört, unter die Nase gerieben hat. Angeblich hat sie es in meinen Sachen gefunden.«

»Interessant«, meint Gesa, »wir werden Ihre Frau natürlich dazu befragen. Von Ihnen, Herr Sturm, würde ich gern erfahren, warum Sie die ursprünglich gemietete Luxusvilla so schnell wieder verlassen haben.«

»Na, damit mir Julia nicht den Urlaub mit Larissa verdirbt«, antwortet Oskar Sturm. »Meine Frau hat mir doch regelrecht nachspioniert. Leider konnte ich Larissa nicht mehr rechtzeitig erreichen, um ihr zu sagen, dass sie sich ein Hotel nehmen soll, bis ich etwas anderes gefunden habe. Larissas Handy-Akku ist ständig leer, das war so eine Nachlässigkeit von ihr«, behauptet der Schauspieler.

Gesa zweifelt an seinen Worten.

Für eine gewissenhafte Managerin und Projektleiterin, die Frau Reuter gewesen sein soll, eher unwahrscheinlich, findet sie.

Der lügt doch wieder.

Dieser Schauspieler!

»Wo haben Sie denn von Sonntag auf Montag übernachtet?«, möchte Lisa von ihm wissen. »Der jetzige Ferienbungalow wurde von Ihnen erst ab Dienstag gemietet.«

»Na, bei meinem Assistenten Sven Krüger, in der Pension am Hafen. Wo denn sonst? In der Hauptsaison ist alles ausgebucht. So lange wie Sven und ich uns kennen, schlafen wir auch mal eine Nacht gemeinsam im Doppelbett. Es gab Zeiten, als ich noch nicht so berühmt war, da haben wir uns eine Luftmatratze teilen müssen.«

Wie rührselig, denkt Gesa, Freunde für immer.

»Themenwechsel!«, sagt sie streng. »Wie sieht es mit Ihrer Gesundheit aus, Herr Sturm?«, erkundigt sie sich. »Ihr Job ist anstrengend, viel Reisetätigkeit, wenig Schlaf ...«

Oskar Sturm nickt: »Sie kennen sich aus, Frau Hauptkommissarin. Aber ich bin clean. Ich werfe mir nichts ein, um dem Druck standzuhalten. Mein Publikum liebt mich, das pusht mich genug.«

»Gut, gut«, beschwichtigt Gesa, »ich dachte eher an verschreibungspflichtige Medikamente.«

Nun schaltet sich Sturms Anwältin Frau Dr. Marten ein: »Inwiefern ist Ihre Frage für den Tatvorwurf relevant, Frau Bähr?«, hakt sie nach. »Das müssten Sie uns bitte erklären. Ich werde nach dieser Vernehmung ohnehin Einsicht in die Ermittlungsakte beantragen, und zwar noch bevor mein Mandant dem Haftrichter vorgeführt wird. Sie dürfen uns also ruhig verraten, wie Frau Reuter zu Tode kam, falls Ihre Frage darauf abzielt.«

Gesa und Lisa tauschen sich kurze Blicke aus.

»Einverstanden«, sagt Gesa zu Sturms Anwältin. »Ich gehe davon aus, dass Sie sich ebenfalls weiterhin kooperativ zeigen werden.«

»Selbstverständlich. Herr Sturm möchte genau wie Sie, dass der Mord an der getöteten Mutter seines Ungeborenen aufgeklärt wird.«

Gesa nimmt schnell einen Schluck Wasser.

Jetzt hat die Dame aber zu dick aufgetragen, findet sie.

»Frau Reuter wurde mit Digitalis vergiftet«, klärt Lisa Oskar Sturm und seine Anwältin auf. »Als Tötungsmittel ziehen wir ein Herzmedikament in Betracht.«

»Ich nehme keines!«, kräht Sturm sofort los. »Aber meine Frau, die schluckt jeden Tag eine Tablette wegen eines angeborenen Herzfehlers. Fragen Sie mich jetzt nicht, wie das Zeug heißt.«

»Sie wissen herzlich wenig über Ihre Gattin.« Diese persönliche Bemerkung kann sich Gesa nicht verkneifen, was ihr einen strengen Blick der Anwältin einbringt. »Aber keine Sorge«, sagt die Hauptkommissarin, »das fragen wir Ihre Frau schon selbst.«

»Das heißt, ich bin frei?«

Gesa setzt ein überlegenes Lächeln auf: »Herr Sturm, Sie verbleiben als Beschuldigter weiterhin in Polizeigewahrsam und werden spätestens morgen früh dem Haftrichter vorgeführt. Warum sollen wir Ihnen plötzlich Glauben schenken? Bisher haben Sie nur gelogen und immer nur das zugegeben, was wir Ihnen ohnehin beweisen konnten. Weil Sie Ihre Frau verdächtigen, bedeutet es nicht, dass Sie selbst unschuldig sind. Wir halten den Mordverdacht gegen Sie aufrecht.«

Frau Dr. Marten flüstert Oskar Sturm etwas ins Ohr.

»Gut«, verkündet die Anwältin anschließend mit eiskalter Mine, »wir sind hier für heute fertig und warten die Entscheidung des Haftrichters ab.«

»Sehr gern«, antwortet Gesa freundlich. Sie stupst Lisa unter dem Tisch an und steht auf.

»Wir verabschieden uns dann von Ihnen, Frau Dr. Marten. Die Kollegen werden Herrn Sturm in den Polizeigewahrsam nach Kiel überführen.« Gesa gibt der Anwältin und Oskar Sturm die Hand, während Lisa das Aufnahmegerät ausschaltet und an sich nimmt. »Auf Wiedersehen!«, sagt auch sie anschließend und verlässt gemeinsam mit Gesa den Vernehmungsraum.

Oskar Sturm schaut den beiden fassungslos hinterher. Sein Gesichtsausdruck signalisiert Unverständnis. Verärgert schnäuzt er in sein Taschentuch und würdigt seine Anwältin keines Blickes. »Herr Sturm, nun warten Sie doch erst einmal den Termin beim Haftrichter ab«, tröstet sie ihn.

Doch der Schauspieler zuckt nur resigniert mit den Achseln. »Und dann?«, stöhnt er und streckt die Beine unter dem Tisch aus. »Ändert sich dadurch denn etwas?«

Frau Dr. Marten sieht ihn streng an: »Ja, denn vorher werden Sie mir hoffentlich alles erzählen, was Sie wissen. Sonst kann ich Ihnen nicht helfen.«

22. Kapitel

Nach der wenig aussagekräftigen Vernehmung des Schauspielers ist Gesa in ihr Büro zurückgekehrt, während Lisa vorn im Großraum das Protokoll zu seinen Aussagen verfasst.

Genervt schaut Gesa auf die Zeitanzeige ihres Bildschirms.

In zwei Stunden ist Mittag, dann wird der Lux zurück sein.
Ich muss mich dringend mit ihm beraten.
Hoffentlich hat er schon wieder einen klaren Kopf.
So ein Abschied für über drei Monate ist ja nicht ohne.

In ihrer Handtasche unter dem Schreibtisch, neben dem Rollcontainer, vibriert Gesas Handy. Sie hatte dieses seit ihrer Rückkehr nicht wieder auf den Klingelton umgeschaltet und vergessen, es auf den Tisch zu legen.

Schiet!

Hastig bückt sie sich und zieht das Mobiltelefon aus dem Seitenfach ihrer Tasche. Die Hauptkommissarin wartet sehnsüchtig auf einen Rückruf von Uwe Feddersen.

Wir benötigen dringend neue Beweise für den Haftrichter.

Der leitende Kriminaltechniker ist mit seinem Team in der Luxusvilla, um dort nach Fingerspuren von Larissa Reuter und Oskar Sturm zu suchen. Der Inhaber der Villa und der dort gemeinsam mit seiner Freundin ausharrende Thomas Bertram zeigten sich mit der Maßnahme sofort einverstanden.

Wenn Gesa an die vermisste Jugendliche Tanja Bertram denkt, krampft sich ihr das Herz zusammen.

Ich bin froh, dass das LKA übernommen hat.
Man muss sich ehrlich eingestehen, wenn man an der Belastungsgrenze angekommen ist.

Sie schaut jetzt auf das Handydisplay vor sich.
Oh, Karin hat durchgeklingelt und bereits wieder aufgelegt.
Gesa wundert sich, dass ihre Freundin, die Rechtsmedizinerin Dr. Karin Rose, am Vormittag anruft. Beruflich haben die beiden inzwischen nichts mehr miteinander zu tun. Karin hat wenige Jahre vor ihrer Pensionierung in den Forschungsbereich der Uni Kiel gewechselt und Dr. Niels von Isenberg ihre Stelle nun dauerhaft übernommen.
Karin würde mich nie im Dienst stören.
Es muss sich um etwas Dringendes handeln.
Gesa ruft sofort zurück.
»Moin, moin, meine Liebe!«, begrüßt sie ihre langjährige Freundin. »Was hast du auf dem Herzen?«
»Ach Gesa«, seufzt Karin, »du hast es erraten. Mich bedrückt etwas und ich mache mir Vorwürfe.«
»Lass hören, Karin, ich habe einen Moment Zeit. Es sei denn, Uwe Feddersen ist in der Leitung, dann muss ich unterbrechen.«
»Ja, natürlich«, versichert Karin und erzählt auch schon mit leicht zittriger Stimme: »Vor ungefähr zehn Tagen rief mich eine Frau aus Berlin an. Sie wollte sich mit mir treffen, sobald sie an der Ostsee Urlaub macht, und mit mir über einen meiner wissenschaftlichen Mitarbeiter reden.«
»Mhm.« Gesa spielt gelangweilt mit ihrem Kugelschreiber.
Karin holt immer gern weit aus.
Genau wie Niels. Das muss eine Berufskrankheit der Pathologen sein.
»Bevor wir einen Termin ausmachen konnten«, fährt Karin fort, »wurde das Telefonat von meiner Sekretärin unterbrochen und ich zum Sektionsleiter gerufen. Ich bat die Dame, sich wieder zu melden, wenn sie

bei uns im Norden weilt. Ein wenig suspekt kam mir die Angelegenheit schon vor. Ich arbeite noch nicht so lange an der Uni. Meine Abteilung umfasst zweiunddreißig Angestellte, Doktoren, Assistenten und Hilfskräfte, die ich gern erst selbst näher kennenlernen möchte, bevor etwas von außen herangetragen wird«, jammert Karin. »Ehrlicherweise hatte ich die Sache deshalb wieder vergessen ... Bis eben, vor zehn Minuten.«

Aha, denkt Gesa, jetzt kommt Karin auf den Punkt.

»Ich habe vorhin kurz mit Niels von Isenberg telefoniert, brauchte seinen fachlichen Rat. Nebenbei erkundigte ich mich, wie sich denn der neue Assistent so anstellt, den ich ihm vermittelt habe. Zugegebenermaßen war Pascal Weise der Einzige, der sich bereit erklärt hat, Friedhelms Platz einzunehmen.«

»Wie geht's denn Friedhelm?«, fragt Gesa sogleich nach.

»Ach, das ist eine andere Geschichte. Man wird sehen ...«, weicht Karin ihr aus. »Lass mich mal weitererzählen«, bittet sie.

»Ja, natürlich Karin. Ich bin schon gespannt. Du sagtest ja, dass es dir Sorgen bereitet.«

»Dr. von Isenberg hat mir in den höchsten Tönen von seinem neuen Mitarbeiter vorgeschwärmt und von einem kniffligen Fall mit Digitalisvergiftung bei einer schwangeren jungen Frau aus Berlin berichtet.« Karin seufzt leise.

»Ich fragte ihn interessehalber nach dem Namen der Toten. Irgendwie hatte ich ein komisches Gefühl, als er Berlin sagte. Du weißt ja, Gesa, seit meiner Entführung bin ich hochsensibel geworden, wittere überall Verbrechen. Meine Therapeutin hat es nicht leicht mit mir.«

Gesa erinnert sich mit Schrecken an den Fall mit dem Promikoch, der an einem Fischbrötchen erstickte. Die Ermittlungen kosteten ihre Freundin um ein Haar das Leben.

»Ich ahne es, Karin!«, ruft sie aus. »Die Namen der Ermordeten und deiner Anruferin stimmen überein. Es handelt sich um Larissa Reuter.«

»Ja«, flüstert Karin, »weißt du, was das bedeutet, Gesa? Die Frau wollte mir etwas über einen meiner wissenschaftlichen Mitarbeiter anvertrauen und kurz darauf ist sie tot. Ermordet! Wenn das keinen Zusammenhang ergibt ...«

Gesa stöhnt laut auf. »In der Tat, Karin«, bestätigt sie. »Das sehe ich genauso und diese Spur ist völlig neu. Bisher haben wir einen anderen dringend Tatverdächtigen.«

»Was soll ich tun? Wie kann ich helfen?«, fragt Karin. »Ich mache mir solche Vorwürfe«, klagt sie.

»Also, als Erstes stellst du das bitte sofort ab. Versprich es mir!«, fordert Gesa ihre Freundin auf. »Vorwürfe sind völlig fehl am Platz. Die Frau wollte sich doch bei dir melden. Als Zweites schickst du mir bitte eine Liste deiner männlichen, wissenschaftlichen Mitarbeiter mit allen erforderlichen Infos.«

»Dann müsste ich Pascal Weise doch ebenfalls aufführen, oder?«, überlegt Karin. »Zum Zeitpunkt des Anrufs der Frau Reuter hat er noch bei mir in der Abteilung gearbeitet, aber wie ich schon sagte, ich hatte den Eindruck, er wollte sehr gern in die klinische Pathologie wechseln. Daher habe ich ihn von Isenberg empfohlen.«

»Du hast ihn quasi weggelobt«, stellt Gesa stirnrunzelnd fest.

»Nein, nein!«, widerspricht Karin. »Er ist ein guter

Facharzt, das hat von Isenberg doch bestätigt.«
»Stimmt. Aber auf die Liste gehört er trotzdem. Wir werden die Herrschaften anschließend einzeln unter die Lupe nehmen und abgleichen, ob es in Larissa Reuters Leben Verbindungen zu ihnen gab.«
»Danke, Gesa. Ich begebe mich sofort an die Arbeit und stelle die Personalien zusammen. Meine Güte! Wenn ich daran denke, dass einer meiner Mitarbeiter womöglich in einen Mord verwickelt ist, wird mir ganz schlecht.«
Mir auch, denkt Gesa und verabschiedet sich von Karin. Sie muss sofort an Lisa und ihren neuen Freund denken.
Ist das jetzt alles zufällig passiert?
Vielleicht ist die Kollegin in Gefahr?
Sie schaut auf die Uhr.
Hoffentlich ist der Lux pünktlich zurück.
Allein bekomme ich den Knoten in meinem Kopf nicht gelöst.

23. Kapitel

Auf einem alten Metallbett und nur mit einer von Mottenfraß zerlöcherten Decke zugedeckt, liegt Tanja Bertram und starrt mit geweiteten Pupillen an die Holzdecke über sich. Sie wurde an Händen und Füßen gefesselt und ihr Mund mit einem Handtuch geknebelt.
Die Jugendliche ist eben aufgewacht und beginnt, sich auf ihrer schäbigen Matratze zu wälzen, um ihre Zudecke abzuschütteln. Bei der Hitze ist ihr diese viel zu warm und unangenehm.
Benommen von den vielen Beruhigungsmitteln, die ihr maskierter Entführer Tanja täglich einflößt, schaut

sie an sich herunter.

Ich habe schon wieder ein neues Kleid an.

Die Sechzehnjährige betrachtet ängstlich den edlen Hermèskoffer, der neben ihrem armseligen Lager steht und so gar nicht in die spartanische Einrichtung ihres Gefängnisses hineinpasst.

Wahrscheinlich sind die schicken Sachen, die er mir anzieht, alle aus diesem Koffer.

Tanja fühlt sich heute etwas wacher und versucht, sich besser in dem halbdunklen Raum zu orientieren. Unter ihr gluckst und plätschert es leise. Über sich registriert sie zum ersten Mal die Holzdielen eines Spitzdachs und als sie ihren Kopf hintenüber biegt, erkennt sie am Giebel ein Fenster. Spärliche Sonnenstrahlen dringen durch die dicke, braune Gardine. In ihrem Lichtkegel sammelt sich Staub vor Tanjas Augen.

Es ist mitten am Tag, überlegt sie.

Oder ist der nächste bereits angebrochen, seit ich das letzte Mal wach gewesen bin?

Seitdem Tanja in der Ferienvilla von ihrem Entführer angegriffen worden ist, fehlte ihr jedes Zeitgefühl.

Sie schaut in Richtung ihrer mit einem Wäscheseil gefesselten Füße. Wozu mag wohl der Metallbügel gehören, der dort am Ende des Zimmers aus dem Boden ragt?, grübelt sie.

Vielleicht zu einer Luke?

Der schmale Raum, in dem Tanja gefangen gehalten wird, ist fast leer. In ihrem eingeschränkten Blickwinkel hat sie bisher nur ein weiteres Bett und eine metallbeschlagene Wäschetruhe erkennen können. Außerdem zwei Hocker.

Auf dem einen sitzt er immer und schaut mich an, wenn ich ein neues Kleid trage.

Heute ist es ein grünes und es ist ziemlich kurz.
Hat er es mir angezogen?
Warum merke ich nie etwas davon?

Tanja weint und schluchzt lautlos unter ihrem Knebel.

Papa, ich will hier raus.

Dann verfällt sie wieder in einen Dämmerzustand zurück, der ihr die Tage ihrer Gefangenschaft bisher auf wenige wache Stunden verkürzte.

Kurze Zeit später streicht eine große Hand sanft über ihren Kopf. Die Finger des vermummten Mannes spielen mit Tanjas blonden, langen Haaren: »Aufwachen, mein Engel«, flüstert er unter seiner Sturmhaube. »Zeig doch mal, wie hübsch du heute wieder bist.«

Dienstag

24. Kapitel

»Ihr Lieben, ich habe leider gar keine guten Nachrichten zu verkünden«, mit diesen Worten eröffnet Gesa ihre am frühen Morgen einberufene Teamsitzung.

»Oskar Sturm wurde aus dem Polizeigewahrsam entlassen«, berichtet sie und eine tiefe Enttäuschung schwingt in ihren Worten mit. »Der Haftrichter ist den Argumenten der Staatsanwaltschaft leider nicht gefolgt und hat demnach keine Untersuchungshaft für den Beschuldigten angeordnet.«

Stefan ist empört: »Wie kann das denn überhaupt sein? Wir haben Beweise und Sturm ein glasklares Motiv.«

»Tja«, erwidert Gesa traurig. »Sturms Motiv ist trübe geworden, die Anwältin hatte noch ein Ass im Ärmel. So viel Hinterlist hätte ich ihr ehrlicherweise gar nicht zugetraut«, schimpft die Hauptkommissarin und überlegt kurz. »Na, vielleicht hat sie bei unserer gestrigen Vernehmung selbst noch nichts über Sturms neue berufliche Pläne gewusst. Aber die Beweislage für einen Mord ist ohnehin zu dürftig«, klagt sie, »denn die Spurenüberprüfung in der Villa hat keinerlei nachweisbare Fingerabdrücke von Oskar Sturm oder Larissa Reuter ergeben.«

»Kein Wunder! Ich wette, da ist ordentlich geputzt worden«, wirft Stefan ein.

Niklas unterstützt den Kollegen. »Das könnte ich mir auch vorstellen«, meint er. »Wir sollten einen Aufenthalt der beiden in der Villa weiterhin nicht ausschließen.«

»Das tun wir auch nicht«, bestätigt Gesa. Sie schaut zu Lisa herüber, die, seitdem die Hauptkommissarin ihr Team über den Verdacht ihrer Freundin Karin Rose informiert hat, merklich stiller geworden ist.

Ich kann Lisa verstehen.

Ihr Pascal rückt plötzlich in den erweiterten Kreis verdächtiger Personen.

Die Liste mit den Informationen und Personalien zu Karins männlichen wissenschaftlichen Mitarbeitern hat Gesa daher an Stefan weitergereicht. Der Kriminalmeister überprüft von den infrage kommenden Männern seit gestern Nachmittag die Überschneidungen ihrer Wohnorte und Arbeitsstätten mit denen des Mordopfers und alle möglichen Verbindungen und Kontakte in den sozialen Medien zwischen den Betroffenen und dem Opfer.

Lasse unterbricht die Gedanken der Hauptkommissarin. »Womit konnte die Anwältin von Oskar Sturm denn den Haftrichter überzeugen?«, möchte er wissen. Der Polizeischüler schöpft nach Gesas Bericht wieder Hoffnung, dass sich der Mordverdacht gegen das Schauspieleridol seiner Mutter zu guter Letzt nicht bestätigt.

Auch alle anderen blicken gespannt auf Gesa.

»Ach ja, das wollte ich doch gerade erklären«, meint sie kopfschüttelnd, »ich war gedanklich kurz abgelenkt«, entschuldigt sie sich. »Oskar Sturm hat dem Haftrichter von einem Topsecret-Vertrag berichtet, den er mit einem Produzenten aus Hollywood geschlossen hat und weswegen er im Oktober in die USA umsiedeln wird. Seine Larissa beabsichtigte er mitzunehmen und dort mit ihr ein neues Leben anzufangen.«

Lasse entgleiten die Gesichtszüge. »Und was wird aus dem Spreewaldkommissar?«, fragt er entsetzt und blubbert mit dem Strohhalm in seiner Cola.

Dass Lisa, die neben Lasse sitzt, dessen Verhalten mit stoischem Geradeausblick hinnimmt, fällt Stefan sofort auf. Was ist nur mit Lieschen los?, denkt er.

Tagelang sprühen Funken aus ihren Augen.

Nun sitzt sie da wie ein Trauerkloß.

Gesa beantwortet Lasses Frage: »Obwohl es eigentlich nichts zur Sache tut«, sagt sie, »die Krimifolgen sind wohl für ein Jahr im Voraus abgedreht worden. Angeblich ist das nicht ungewöhnlich. Oskar Sturm wollte aussteigen. Der Vertrag mit Hollywood sei zu lukrativ und außerdem wäre er weit weg von seiner Gattin und könnte mit Larissa neu anfangen. So war jedenfalls sein Plan, bis Frau Reuters Tod dazwischenkam.«

»Ist der Vertrag mit Hollywood noch gültig?«, fragt Niklas.
»Laut Auskunft der Staatsanwaltschaft, deren Beamte sich bereits gestern Abend mit Sturms Aussage befasst und diese verifiziert haben, ist dem so. Angeblich hat er sich sogar nach einem ausreichend großen Haus erkundigt. Er würde Frau und Kind später nachholen.«
»Mhm.« Niklas überlegt. »Das bedeutet, er plante seine Zukunft mit Larissa Reuter und dem zu erwartenden Nachwuchs. Ich erinnere mich, dass Trude Hansen mir erzählte, dass Sturms Ehefrau sich immer ein gemeinsames Kind gewünscht hat.«
»Niklas!«, unterbricht Gesa ihn. »Trudchen hat dieses Wissen vor Jahren einer Klatschzeitschrift beim Friseur entnommen. Du selbst hast es so zu Protokoll gegeben.«
»Aber«, meint Stefan, »ich finde, jeder Klatsch enthält ein Körnchen Wahrheit. Außerdem muss Sturms Ehefrau Julia Blume dauerhaft ein Herzmedikament einnehmen.«
Lisa nickt. Zum ersten Mal beteiligt sie sich an der Diskussion: »Ich unterstütze diesen Ermittlungsansatz. Julia Blume hat sich zur Tatzeit in Laboe aufgehalten, ihrem Mann hinterherspioniert, sie war eifersüchtig und wusste von der Schwangerschaft. Wir müssen sie schleunigst befragen«, fordert sie erregt, »bevor wir den Kreis der Verdächtigen erweitern und womöglich Zeit verlieren.«
»Natürlich, Lisa«, bestätigt Gesa ihr, »Sie haben vollkommen recht. Nur das mit dem Herzmedikament wissen wir erst seit gestern und zuvor hatte Oskar Sturm das klarste Mordmotiv. Die Suche nach seinen

Fingerspuren war auch noch nicht abgeschlossen. Inzwischen müssen wir davon ausgehen, dass Julia Blume tatsächlich über das stärkere Motiv verfügte, Larissa Reuter zu töten. Vor allem, wenn sie schon von dem Umzug nach Hollywood erfahren haben sollte.«

»Hat sie denn?«, fragt Niklas.

»Angeblich nicht. Der Ausstieg des Schauspielers ist streng geheim.«

»Na«, Niklas verzieht zweifelnd den Mund, »ich kenne mich in der Branche ein wenig aus. Da werden die Geheimnisse oft an der Garderobe mit abgegeben und nach der Vorstellung großzügig untereinander verteilt. Wenn ihr versteht, was ich meine.«

Gesa schmunzelt. »Aha, so verhält sich das«, sagt sie, »das erhärtet den Verdacht gegen Frau Blume ja noch. Sie könnte es also durchaus gewusst oder geahnt haben, dass ihr Gatte die ganz große Karriere anstrebt, und das ohne sie«, stellt Gesa jetzt fest. »Lisa, bitte nehmen Sie im Anschluss an unsere Sitzung Kontakt mit der Dame oder deren Verlag auf. Meines Erachtens weilt die Autorin auf ihrer Lesereise in Süddeutschland, die sie ja kurzzeitig unterbrochen hat, um ihren Mann mit dem Ultraschallbild zu konfrontieren. So erzählte es Oskar Sturm jedenfalls.«

Lisa nickt. Ein zaghaftes Lächeln huscht über ihr Gesicht. »Ich kümmere mich nachher sofort darum, Frau Bähr.«

»Danke, Lisa.« Gesa möchte sich gerade bei Stefan erkundigen, wie er mit den Recherchen über Karin Roses wissenschaftliche Mitarbeiter vorangekommen ist, da klopft es lautstark an die Eingangstür zum Großraum.

Polizeimeister Iversen poltert herein.

»Auf Oskar Sturm ist am Hafen ein Anschlag verübt worden!«, ruft er aufgeregt. »Er wurde mit einem Pfeil beschossen, als er an einem Imbissstand frühstückte«, erklärt er den verdutzten Kollegen der Kripo.

»Wo ist der Mann jetzt?«, fragt Gesa aufgeregt.

»Der Schauspieler befindet sich mit dem Rettungswagen auf dem Weg in die Uniklinik Kiel.«

»Okay, Iversen«, stöhnt Gesa. »Sichert ihr den Tatort ab?«

»Da sind wir dabei, Bärin. Wir warten nur auf euch.«

Gesa bläst ihre Wangen auf und atmet einmal tief durch. »Alles klar. Dann beenden wir die Sitzung. Niklas und ich machen uns sofort auf den Weg.«

25. Kapitel

Vor dem blau-weiß gestrichenen Imbisshäuschen am Hafen werden Gesa und Niklas von Oskar Sturms aufgeregtem Assistenten Sven Krüger empfangen: »Frau Hauptkommissarin!«, begrüßt er Gesa als Erste. »Wie gut, dass Sie gleich hergekommen sind. Sie natürlich auch, Herr Lux. Guten Tag! Ich wollte ...«

»Das ist unser Job, Herr Krüger«, fällt ihm Gesa ins Wort, »dafür müssen Sie sich nicht bedanken.«

»Na trotzdem, denn es ging jedenfalls sehr schnell. Hoffentlich ist meine Anwesenheit nicht allzu lange erforderlich«, säuselt Sven Krüger mit seiner sonoren Stimme. »Ich möchte Oskar nämlich sofort im Krankenhaus besuchen und wäre selbstverständlich im Rettungswagen mitgefahren, aber die Polizeibeamten meinten, ich müsse auf Sie warten und eine Zeugenaussage tätigen, da ich als Einziger in der Nähe war.«

»So ist es«, bestätigt Niklas ihm. »Was haben Sie denn

genau beobachtet, Herr Krüger? Erzählen Sie bitte der Reihe nach.«

Sven Krüger schaut sich hilflos um.

»Wir müssen nicht vor dem Imbiss stehen bleiben, sondern können uns auch ein Stückchen weiter auf eine Bank setzen«, schlägt Gesa vor und deutet auf die Sitzgelegenheiten vor der Kaimauer.

Als der Imbissbudenbesitzer die drei weitergehen sieht, lehnt er sich aus seiner Luke und wedelt hektisch mit einem blau-karierten Geschirrtuch: »Gesa!«, ruft er ihr hinterher. Die Hauptkommissarin bleibt stehen und dreht sich um. »Darf ich denn jetzt mit dem Verkauf weitermachen?«, fragt er. »Die ersten Fischer haben gleich Frühstückspause. Wenn die nicht bei mir rankommen dürfen, muss ich die Platte mit den belegten Brötchen nachher wegwerfen. Bei der Hitze hält sich der Kram doch nicht so lange.«

»Ja, ist gut, Franz. Heb uns sonst ein paar auf, wenn du nicht alle loswirst«, meint Gesa und lächelt dem sechzigjährigen Franz zu. Sie kennt den vollbärtigen Fischverkäufer, der jetzt auch noch den Imbiss übernommen hat, schon seit Kindertagen.

Während sie mit ihm ein paar Worte über den Anschlag auf Oskar Sturm wechselt, ist Niklas derweil mit Sven Krüger zu einer leeren Bank an der Kaimauer vorgelaufen.

Dort scheucht er eine hartnäckige Möwe weg, die sich dafür mit einem feuchten Gruß aus der Luft bedankt. Der Vogelschiss landet direkt vor Gesas Füßen, die nun ebenfalls an der Bank angekommen ist.

Wenn mir das jetzt kein Glück bringt, weiß ich auch nicht.

»Na, Herr Krüger«, sagt sie und nimmt rechts neben Sturms Assistenten Platz. »Nu mal Butter bei die Fische, was wollten Sie denn so früh am Morgen mit

Herrn Sturm am Hafen?«

»Die frische Luft der Freiheit schnuppern«, antwortet Sven Krüger frech. »Nein, im Ernst«, sagt er, »ich habe Oskar heute Morgen um 6 Uhr aus dem Polizeigewahrsam abgeholt, und da so früh keine Urlauber unterwegs sind, die ihn erkennen und um Autogramme betteln, schlug er vor, an dem idyllischen Hafen anzuhalten und hier zu frühstücken.«

»Warum ausgerechnet bei diesem Imbiss?«, möchte Niklas wissen. »Sie hätten sich Ihre Brötchen vom Bäcker holen können.«

Gesa grinst. Die Frage beantwortet sich von selbst, denkt sie.

Nun merkt es Niklas auch.

»Ja, ja, Herr Krüger, verstehe. In der Bäckerei sind zu viele Leute«, sagt er, bevor Sturms Assistent antworten kann. »Sie wollten nicht erkannt werden, und am Hafenimbiss treffen Sie um die frühe Zeit höchstens auf ein paar Werftarbeiter oder die ersten Fischer, die von ihrer morgendlichen Fahrt zurückkehren.«

»So ist es, Herr Lux. Wir haben also in Ruhe gegessen und während der Oskar seinen restlichen Kaffee am Stehtisch ausgetrunken hat, habe ich die Pappschalen und benutzten Servietten zum Papierkorb gebracht. Als ich mich umdrehte, greift sich Oskar an den Hals und fällt hin. Ich laufe sofort zu ihm und finde ihn bewusstlos auf dem Boden liegend. In seinem Hals, ungefähr zwei Zentimeter unter dem Ohr, steckte ein Pfeil.«

Gesa nickt. Der Imbissbetreiber Franz hat es ihr bestätigt. Leider sah er nur, wie sich Sven Krüger über den Schauspieler gebeugt hat. Zuvor hat Franz dem Geschehen den Rücken zugekehrt, weil er mit dem Brötchenschmieren beschäftigt gewesen ist.

»Wie groß war denn der Pfeil?«, möchte Niklas wissen.
»In etwa wie ein Dartpfeil, würde ich sagen. Der Imbissbesitzer hat sofort den Notruf gewählt und dann kam auch schon jemand aus der Hafenmeisterei, der sich in Erster Hilfe auskannte. Ich bin beiseitegetreten, weil mir schlecht geworden ist. Ich mache mir solche Sorgen um Oskar. Wann darf ich denn zu ihm?«
»Das können wir Ihnen noch nicht sagen, Herr Krüger«, meint Gesa, »zuerst werden mein Kollege Lux und ich Herrn Sturm im Krankenhaus besuchen und ihn befragen, wenn es sein Gesundheitszustand erlaubt.«
Sven Krüger senkt den Kopf. »Das habe ich mir gedacht«, flüstert er. »Hoffentlich kommt Oskar überhaupt durch! Als er auf der Trage in den Rettungswagen geschoben wurde, hat er zwar die Augen geöffnet, der Notarzt meinte jedoch zu mir, Oskars Zustand sei kritisch.«
Verzweifelt schlägt Sturms Assistent die Hände vors Gesicht und beugt sich vornüber.
Gesa und Niklas tauschen hinter seinem Rücken kurze Blicke aus.
»Herr Krüger, danke, dass Sie auf uns gewartet haben«, sagt Gesa dann und legt ihm mitfühlend die Hand auf die Schulter, »Ihre Telefonnummer haben wir ja bereits. Wir werden jetzt ins Krankenhaus nach Kiel fahren und rufen Sie später an, um Ihnen mitzuteilen, wie es Herrn Sturm geht. Sie müssten Ihre heutige Aussage in unserer Dienststelle bitte noch einmal zu Protokoll geben, aber das hat Zeit.«
Sven Krüger setzt sich wieder aufrecht hin. Er hat Tränen in den Augen.

»Nun ruhen Sie sich erst einmal aus und erholen sich von dem Schock«, meint Niklas zu ihm.

»Ja, tue ich. Wiedersehen«, antwortet er leise, »und Sie rufen mich wirklich sofort an?«

»Natürlich«, verspricht Gesa ihm. »Auskünfte erhalten Sie aber nur, soweit es unsere Ermittlungen zulassen.«

»Eine Frage habe ich noch«, sagt Niklas plötzlich, als er sich neben dem erneut in sich zusammengesunkenen Assistenten von der Bank erhebt, »außer Ihnen und Oskar Sturm war wirklich niemand mehr an dem Imbissstand? Denken Sie bitte noch einmal genau nach!«

Sven Krüger schüttelt den Kopf. »Das habe ich Ihren Kollegen bereits gesagt. Wir waren beide allein. Fragen Sie den Verkäufer! Weiß der Geier, von wo jemand diesen Pfeil auf Oskar abgeschossen hat. So ein Gerät fliegt ordentlich weit. Der Bengel von meiner Nachbarin zu Hause hat eine Pfeilpistole, damit schießt er sogar quer über den dreißig Meter langen Innenhof.«

»War es denn ein Spielzeugpfeil, der im Hals des Schauspielers steckte?«, fragt Niklas verwundert. »Sie sagten doch vorhin, es handelte sich um einen Dartpfeil.«

»Was weiß ich denn? Ich meinte nur in etwa die gleiche Größe«, mault Sven Krüger. »Ich kenne mich damit nicht aus. Die Spielzeugdinger sind aber stumpf, müssen die doch sein, oder? Wie soll so ein Pfeil denn im Hals stecken bleiben?«

»Ja, da haben Sie vollkommen recht, Herr Krüger«, versichert Gesa ihm. »Wir werden erst im Krankenhaus Genaueres über das Tatwerkzeug erfahren können, denke ich. Vielen Dank für Ihre Auskunft.« Sie schiebt Niklas vorsichtig von der Bank weg. »Wir gehen dann mal wieder.«

Während sie sich mit ihm auf den Weg zurück in die Dienststelle begibt, ruft Gesa den Kriminaltechniker Uwe Feddersen an.

»Moin, Uwe, wir benötigen deine Unterstützung«, sagt sie und erklärt ihm kurz, was vorgefallen ist. »Bitte wende dich an Polizeimeister Iversen, er wird dich zum Tatort hinführen. Wir fahren jetzt erst einmal ins Krankenhaus.«

»Mhm«, brummt Uwe am anderen Ende unschlüssig. »Ein Pfeil sagst du, Gesa? Solange ich den nicht vor mir liegen habe, kann ich gar nichts berechnen. Die Flugkurve hängt vom Gewicht und der Form ab.«

»Ja, Mensch, natürlich, so ist es«, erwidert Gesa. »Wir werden das Ding schleunigst besorgen müssen. Bis dahin schon einmal danke. Tschüs, Uwe.«

26. Kapitel

Mila hat nicht mitgezählt, aber sie schiebt den Staubsauger im Schlafzimmer gefühlt das zehnte Mal über dieselbe Stelle des Teppichbodens.

Was soll ich sonst tun, damit die Zeit irgendwie vergeht?

Wegen der lauten Sauggeräusche hört sie nicht, dass Thomas Bertram in die Villa zurückgekehrt ist. Der verzweifelte Familienvater hat am Nachmittag erneut das Gelände zwischen der Luxusvilla und dem Zeltplatz nach seiner verschwundenen Tochter abgesucht. Inzwischen hat er viele Helfer mobilisieren können. Die Jugendlichen, mit denen sich Tanja am Strand angefreundet hatte, allen voran Sönke, unterstützen ihn. Trotz der sengenden Hitze haben sie gemeinsam mit

Thomas ein Waldstück durchstreift.
Mila findet es sinnlos, da die Polizei dort bereits mit Hunden gewesen ist.
Aber wenn es Thomas hilft, warum nicht.
Besser, als wenn wir hier in der Villa herumsitzen und ständig einer von uns weint.
Ihr Freund steckt seinen verschwitzten Kopf durch die Schlafzimmertür. Mila schaltet sofort den Staubsauger aus. »Ach, hier bist du, Liebling«, begrüßt er sie.
»Und?«, fragt Mila.
Thomas Bertram schüttelt mit dem Kopf. »Ich werde noch verrückt«, sagt er.
Mila geht auf ihn zu und streichelt ihm tröstend über seinen schlaff herunterhängenden Arm. Der attraktive, sportliche Thomas ist in den letzten Tagen völlig in sich zusammengefallen, als wäre jede Spannung aus seinem Körper gewichen. Die Leere seiner Blicke weicht langsam einer gewissen Wirre, fällt Mila auf.
Das ist der permanente Schlafmangel.
Ich werde Thomas etwas aus der Apotheke besorgen.
Es geht ihm schlecht, das sehe ich doch.
Wahrscheinlich war er schon heimlich beim Arzt.
Wozu benötigt er sonst dieses starke Medikament?
»Thomas, ich habe beim Putzen deine Tabletten gefunden«, sagt sie und holt eine angefangene Blisterpackung aus ihrer Hosentasche. Sie hält diese ihrem Freund direkt unter die Nase.
Verwundert nimmt er die Packung an sich und betrachtet sie aufmerksam.
Mila schaut ihn besorgt an. »Thomas, ich habe im Internet nachgelesen, wofür die Tabletten gut sind. Ich wusste gar nicht, dass du solche starken Herzmedikamente einnimmst«, meint sie zu ihm. »Oder ist es erst

seit jetzt, seit Tanja weg ist?«, fragt sie leise und ihre Stimme stockt. Thomas reißt seine tief in den Höhlen liegenden Augen weit auf und blickt ungläubig auf Mila. »Das sind nicht meine«, behauptet er. »Wo hast du die denn her?«

»Echt nicht?«, antwortet Mila erleichtert. »Die angebrochene Blisterpackung lag in der Sesselritze vergraben. Ich habe bei meiner Reinigungsaktion die dünnste Staubsaugerdüse dort hineingehalten. Es gab ein komisches Geräusch und plötzlich hing der silberfarbene Blister vorn an der Öffnung.«

»Mhm.« Thomas grübelt. »Die muss von den Vormietern sein oder von noch früher. Ich glaube nicht, dass die Putzkräfte bei jeder Endreinigung die Sessel auseinandernehmen.«

»Ja«, bestätigt Mila, »die Packung war wirklich tief zwischen Rücken- und Sitzpolster gerutscht. Komisch, die Kripo hat die Villa doch durchgecheckt.«

»Nein«, widerspricht Thomas, »die Polizei hätte dann meines Erachtens auch die Möbel unter die Lupe genommen. Die zwei Beamten haben lediglich nach Fingerabdrücken gesucht und daher vorrangig Flächen, Stuhllehnen, Türklinken und Fenstergriffe bearbeitet.«

»Glauben die wirklich, hier ist jemand eingestiegen und hat Tanja entführt?«

Thomas umarmt Mila. »Ich weiß es doch auch nicht, was die Kriminalisten glauben und warum sie welche Maßnahme ergreifen, aber ich bin froh, dass sie etwas unternehmen. Das sind sehr erfahrene Leute vom Landeskriminalamt. Bestimmt gleicht die Polizei die Fingerabdrücke mit den einschlägig vorbestraften Typen in der Kartei ab.«

Mila lehnt sich an Thomas' Schulter.

Ich werde ihm endlich von dem Stalker erzählen.
Sophie hat recht.
Vielleicht war er in der Villa.
Ich bin mir sicher, dass ich meinen roten Bikini in den Urlaub mitgenommen habe.
»Thomas«, sagt sie mit zittriger Stimme, »wir müssen dringend reden.«

27. Kapitel

Während Gesa und Niklas den verletzten Schauspieler Oskar Sturm im Krankenhaus besuchen, arbeiten sich Lisa und Stefan in dem brütend heißen Großraumbüro durch einen Stapel an Akten und Schriftstücken.
»Puh!«, stöhnt Lisa und bindet sich zum zigsten Mal ihren Pferdeschwanz neu. »Wo soll ich denn noch überall nach dieser Autorin suchen?«, schimpft sie laut.
Am Schreibtisch ihr gegenüber schaut Stefan neugierig hinter seinem Bildschirm hervor. »Befindet sich Julia Blume denn nicht auf einer Lesereise in Süddeutschland?«
»Nein. In ihrem Münchener Verlag wusste man nur, dass sie diese ganz plötzlich abgebrochen und um ein paar Tage Auszeit gebeten hat.«
»So kann man es auch nennen, wenn man auf der Flucht ist«, lästert Stefan.
Lisa lässt deprimiert den Kopf sinken. »Auf Julia Blumes Handy läuft nur die Mobilbox. Ich habe ihr bereits mehrmals eine Nachricht draufgesprochen. Leider ohne Erfolg«, klagt sie.
»Gräm dich nicht, Lieschen«, tröstet Stefan seine

Kollegin. »Ich hänge bei der Recherche nach dem Absender des anonymen Briefes, in dem Oskar Sturm beschuldigt wird, ebenfalls fest. Auch mit der Liste von Dr. Karin Rose komme ich nur schleppend weiter. Du glaubst ja gar nicht, von wo diese Wissenschaftler und Ärzte alle herkommen. Allein die Wohnortabfrage der letzten drei Jahre zieht sich wie ein Kaugummi in die Länge.«

»Wie viele sind es denn, die du überprüfen musst?«, erkundigt sich Lisa.

»Insgesamt elf, Pascal Weise eingeschlossen. Du weißt ja, er ist der neue Assi von unserem Doc. Zuvor war er bei Dr. Rose in der Abteilung beschäftigt.«

»Mhm.« Lisa beißt sich auf die Unterlippe. »Wenn du etwas Neues herausbekommen hast, Stefan, sagst du es mir dann bitte gleich?« Sie sieht ihren Kollegen mit traurigen Augen an. »Ich meine, noch vor der Teamsitzung. Ja?«

Stefan wundert sich. »Das kann ich gern tun, Lisa. Aber mal ehrlich, was ist denn mit dir los? Dich bedrückt doch etwas.«

»Stimmt«, gibt Lisa zu. Sie ist den Tränen nah. Stefan steht auf und geht zu ihr. »Willst du darüber sprechen?«

Lisa schüttelt den Kopf. »Nein. Frau Bähr weiß aber Bescheid.«

»Also handelt es sich um etwas Dienstliches«, schlussfolgert Stefan. Dann schaut er auf Lisas frische Narbe an ihrem Hals. »Oder ist es wegen deiner OP vor drei Monaten? Musst du etwa wieder ins Krankenhaus?«, fragt er erschrocken.

»Nein, nein! Damit ist alles okay. Hoffe ich jedenfalls. Morgen Vormittag bin ich in der Uniklinik zu einer Kontrolluntersuchung. Ultraschall, MRT, das volle

Programm eben.«

Stefan verdreht seine braunen Augen »Dann ist also doch etwas nachgewachsen?«, erkundigt er sich vorsichtig.

»Nein, bei dem Termin handelt es sich um reine Routine und er steht schon lange fest«, versichert Lisa ihm, »gerade kommt er natürlich zu einer Unzeit. Wir haben doch im Moment unwahrscheinlich viel zu tun«, jammert sie. »Nun bin ich morgen den gesamten Vormittag weg. Am liebsten würde ich den Termin verschieben.«

»Aber deine Gesundheit geht vor.«

»Das hat Frau Bähr auch gemeint.«

»Na siehst du«, Stefan legt freundschaftlich die Hand auf Lisas Schulter, »keine Sorge«, sagt er, »ich helfe dir und kümmere mich solange um deine Aufgaben. Falls Sturms Ehefrau bis morgen immer noch Mäuschen spielt und keinen Piep von sich gegeben hat, schreibe ich sie zur Fahndung aus.«

»Danke, Stefan. Das müsstest du aber bitte vorher mit der Chefin abstimmen.«

»Selbstverständlich«, verspricht er und geht nachdenklich an seinen Arbeitsplatz zurück.

Jetzt weiß ich leider immer noch nicht, was Lieschen so sehr bedrückt.

Kaum haben sich die beiden wieder in ihre Akten vertieft, reißt Lasse, der heute Morgen wieder einmal bei der Schutzpolizei im Büro aushilft, die Tür zum Großraum mit Schwung auf. »Ich habe euch Besuch mitgebracht!«, ruft er und verschwindet sofort wieder im Treppenhaus.

Stefan schaut von seinem Schreibtisch hoch.

Das ist ja der Herr Bertram.

Die rotblonde, hübsche Frau neben ihm muss seine Freundin sein.

Lisa läuft eilig zum Empfangstresen vor, um die unerwarteten Gäste zu begrüßen.

»Guten Tag! Was können wir für Sie tun?«, fragt sie freundlich.

»Meine Freundin Mila möchte eine Aussage machen«, erklärt Thomas Bertram. »Und die hier«, sagt er und legt die angebrochene Blisterpackung mit den Herztabletten auf den Tresen, »hat Mila in der Ferienvilla in einer Sesselritze entdeckt. Wir wissen nicht, ob es von Belang ist, aber sicherheitshalber haben wir die Tabletten mitgebracht.«

Lisa lässt sich nichts anmerken und nimmt die silberfarbene Packung an sich. »Danke schön«, sagt sie, »das ist sehr umsichtig von Ihnen. Darf ich wissen, worum es bei Ihrer Aussage geht?«, wendet sich die Kriminalobermeisterin an Mila. »Ich bin Lisa Rückert«, sagt sie zu ihr, um Vertrauen aufzubauen. »Wie ist Ihr Name?«

Mila stellt sich vor, dann schluchzt sie los. »Ich werde seit Monaten von einem Stalker verfolgt«, berichtet sie unter Tränen, »und nun befürchte ich, dass er mir an die Ostsee nachgereist ist. Womöglich hat er sogar etwas mit Tanjas Verschwinden zu tun. Ich weiß, ich hätte eher damit herausrücken müssen.« Sie wirft ihrem Freund Thomas einen schuldbewussten Blick zu.

»Bitte gehen Sie doch durch«, fordert Lisa die aufgelöste Mila auf. Sie zeigt mit der Hand zur Besprechungsecke am Ende des Großraums: »Wir setzen uns dort hinten an den Tisch und Sie berichten mir ganz in Ruhe. Einverstanden?«

Mila nickt und geht mit Lisa weiter. Thomas Bertram folgt den beiden Frauen. »Ein paar Sachen meiner

Freundin sind auch schon aus dem Haus entwendet worden«, erzählt er unaufgefordert in Lisas Rücken. »Zuerst dachte ich, Mila hätte diese vergessen. Aber sie schwört, dass sie ihren roten Bikini auf jeden Fall mitgenommen hat und dieser im Wohnzimmer der Villa über dem Sessel lag.«

Als Lisa den Inhalt seiner Worte realisiert, wird ihr schwarz vor Augen. Nur mit größter Mühe schafft sie es, sich noch auf den Beinen zu halten. »Stefan«, stammelt sie, »übernimmst du mal bitte.« Dann rennt sie zur Toilette.

»Was hat denn Ihre Kollegin plötzlich?«, möchte Thomas Bertram wissen.

»Ach«, antwortet Stefan, »das ist nur die Hitze und der fehlende Schlaf. Wir sind ja rund um die Uhr im Einsatz.«

Thomas Bertram nickt dankbar. Seine müden Augen füllen sich mit Tränen. »Ja, das glaube ich«, sagt er und reicht Stefan seine zitternde Hand, »und dafür wollte ich Ihnen längst von ganzem Herzen danken.«

Mittwoch

28. Kapitel

Gesas sorgenvoller Blick gleitet über ein Vernehmungsprotokoll, das ihr Stefan gestern kurz vor Feierabend gemailt hat.

Mannomann! Der Herr Bertram lässt nichts aus.

Ein unbekannter Stalker, der es auf seine Freundin abgesehen hat, fehlt uns gerade noch in der Liste der Mordverdächtigen.

Wen soll ich denn auf diese Spur ansetzen?

Ich glaube, Niklas wird in den sauren Hering beißen müssen.

Eigentlich mag er die, denkt sie.
Aber nur auf seinem Fischbrötchen.
Gesa rauft sich verzweifelt ihre braunen Locken.
Mit Oskar Sturm wird es auch immer mysteriöser.
So ein Drehbuch kann sich doch kein Normalsterblicher ausdenken.
Hoffentlich ist der Schauspieler bald vernehmungsfähig.
Bei ihrem gestrigen Besuch im Krankenhaus haben Gesa und Niklas von den behandelnden Ärzten erfahren, dass die Pfeilspitze, die in Sturms Hals steckte, mit Gift kontaminiert war. Zu seinem großen Glück im Unglück hat der Ersthelfer den Pfeil sofort herausgezogen und somit verhindert, dass eine tödliche Dosis des Pfeilgiftes in die Blutbahn des Schauspielers gelangen konnte.
Trotzdem leidet der Angegriffene unter starken Vergiftungssymptomen. Mit dem Extrakt der Eisenhutpflanze ist nicht zu spaßen, haben die Mediziner den Kriminalisten erklärt. Oskar Sturm wurde, um seinen Kreislauf zu schonen, daher in ein künstliches Koma versetzt.
Aber er wird wieder.
Schon morgen sollen wir eventuell mit ihm sprechen können.
Vielleicht hat Uwe inzwischen herausbekommen, auf welchem Weg der Pfeil in Sturms Hals geraten ist.
Niklas und Gesa haben das Beweisstück, das die Rettungssanitäter mit ins Krankenhaus genommen hatten, noch am selbigen Tag in die Kriminaltechnik zur weiteren Untersuchung gebracht.
Während Gesa überlegt, jetzt gleich mit Niklas zu reden und ihn auf die Spur des unbekannten Stalkers anzusetzen, klopft es an ihrer Tür.
»Ja!«, ruft sie.
Stefan läuft mit eiligen Schritten hinein in ihr Büro

und bleibt vor Gesas Schreibtisch stehen. Unzählige kleine Schweißperlen glänzen auf seiner Stirn.

»Frau Bähr!«, keucht er, »Sie glauben nicht, was ich inzwischen herausbekommen habe.«

»Na, Sie werden es mir sicher gleich erzählen, Stefan«, erwidert Gesa. »Kommen Sie, setzen wir uns an meinen kleinen Besuchertisch! Ausnahmsweise liegen dort keine Aktenstapel herum«, bemerkt sie selbstkritisch und kommt mit ihrem Drehstuhl an den Tisch vor dem Fenster gerollt.

Stefan lässt sich schnaufend in den einzigen freien und nicht mit Papier und Klemmmappen belegten Besucherstuhl plumpsen. »Pascal Weise ist unser Mann!«, erklärt er Gesa triumphierend. »Hier sehen Sie, seine Zeugnisse!« Er wedelt mit zwei Computerausdrucken vor ihrer Nase. »Die sind alle gefälscht. Außerdem muss er Larissa Reuter gekannt haben.«

Gesa wird blass. Zum Glück ist Lisa gerade zur Kontrolluntersuchung in der Klinik, denkt sie.

So kann ich es ihr später schonend beibringen.

»Warten Sie, Stefan«, bremst sie den aufgeregten Kriminalmeister, »bevor Sie weiterreden, möchte ich den Kollegen Lux dazuholen.« Sie wählt dessen interne Rufnummer.

»Kommst du mal bitte zu mir rüber, Niklas, und bring dir einen Stuhl mit!«

29. Kapitel

Nachdem Stefan den Kommissaren seine Rechercheergebnisse ausführlich und präzise dargelegt hat, möchte Gesa als Erstes ihren Freund Niels von Isenberg informieren.

»Bitte nimm du inzwischen Kontakt zu Hauptkommissar Winter vom LKA auf, Niklas«, bittet sie ihren Kollegen, »denn um Pascal Weise in Kiel festzunehmen, benötigen wir die Unterstützung der Beamten vor Ort. Und, Stefan!«, ruft Gesa Kriminalmeister Voß, der schon in der Tür steht, noch schnell hinterher: »Bitte kein Wort zu Lisa. Ich rede als Erste mit ihr, sobald die Kollegin heute Nachmittag wieder im Dienst ist.«

»Geht klar, Chefin«, verspricht Stefan und verlässt gemeinsam mit Niklas Gesas Büro.

Gesa wählt sofort die Handynummer des Rechtsmediziners. »Gut, dass du gleich ans Telefon gegangen bist, Niels«, legt sie sofort und ohne eine Begrüßung los.

»Hallo, Liebling! Moin, moin! Was ist denn passiert? Du klingst besorgt.«

»Das bin ich auch. Ist dein Assistent in der Nähe?«

»Nein, dem habe ich heute Vormittag freigegeben. Überstunden hat er ja genügend angesammelt.«

»Okay, das ist gut«, seufzt Gesa, »dann kann ich dir alles in Ruhe erzählen.«

»Du machst es aber spannend.«

»Das ist es auch, mein Lieber«, stöhnt sie, »ich bin schon fast dreißig Jahre im Dienst, aber es passieren immer wieder Sachen, da glaubst du, den Fischen wachsen Flügel.«

»Fliegende Fische existieren jedenfalls«, wirft von Isenberg ein. Er schaut auf die Wanduhr im Obduktionssaal. »Nun leg mal los, Schatz, ich habe noch einiges zu tun.«

»Ja, entschuldige, ich versuche, mich kurzzufassen«, verspricht Gesa. »Halt dich fest, Niels! Dein Assistent Pascal Weise ist ein Betrüger und Hochstapler und höchstwahrscheinlich ist er auch der Mörder von Larissa Reuter.«

»Wow, das ist mal starker Tobak, so kurz vor dem Mittag«, meint von Isenberg, nachdem es ihm kurzzeitig die Sprache verschlagen hat. »Ich nehme an, ihr habt dafür hinreichende Beweise.«

»Selbstverständlich. Der Kollege Voß arbeitet sehr genau in seiner Recherche. Pascal Weise und Larissa Reuter kannten sich aus Berlin, wo er vor etlichen Jahren ein Medizinstudium an der Humboldt-Uni begonnen, aber nie zu Ende gebracht hat.«

»Ach du Schei...«, unterbricht von Isenberg Gesa.

»Das kannst du laut sagen. Der Typ hat als Komparse für diverse Filme gearbeitet. Bevorzugt spielte er Leichen in der Pathologie, das hat Stefan von der Produktionsfirma, bei der Larissa Reuter angestellt war, erfahren.«

»Wie makaber.«

»Allerdings. Stefan hat ja von allen Männern auf Karins Liste, also auch von Pascal Weise, die Studienabschlüsse überprüft. Die Zeugnisse deines Assistenten sogar mit als Erstes, da er ihn für am wenigsten verdächtig hielt.«

»So kann man sich täuschen«, meint Niels zerknirscht. »Aber von welcher Liste redest du? Was hat Karin damit zu tun?« Niels schwillt die Pulsader an der Schläfe sichtbar blau an. »Gesa! Hat deine Freundin etwa darüber Bescheid gewusst oder geahnt, dass mit der Qualifikation des Neuen etwas faul ist?«

Gesa stöhnt laut auf. »Niels, du wirst schon wieder unsachlich«, beklagt sie sich bei ihm. »So war das nicht.« Sie erzählt ihm von dem länger zurückliegenden Anruf Larissa Reuters und Karins Sorge, dass Larissas Tod etwas mit einem ihrer Mitarbeiter zu tun haben könnte.

»Mhm«, presst Niels hervor. »Verstehe. Ihr glaubt, die Frau Reuter ist vielleicht zu Lebzeiten dahintergekommen, dass Pascal kein Arzt ist, und wollte Karin vor ihm warnen. Er hat es spitzgekriegt und die junge Frau deshalb getötet.«

»Dieselbe These hat der Kollege Lux auch schon aufgestellt«, bestätigt Gesa ihrem Freund.

»Du umgibst dich eben gern mit intelligenten Männern«, erwidert von Isenberg.

»Danke, das wäre mir bestimmt noch selbst eingefallen und Stefan ebenso. Außerdem trägt der Kollege Voß ohnehin den größten Anteil daran, dass wir der Aufklärung unseres Mordfalls ein entscheidendes Stück nähergekommen sind.«

»Na, der ist doch auch ein Mann«, erwidert von Isenberg in seiner unnachahmlich lapidaren Art.

Manchmal könnte ich ihn an die Wand klatschen, denkt Gesa. »Du bist einfach ein unverbesserlicher Macho, Niels!«, schimpft sie.

»Stimmt nicht, ich kann auch sensibel sein. So wie letztens, als es deiner jungen Kollegin beim Anblick der toten Frau Reuter nicht so gut ging.«

»Du sprichst von Lisa Rückert?«

»Ja, die freundliche, blonde Kriminalobermeisterin, die meine ich. Wie geht's ihr denn?«

»Dass du dir die Dienstgrade merkst, Niels, alle Achtung. Lisa ist leider mein nächstes Problem. Aber das löse ich erst am Nachmittag. Zurzeit nimmt sie in Kiel in der Uniklinik einen Termin zur Nachuntersuchung wahr. Sie wurde doch vor drei Monaten an einer Halszyste operiert. Du erinnerst dich?«

»Ach ja. Aber komisch, was für ein Zufall«, stellt Niels verwundert fest. »Pascal Weise wollte heute

Vormittag freihaben, um seine Freundin zu einer längeren Untersuchung in die Uniklinik zu begleiten.«

»Nieeels!«, schreit Gesa in ihr Handy. »Warum sagst du das nicht gleich?«

»Woher soll ich wissen, dass es wichtig ist?«, wehrt sich ihr Freund. »Du hast mich auch nicht danach gefragt«, stammelt er kleinlaut.

»Ja, Scheiße, stimmt!«, gibt Gesa zu. »Das war mein Fehler. Bei Pascal Weises Freundin handelt es sich um unsere Lisa.«

»O Gott«, stöhnt von Isenberg.

»Der hilft uns jetzt leider nicht weiter. Pass auf, Niels, ich erkläre dir gleich in Ruhe, was du tust, wenn der Weise in die Pathologie zurückkehrt ...«

30. Kapitel

Lisa und Pascal laufen schweigend nebeneinander zum Parkplatz der Uniklinik. Als Lisa vor dem schwarzen Golf ihrer Mutter steht, schaut sie auf ihre Armbanduhr.

Ich bin sehr pünktlich fertig geworden, freut sie sich.

Es ist erst mittags.

Wie gut, dass mir Mama ihr Auto geliehen hat, dann bin ich schneller wieder zurück in unserer Dienststelle.

Pascal umarmt Lisa und versucht, sie zu küssen. Sie lässt es geschehen, aber ihr Freund spürt, dass bei Lisa heute jegliche Leidenschaft fehlt.

»Was hast du denn nur?«, fragt er traurig. »Haben dir die Ärzte eine schlechte Diagnose mitgeteilt?«

Lisa schüttelt mit dem Kopf. »Nein. Auf den ersten Blick ist alles in Ordnung. Das MRT wird noch ausgewertet.«

»Mach dir keine Sorgen. Wenn etwas auffällig ist, sehen es die Radiologen sofort und in der Regel sagen sie es dir dann auch gleich.«

»Das weiß ich doch«, antwortet Lisa und schließt die Wagentür auf. »Ich bin einfach in Gedanken bereits bei der Arbeit, Pascal. Wir haben einen Mord aufzuklären und müssen unsere Ermittlungen mit minimaler Personaldecke stemmen.«

»Du willst also wirklich jetzt schon wieder zur Arbeit fahren? Ich dachte, wir essen gemeinsam Mittag«, beschwert sich Pascal. »Ich habe mir doch extra freigenommen. Mein Chef hat mir einen Italiener in der Nähe des Instituts empfohlen. Du sagtest, dass du erst nachmittags wieder in Laboe zum Dienst erscheinen musst.«

»Ja, das stimmt. Aber nun, da ich so zeitig fertig geworden bin, habe mich schon entsprechend umgezogen und möchte fahren. Mein Kollege ist bestimmt nicht böse, wenn ich zwei Stunden früher zurückkehre und er auch noch eine Mittagspause hat.«

»Redest du von Kriminalmeister Voß?«, erkundigt sich Pascal und seine Augen verengen sich hinter seiner getönten Brille zu Schlitzen.

Lisa, die sich inzwischen in ihr Fahrzeug gesetzt hat, stutzt. »Wie kommst du denn darauf?«

Pascal zögert kurz, dann beginnt er wie aufgezogen zu erzählen: »Ein Freund aus der wissenschaftlichen Abteilung von Dr. Karin Rose rief mich an und fragte, ob ich davon wüsste, dass einige Mitarbeiter überprüft werden. Seine alte Uni in Heidelberg hat sich bei ihm gemeldet und eine beglaubigte Kopie seines Abi-Zeugnisses nachgefordert, da dieses wohl nicht mehr greifbar ist oder er es angeblich nie im Portal hochgeladen hat«, berichtet Pascal aufgeregt.

»Ja, geht's denn noch, Lisa!«, schimpft er. »Der Mann ist inzwischen Doktor der Forensik! Was will die Polizei jetzt mit seinem Abiturzeugnis? Angeblich hat ein Kriminalmeister Voß aus Laboe darum gebeten.«

Lisa schluckt bei Pascals Worten, aber sie bemüht sich um Fassung. Sie zuckt mit den Schultern und schaut Pascal, der sich zu ihr ins Auto gebeugt hat, tief in die Augen.

Durch seine Brille erkenne ich wieder nichts.

»Darüber ist mir nichts bekannt«, behauptet sie schnell. »Wir bearbeiten ja gerade sehr verschiedene Fälle, nicht nur den Mord«, schwindelt sie in ihrer Not. »Warum mein Kollege diese Unterlagen anfordert, weiß ich nicht, und wenn, dürfte ich es dir natürlich nicht sagen.«

Pascal streichelt Lisa über ihre heiße Wange. »Entschuldige, dass ich dich so angefahren habe. Selbstverständlich geht es mich nichts an. Sehen wir uns heute Abend?«, fragt er.

»Ich ruf dich an«, verspricht Lisa.

Pascal lächelt vorsichtig: »Ich würde mich wirklich sehr freuen, wenn du kommst. Tschüs, Lisa«, sagt er leise und geht los in Richtung Rechtsmedizinisches Institut, das sich ebenfalls auf dem Klinikgelände befindet.

»Grüß bitte Dr. von Isenberg von mir!«, ruft Lisa ihm hinterher.

Ihr Freund hebt kurz die Hand. »Mach ich«, brummt er, ohne sich noch einmal umzudrehen.

Lisa schnauft erleichtert durch.

Diese Unibüros sind die reinsten Klatschzentralen.

Ich muss Stefan nachher informieren.

Mal sehen, wie weit er mit der Überprüfung ist.

Hoffentlich hängt Pascal da nicht mit drinnen.

Seit Thomas Bertram von dem verschwundenen roten Bikini erzählt hat, habe ich ein ganz blödes Gefühl.
Ich werde mit Frau Bähr reden und ihr mitteilen, dass ich meinen Bikini für einen Vergleich zur Verfügung stelle, damit ich Gewissheit habe.
Womöglich ist alles nur ein dummer Zufall.
Es gibt tausende rote Bikinis.
Lisa seufzt und schließt jetzt die Autotür von innen, doch dabei spürt sie Widerstand. Sie schaut lieber einmal nach. Ein Ring, an dem zwei flache, schwarze Schlüssel befestigt sind, liegt quer im Türrahmen.
Die müssen Pascal aus der Hemdtasche gefallen sein, als er sich zu mir ins Auto gebeugt hat.
Mist, vielleicht braucht er die Schlüssel heute.
Womöglich sogar gleich, bei der Arbeit.
Sichtlich genervt steigt Lisa wieder aus dem Auto.
Pascal ist bei seinem schnellen Schritt längst über alle Berge, ärgert sie sich.
Es nützt nichts, ich muss ihm bis ins Institut nachlaufen.
Sie richtet ihr Pistolenholster über dem T-Shirt und nimmt ihre Handtasche von der Rückbank. Anschließend zieht sie sich ihre karierte Bluse, die sie auf den Beifahrersitz abgelegt hat, an.
Ich bin zwar im Dienst, aber auf dem Krankenhausgelände muss nicht gleich jeder sehen, dass ich eine Pistole trage.
Von der Mittagssonne geblendet, hält sie sich die Hand vor die Stirn und sieht in den wolkenfreien Himmel hinauf.
Das wird wieder eine Bruthitze heute.
Die Knöpfe an der Bluse lasse ich lieber alle offen.

31. Kapitel

»Ja, Gesa!«, stöhnt von Isenberg. »Ich habe es verstanden. Keine Alleingänge. Ich verhalte mich völlig unauffällig, bis die Kieler Kollegen hier sind und Pascal Weise festnehmen.«

»Gut, Niels. Wie lange dauert es denn noch? Was meinst du, wann er wieder auftaucht?«

»Pascal wollte mit seiner Freundin, also mit der Lisa Rückert, Mittagessen gehen, wenn sie mit den Untersuchungen rechtzeitig fertig geworden ist. Ich habe ihm den Italiener an der Ecke empfohlen. Da waren wir beide auch schon einmal.«

»Okay.« Gesa überlegt kurz. »Nein, einen Zugriff im Lokal halte ich für zu risikoreich. In der Pathologie ist es am sichersten.«

»Du meinst, weil hier ohnehin alle tot sind«, antwortet von Isenberg. Er lächelt säuerlich. »Außer mir natürlich.«

»Niels! Was soll das? Mal jetzt bloß nicht den Seeteufel an den Schiffsrumpf. Wir haben doch abgesprochen, dass du, wenn der Verdächtige bei dir erscheint, den Obduktionssaal unter einem Vorwand verlässt. Den genauen Zeitpunkt gebe ich dir auf deinem Handy rechtzeitig durch. Erst einmal muss der Weise ja überhaupt in die Rechtsmedizin zurückkehren.«

»Wie wahr«, seufzt von Isenberg, »das kann dauern.« Er läuft jetzt zu dem Sideboard am Ende des Raumes, zieht das oberste Schubfach auf und holt eine schmale Akte hervor.

Zähneknirschend blättert er durch die Seiten: »Weißt du, dass wir die aufwendigen Laboruntersuchungen alle wiederholen müssen, nur weil dieser Hochstapler an fast jedem Wert beteiligt war?«

Gesa schnauft wütend am anderen Ende des Telefons. »Du hast recht, Niels. Das Gericht haut uns die Ergebnisse sonst um die Ohren. Sogar der DNA-Test Oskar Sturms könnte eine Fälschung sein.«

»Ich denke, der hat die Vaterschaft zugegeben.«

»Ja, stimmt. Wenigstens das.«

Verärgert wirft Dr. von Isenberg die Akte auf das Sideboard. »Wenn Pascal zurückkommt, würde ich ihn am liebsten durchschütteln, diesen Lügner!«, schimpft er.

»Sei bitte vorsichtig!«, warnt Gesa ihn, »lass dir um Himmels willen nichts anmerken. Der freundliche Pascal ist höchstwahrscheinlich ein eiskalter Killer.«

»Trotzdem«, antwortet Niels, dann versagt ihm die Stimme, denn Pascal Weise steht plötzlich hinter ihm und hält ihm ein Skalpell an die Kehle.

Während von Isenberg mit Gesa telefonierte und gedankenversunken in den Unterlagen blätterte, bemerkte er nicht, dass sein Assistent inzwischen den Obduktionssaal betreten und ein Teil des Gesprächs mit angehört hat.

Pascal nimmt seinem Chef das Handy aus der Hand und schaltet es aus.

Gut so, denkt von Isenberg, der blitzschnell seine Lage analysiert.

Gesa wird spätestens jetzt wissen, dass etwas nicht stimmt, wenn sie nichts mehr von mir hört.

»Lass den Quatsch, Pascal!«, sagt er betont ruhig. »Es wird sich alles aufklären. Du bist wirklich der beste Assistent, den ich je hatte.«

Lisa klopft der Höflichkeit halber noch kurz an die schwere Eisentür des Obduktionsraumes 2, obwohl sie weiß, dass sie drinnen niemand hören kann. Pascal soll erst Minuten zuvor hier hineingegangen sein, hat ihr eine Laborantin auf dem Flur versichert.

Lisa drückt die Klinke hinunter und schaut vorsichtig um die Ecke.

Ich möchte den Doc ja nicht bei der Arbeit stören.

Sie sieht Pascal hinter von Isenberg stehen und bemerkt sofort, dass er aufgeregt mit dem Pathologen spricht.

Was redet er denn da?

Er klingt böse.

Irgendwie verzweifelt.

Lisa schließt leise die Tür hinter sich. Doch Pascal hört es und dreht sich langsam zu ihr um.

»Lisa!«, ruft er verwundert aus. In dem Moment wird Lisa gewahr, dass ihr Freund den Rechtsmediziner von Isenberg mit einem Skalpell bedroht. Sie erstarrt vor Schreck. »Pascal, was tust du da?«

»Wonach sieht's denn aus?«, antwortet er höhnisch. »Misch dich bitte nicht ein, verstanden?«

»Aber? Was ist denn ...« passiert, möchte Lisa fragen. Sie hat ja bisher nicht die geringste Ahnung von Stefans Rechercheergebnissen.

»Steh nicht länger an der Tür herum«, herrscht Pascal seine Freundin an. Lisa schüttelt trotzig den Kopf. »Hau endlich ab!«, schreit er jetzt außer sich vor Wut.

»Bitte tun Sie, was er sagt«, stammelt von Isenberg. Er ist kreidebleich im Gesicht. »Es hat keinen Zweck, mit ihm zu reden. Ich habe es vergeblich versucht. Der Mann ist völlig verrückt geworden.«

»Blödsinn!«, faucht Pascal ihn an und drückt von Isenberg seinen Unterarm noch fester an den Hals, sodass dessen Kopf nach hinten schnellt. »Ich bin so klar in meinen Gedanken wie nie«, behauptet er.

»Das ist gut, Pascal«, sagt Lisa in einer Ruhe zu ihm,

die seine Erregung gleich noch weiter ansteigen lässt.
»Gar nichts ist gut!«, brüllt er so laut durch den Obduktionssaal, dass es von den gekachelten Wänden widerhallt. »Ihr habt mein Leben zerstört mit eurer Schnüffelei. Ich liebe meine Arbeit und ich habe sie ausgezeichnet erledigt. Oder?«, fragt er und erhöht erneut den Druck auf von Isenbergs Kehlkopf. Der Arzt nickt, soweit es ihm mit der Klinge am Hals möglich ist. In seinen bernsteinfarbenen Augen erkennt Lisa große Angst. Todesangst.

Ich muss etwas tun.

»Lass das Skalpell fallen, Pascal! Sofort!«, verlangt sie energisch.

Doch er lacht nur verächtlich.

Lisa zieht jetzt blitzschnell ihre Dienstwaffe aus dem Holster.

Seit der Mord an Larissa Reuter passiert ist und Tanja Bertram vermisst wird, haben alle Kriminalbeamten die Anweisung erhalten, diese zu tragen, sobald sie das Haus verlassen.

»Zum letzten Mal! Lass Dr. von Isenberg los!«, ruft sie.

»Willst du sonst etwa auf mich schießen, Lisa?« Pascals Augen verdunkeln sich.

Er hat seine Brille nicht auf, stellt Lisa fest.

Dr. von Isenberg hatte ihm diese aus dem Gesicht geschlagen, als er sich gegen den Angriff zur Wehr setzte.

Das ist ein Vorteil für mich.

Lisa geht mit gezogener Waffe auf Pascal zu: »Ja, ich müsste schießen, wenn du den Doc weiterhin bedrohst«, sagt sie.

»Das würdest du tun? Obwohl wir uns lieben?«, stammelt er. Pascal wirkt fassungslos und droht in sich zusammenzusinken. Für einen kurzen Moment erschlafft seine Hand, mit der er von Isenberg das Skalpell an die Kehle presst.

Lisa ist auf das Höchste konzentriert. Sie hat eine solche Situation hunderte Male trainiert und für den Ernstfall geprobt. Mit einem gezielten Fußtritt gegen seinen Unterarm trennt die sportliche Lisa den Angreifer von dem erschöpften Pathologen. Das Skalpell fliegt in weitem Bogen durch den Raum.

»Nimm die Hände hoch!«, schreit Lisa ihren Freund an. »Und dann dreh dich langsam zur Wand, damit ich dir Handschellen anlegen kann.«

Von Isenberg ist inzwischen aus der Gefahrenzone abgetaucht. Als er hinauslaufen will, um Hilfe zu holen, wird die Tür aufgestoßen. »Polizei!«, hört er jemanden schreien, dann wird ihm schwarz vor Augen. Noch bevor er auf die kalten Bodenfliesen fällt, sackt er dem ersten hereinstürmenden Beamten ohnmächtig in die Arme.

Donnerstag

32. Kapitel

»Moin, Niklas!« Gesa begrüßt den Oberkommissar auf dem Seitenflur vor der Küche. Sie hält einen leeren Kaffeebecher in der Hand. »Wir müssen uns gleich besprechen. Zu dir oder zu mir?«, fragt sie eine Spur zu heiter. Niklas spürt, dass Gesa die Anspannung des gestrigen Tages noch nicht vollständig abgelegt hat.

Wie denn auch?

Ihr Freund von Isenberg befand sich in akuter Lebensgefahr und die Sache mit Lisa hätte sich völlig anders entwickeln können. Es war ein Fehler von Gesa, die junge Kollegin über Pascal Weise im Ungewissen zu lassen, obwohl die Hauptkommissarin längst wusste, dass er des Mordes an Larissa Reuter verdächtig ist.

Eine Nachricht auf Lisas Handy hätte genügt.

Die Kollegin Rückert ist erfahren genug, ums sich in Gegenwart des Verbrechers nichts anmerken zu lassen.

Aber Gesa hat es gut gemeint, weiß Niklas. Er glaubt, sie wollte Lisas Gefühle schonen.

Gut gemeint ist leider nicht in jedem Fall auch gut getan.

In unserem Job kann es Menschenleben kosten.

Die beiden Kommissare haben darüber bereits gestern ausführlich gesprochen. Niklas lächelt Gesa, die auf dem Flur abwartend vor ihm steht, freundlich zu.

Jedem passieren Fehler.

»Ich komme zu dir ins Büro, Gesa«, sagt er, »dort ist mehr Platz. Hast du trotz der Aufregung gestern die letzte Nacht einigermaßen geschlafen?«, erkundigt er sich.

»Ehrlicherweise nicht«, stöhnt sie. »Niels hat schon einen Tag eher bei mir übernachtet. Nach dem schrecklichen Ereignis hatte er Redebedarf.«

»Verstehe. Aber du bist nicht die Richtige, falls er diesbezüglich Probleme hat. In Kiel, bei der Bezirkskriminalinspektion und auch beim LKA, haben die dafür Psychologen, Gesa. Von Isenberg sollte sich nicht genieren, diesen Dienst in Anspruch zu nehmen.«

»Ja, du hast recht. Das habe ich ihm bereits geraten«, versichert Gesa, die Niklas in die schmale Küche der Abteilung gefolgt ist und sich dort frischen Kaffee in ihren Keramikbecher gießt.

»Oh, der duftet aber gut!«, lobt sie, als sie ihre Nase darüber hält und sich mit der Hand die aufsteigenden Schwaden zufächelt.

»Soll eine neue Sorte sein. Die Packung hat Lisa zum Probieren mitgebracht«, klärt Niklas Gesa auf. »Die Kollegin Rückert wirkt sehr gefasst«, meint er anerkennend. »Ihr Einsatz gestern war vorbildlich. Wie sie den Verbrecher überwältigt hat, ist lehrbuchreif gewesen. Persönlich tut es mir natürlich leid, dass ihre gerade erst begonnene Beziehung so schnell und unerwartet tragisch endet.«

»Mhm. Mir tut es auch leid«, sagt Gesa leise. »Zum Glück verfügt Lisa über ein starkes Umfeld. Sie kann sich auf eine intakte Familie und auf uns, ihr Kripo-Team, verlassen. Vor allem Stefan wird, wie ich ihn kenne, Lisa während der Arbeit unterstützen.«

»Das denke ich auch«, stimmt Niklas Gesa zu, »und wenn Lasse erst wieder einen seiner unfreiwilligen Späße raushaut, wird die Kollegin diesen miesen Kerl hoffentlich rasch vergessen. Der Typ hat es wirklich nicht verdient, dass sie ihm auch nur eine einzige

Träne nachweint.«

»Bisher können wir ihm ja nur den Betrug nachweisen. Glaubst du, er ist tatsächlich auch ein Mörder und hat Larissa Reuter getötet?«

Niklas zuckt mit den Achseln. »Es schaut danach aus, aber sicher bin ich mir nicht.« Er nimmt sich eine Tasse aus dem Wandschrank und schenkt sich ebenfalls Kaffee ein.

Gesa geht zurück auf den Flur. »Komm dann bitte gleich zu mir rüber«, fordert sie Niklas auf, »in einer Stunde werden wir die Ehefrau von Oskar Sturm befragen. Stefan hat ja in Lisas Abwesenheit nach ihr gesucht und sie einbestellt. Stell dir vor, Frau Blume war schon längst wieder bei uns an der Ostsee, während ich die Dame noch auf einer Lesereise in Süddeutschland glaubte.«

»Seit wann ist sie in Laboe?«

»Stefan meint, seit Dienstag.«

»An dem Tag ist ihr Mann aus dem Polizeigewahrsam entlassen und mit einem Giftpfeil attackiert worden.«

Gesa schüttelt ratlos den Kopf. »Ja, daran habe ich auch sofort gedacht. Sie könnte es natürlich gewesen sein. Vielleicht wollte Julia Blume sich an ihrem Mann rächen«, sagt sie zu Niklas und öffnet ihre Bürotür. »Nun hol mal endlich deinen Block und lass uns bei mir im Büro weiterreden. Hier auf dem Flur wird mein Kaffee sonst kalt.«

Gesa und Niklas sitzen seit zwanzig Minuten an dem kleinen Besprechungstisch der Hauptkommissarin und arbeiten gemeinsam das Vernehmungsprotokoll von Pascal Weise durch.

Nach seiner Festnahme wurde er sofort dem Haftrichter vorgeführt und anschließend in das Kieler Untersuchungsgefängnis eingewiesen, wo Gesa und Niklas ihn in Anwesenheit eines Pflichtverteidigers befragten.

Kopfschüttelnd überfliegt Niklas die letzten Aussagen des betrügerischen Pascal Weise. »Der Weise streitet den Mord vehement ab«, murmelt er nachdenklich. »Dass er Larissa Reuter von früher kannte, hat er eingeräumt. Auch dass sie darüber Bescheid wusste, dass er sein Medizinstudium abgebrochen hat. Weise hat Frau Reuter in der Villa aufgelauert, um sie zu überzeugen, nicht mit Karin Rose zu reden.«

»Mhm«, überlegt Gesa. »Angeblich hat er sogar einen Kredit aufgenommen, um Frau Reuter Geld zu bieten, wenn sie schweigt.«

»Doch sie wollte nicht darauf eingehen. Im Gegenteil, sie hat ihm mit der Polizei gedroht, behauptet Pascal Weise. Die Angelegenheit wurde ihm zu gefährlich. Er hat ihr angeblich den Schlüssel der Villa vor die Füße geworfen und ist dann mit seinem Mofa weggefahren, um es später wieder zu probieren. Weise glaubte, dass Frau Reuter auf ihren Freund gewartet hat, und dem wollte er nicht begegnen.«

»Möglich, aber vielleicht ist das auch nur eine Ausrede von ihm«, überlegt Gesa. Sie klatscht sich mit den Händen auf ihre Oberschenkel. »Da muss es doch eine Riesenerleichterung für den kriminellen Weise gewesen sein, als er Larissa Reuter am nächsten Tag auf dem Obduktionstisch wiedersah!«, ruft sie.

»Daraus hat er keinen Hehl gemacht«, bestätigt Niklas ihr. »Erinnerst du dich, was uns der Kerl frech ins Gesicht gesagt hat?«, fragt er. »Ausgleichende Gerechtigkeit nannte er den Tod der jungen Frau!« Niklas verdreht vor lauter Unverständnis die Augen.

Gesa nickt. »Ja, ich erinnere mich. Schrecklich. Hinter Pascal Weises zurückhaltender, charmanter Fassade steckt ein eiskalter Zyniker, der glaubt, mit Betrug durch sein Leben gehen zu dürfen.«

»Fachlich gab es nichts an seiner Arbeit auszusetzen, meinte der Doc«, widerspricht Niklas.

»Na«, Gesa runzelt skeptisch die Stirn, »wer weiß, was alles an die Oberfläche gespült wird, wenn Niels damit fertig ist, die Untersuchungen und Tests des falschen Mediziners zu überprüfen. Friedhelm hilft ihm übrigens, hat mir Niels stolz erzählt.«

»Dann hat die ganze Sache wenigstens ein Gutes. Vielleicht finden von Isenberg und sein alter Assistent Friedhelm dadurch wieder zueinander«, überlegt Niklas.

»Schön wäre es«, seufzt Gesa. »Was mich aber immer noch beschäftigt, ist Weises Behauptung, dass Frau Reuter in die Villa wollte. Er hat sie beobachtet, wie sie nach dem Schlüssel suchte. Auch von dem zerbrochenen Terrakottakübel wusste er, und das deckt sich mit der Aussage des Vermieters.«

»Leider haben wir in dem Luxusanwesen keine Spuren des Opfers finden können und der Blumentopf wurde entsorgt.«

»Du hast selbst angemerkt, dass wahrscheinlich im Nachhinein vom Täter oder der Täterin ordentlich geputzt wurde, Niklas. Vielleicht war Larissa Reuter doch in der Villa?«, grübelt Gesa. Sie rauft sich ihre kastanienbraunen Haare. »Irgendwo in der Nähe muss der Frau das Herzmedikament doch eingeflößt worden sein! Die Obduktion ergab, dass sie die Tabletten in Wasser aufgelöst zu sich genommen hat.«

Niklas stöhnt leise: »Ja, ich gebe zu, wir drehen uns im Kreis«, sagt er, »von Isenbergs falschem Assistenten können wir den Mord nicht nachweisen, obwohl er ein starkes Motiv hat. Die Eheleute Sturm bleiben daher weiterhin verdächtig. Jeder von ihnen aus einem anderen Grund. Mal sehen, was Sturms Gattin uns nachher in der Vernehmung erzählen wird.«

»Oskar Sturm haben wir auch noch nicht wieder befragt«, stellt Gesa zähneknirschend fest. »Der Weise hat ja mit seinem gestrigen Auftritt unseren Zeitplan komplett gecrasht.«

»Sturm läuft uns aus dem Krankenhaus nicht weg.«

»Wer weiß ... bei meinem Ermittlerglück«, jammert Gesa, »ich will nicht noch einen weiteren Fehler zu verantworten haben.«

»Ihn bewachen zu lassen, würdest du aber nicht durchbekommen. Pascal Weise ist der neue Hauptverdächtige, denn er besitzt ein stärkeres Motiv, Larissa Reuter umzubringen, als der Schauspieler. Außerdem verfügt er über medizinische Kenntnisse. Die Tabletten zu dosieren und dem Opfer ins Getränk zu mischen, wäre ein Leichtes für ihn gewesen.«

Gesa nickt. »Ich sehe ein klares Vertuschungsmotiv bei ihm. Mit dem Verschwinden der sechzehnjährigen Tanja Bertram hat er aber augenscheinlich nichts zu tun. Seine Liebe zu unserer Kollegin war sicher echt, soweit wir das als Außenstehende beurteilen können. Den roten Bikini hat er Lisa nachweislich in Kiel in einer Bademodenboutique gekauft.«

»Stimmt.« Niklas zeichnet fix zwei Bikinis auf seinen Block. Gesa schaut ihm sprachlos über die Schulter. Formvollendet, als wäre ein Modedesigner am Werk, denkt sie bewundernd. »Das LKA konzentriert sich in der Vermisstenangelegenheit jetzt auf den von

Thomas Bertram ins Spiel gebrachten Stalker seiner Freundin«, berichtet Gesa weiter und kneift unzufrieden ihre Augen zusammen. »Wenn wir doch nur besser helfen könnten, das Mädchen zu finden! Inzwischen müssen wir vom Schlimmsten ausgehen.«

Niklas nickt traurig. »Die Möglichkeit eines Gewaltverbrechens stand leider von Anfang an im Raum. Trotzdem hoffe ich mit den Angehörigen, dass wir uns irren. «

»Was für eine Scheiße!«, schimpft Gesa. »Dieser Sommer bringt uns wirklich in jeder Hinsicht zum Schwitzen«, klagt sie. Die Hauptkommissarin schaut auf ihre Armbanduhr. »In zwanzig Minuten erscheint Julia Blume mit ihrem Anwalt. Lass uns jetzt schleunigst die Vernehmung der Dame vorbereiten.«

Plötzlich klopft es laut an Gesas Bürotür.

»Herein!«, ruft sie. »Was gibt es denn so Eiliges, Stefan?«, fragt sie den hineinstürmenden Kriminalmeister.

»Oskar Sturm hat von seinem Krankenbett aus angerufen. Er möchte ein Geständnis ablegen. Seine Anwältin Dr. Marten ist bereits auf dem Weg zu ihm in die Uniklinik.«

Gesa schaut Niklas fragend an. Er zuckt mit den Achseln. »Dann müssen wir die Befragung seiner Gattin wohl verschieben«, sagt er. »Sehe ich genauso«, antwortet Gesa. Als sie Stefans enttäuschtes Gesicht sieht, tröstet sie ihn. »Keine Sorge, Kollege Voß, es ist nicht so, dass ich Ihnen die Vernehmung der Frau nicht zutraue. Ich möchte aber, bevor wir Julia Blume befragen, unbedingt wissen, was Oskar Sturm uns zu gestehen hat.«

33. Kapitel

Mit dünner Stimme begrüßt Oskar Sturm die Kommissare, die soeben sein Krankenzimmer betreten haben. Während er aufrecht im Bett sitzt, stützen zwei dicke weiße Kissen den Rücken des sichtlich geschwächten Schauspielers. Seine Anwältin hat etwas abseits von ihm, vor dem Fenster des geräumigen Einzelzimmers auf einem Polsterstuhl Platz genommen. Interessiert blickt sie hinaus auf die Parkanlagen. Eine freche, junge Möwe, die sich auf dem Fensterbrett das Gefieder putzt, klopft mit dem Schnabel gegen die Scheibe. Frau Dr. Marten schmunzelt darüber.

Die Anwältin scheint sich jedenfalls zu amüsieren, wundert sich Gesa, als sie der Frau zur Begrüßung die Hand reicht.

Hoffentlich meint es ihr Mandant ernst mit seinem angekündigten Geständnis.

Wenn der Sturm wieder nur eine Schau abzieht, sorge ich dafür, dass er ins Gefängniskrankenhaus verlegt wird.

Niklas greift sich zwei Stühle aus der Sitzecke des Zimmers und bringt diese an Oskar Sturms Krankenbett. Nachdem Gesa und er sich hingesetzt haben, beginnt Niklas: »Sie möchten ein Geständnis ablegen, Herr Sturm?«, fragt er.

Der Schauspieler nickt.

»Sogar vollumfänglich«, erklingt es hinter dem Rücken der Kommissare.

Gesa dreht sich skeptisch zu Frau Dr. Marten um. Doch die Anwältin bekräftigt ihren Zwischenruf.
»Herr Sturm wird alles sagen, was er weiß.«

Aha, das Spiel kennen wir doch schon.

Der Mann gesteht alles, was wir bereits wissen, denkt

sie bissig und wendet sich nun wieder dem Verdächtigen zu.
»Wir sind ganz Ohr, Herr Sturm. Ihretwegen haben wir einen wichtigen Termin verschoben und hoffen, dass es sich für uns alle lohnt.«
»Das wird es, Frau Hauptkommissarin«, versichert der Schauspieler. Er spricht plötzlich heiser. Niklas reicht ihm ein Glas Wasser von dem Nachtschrank neben seinem Bett.
»Danke«, murmelt er und deutet mit der linken Hand auf den dicken Verband um seinen Hals. »Ich muss mich kurzfassen, meine Stimme versagt manchmal von einer Minute auf die andere.«
»Sehr gern«, antwortet Gesa. »Das wäre genau in unserem Interesse.«
»Ich habe Larissa nicht umgebracht, Frau Bähr. Das müssen Sie mir glauben.«
Gesa zieht zornig ihre Stirn kraus. »Sie wiederholen sich. So weit waren wir bereits bei unserer letzten Befragung.«
»Ja, ich weiß. Trotzdem habe ich Ihnen an dem Tag nicht die ganze Wahrheit gesagt, denn ich habe Larissas Leichnam aus der Villa gebracht und in den Dünen abgelegt.«
Niklas und Gesa tauschen erstaunte Blicke aus.
Also doch.
Er war in der Villa und Frau Reuter ebenso.
Oskar Sturm stockt.
»Bitte, Herr Sturm, reden Sie weiter!«, fordert Gesa ihn auf. »Was ist zuvor geschehen? Bevor Sie Frau Reuter aus der Villa getragen haben.«
»Wie ich Ihnen schon während meiner letzten Vernehmung mitgeteilt habe, konnte ich Larissa auf ihrem Handy nicht erreichen, um ihr zu sagen, dass sie

die Ferienvilla meiden soll, da meine Frau uns auf der Spur war. Ich bin deshalb am Sonntagabend doch hingefahren, obwohl ich die Buchung am Montag kündigen wollte.«

»War die Villa verschlossen, als Sie dort eingetroffen sind?«, möchte Gesa wissen.

»Nein. Die Tür ließ sich mit der Klinke öffnen. Der Schlüssel steckte von innen. Nachdem ich hineingegangen bin, entdeckte ich Larissa vor dem Esstisch auf dem Parkettboden. Sie war tot, das müssen Sie mir glauben. In meiner Panik habe ich meinen Assistenten Sven angerufen. Er kam dann auch eine Stunde später. So lange saß ich regungslos vor meiner toten Freundin und habe überlegt, was zu tun ist. Unser Verhältnis war bisher geheim und wem hätte es genützt, wenn die Beziehung nach Larissas Tod ans Licht gekommen wäre? Ich wäre doch sofort verdächtigt worden, meinte Sven zu mir.«

Niklas beißt sich vor Ärger auf die Unterlippe.

Wusste ich es doch! Sven Krüger steckt mit drinnen. Der lügt, sobald er den Mund öffnet.

»Sven hat mir geholfen, Larissa nachts in die Dünen zu tragen«, fährt Oskar Sturm fort. »Die Villa liegt ja ziemlich einsam und abgelegen. Weit sind wir leider nicht gekommen, denn unverhofft setzte ein starkes Gewitter ein.«

Gesa nickt.

Das deckt sich mit unseren Erkenntnissen.

»Sie und Herr Krüger haben anschließend in der Villa gründlich geputzt, oder?«, fragt sie.

»Nein, nein! Larissa muss nur kurz dagewesen sein, bevor sie starb. Alle Räume, bis auf das Wohnzimmer, schienen unbenutzt.« Oskar Sturm wischt sich die Schweißperlen von der Stirn. »Ich dachte, an der

Ostsee wäre es kühler«, jammert er. »Ich habe leider keine funktionierende Klimaanlage in meinem Krankenzimmer.«

»Das tut mir leid, Herr Sturm«, meint Gesa, »ein paar Fragen habe ich aber noch an Sie. Mich interessiert zum Beispiel brennend, wo Sie Frau Reuters persönliche Sachen gelassen haben? Ihre Handtasche, Rucksack, Schuhe oder Ähnliches können sich doch nicht in Luft aufgelöst haben.«

Niklas ergänzt Gesas Frage: »Die Frau wollte doch mit Ihnen gemeinsam Ihren Urlaub an der Ostsee verbringen. Sie ist sicher nicht ohne Gepäck gereist.«

»Da haben Sie vollkommen recht, Herr Kommissar. Larissas Koffer befindet sich wahrscheinlich immer noch in einem der Schließfächer am Kieler Hauptbahnhof. Sie wollte ihn dort deponieren und Sven oder ich sollten den Koffer später mit dem Auto abholen. Das haben wir nach dem, was passiert ist, lieber bleiben lassen. Um Larissas Handgepäck, das sie in der Villa bei sich hatte, musste sich Sven kümmern. Ich war dazu nicht mehr in der Lage. Er hat später alles auf diverse Mülltonnen entlang der Küste verteilt.«

»Wir werden Herrn Krüger dazu befragen. Das ist Ihnen schon klar, Herr Sturm?«

»Ja«, krächzt er kleinlaut, »bitte nehmen Sie es ihm nicht übel. Ihn trifft keine Schuld. Er tut alles, womit ich ihn beauftrage.« Oskar Sturm bekommt einen Hustenanfall. Hochrot im Gesicht klingelt er nach der Krankenschwester.

Kurz darauf betritt sie im Beisein seines behandelnden Arztes das Zimmer.

»Es tut mir leid«, verkündet der Mediziner, als er den nach Luft japsenden Schauspieler betrachtet. »Sie müssen Ihren Besuch für heute beenden.«

Gesa wirft einen fragenden Blick auf Oskar Sturms Anwältin.

»Mein Mandant hat alles Wesentliche gesagt«, versichert sie den Kommissaren.

Daraufhin erbeben sich die beiden sofort von ihren Stühlen und verabschieden sich von allen Anwesenden. »Gute Besserung, Herr Sturm!«, ruft Gesa ihm noch von der Tür aus zu. »Sie hören in Kürze von uns, oder Ihre Anwältin.«

34. Kapitel

Zwei Stunden später sitzen Gesa und Niklas bereits wieder im Vernehmungsraum ihres Dienststellengebäudes, um Oskar Sturms Ehefrau, die Autorin Julia Blume, zu befragen.

Ein Anwalt begleitet die Schriftstellerin, hat sich aber bisher aus allem herausgehalten. Frau Blume meinte, sie hätte nichts getan und würde die Fragen der Kriminalbeamten allein beantworten. Nur ihrem Verlag zuliebe habe sie anwaltlichen Beistand hinzugezogen.

Gesa seufzt innerlich.

Zu ihrem Leidwesen haben weder Gesa noch Niklas mit ihrer bisherigen Vorgehensweise und Befragungstaktik nennenswerte neue Erkenntnisse erhalten. Die verdächtige Autorin zeigt sich während der Vernehmung redegewandt und ist nie um eine Antwort verlegen.

Gesa läuft der Schweiß den Rücken hinunter. Ihre Laune ist auf den Nullpunkt gesunken, im Gegensatz zu den ständig steigenden Temperaturen in dem von der wochenlangen Wärme aufgeheizten Vernehmungsraum.

»Sie sagten, dass Sie über die Schwangerschaft der Geliebten Ihres Mannes Bescheid wussten, Frau Blume. Wie haben Sie denn davon erfahren?«, möchte Gesa jetzt von Julia Blume wissen.

Ihr Mann behauptete ja, seine Gattin hat das Ultraschallbild in seinen Sachen gefunden, als sie darin herumgeschnüffelt hat.

Sturms Ehefrau spitzt ihren hübschen, knallrot geschminkten Mund und wendet pikiert den Kopf zur Seite. »Auf eine besonders miese und schändliche Art und Weise«, seufzt sie und hält inne.

Niklas greift nach seinem Kaffeebecher. Ihn nerven die ständigen Ausflüchte und ausholenden Berichte der sichtlich zutiefst gekränkten Gattin Oskar Sturms.

Fragt sich nur, wer von beiden besser schauspielert.

Die Dame oder der Herr?

»Bitte werden Sie konkreter, Frau Blume!«, fordert nun auch Gesa die Autorin auf.

»Entschuldigung. Ich werde mich bemühen«, versichert sie freundlich, »stellen Sie sich vor, Frau Bähr: Oskar, dieser Geizhals, hat für sein Betthäschen einen Termin zur Abtreibung in einer Klinik vereinbart und die Frau auf meinen Namen angemeldet, mit meiner privaten Krankenversicherung. Wie dämlich kann man sein?«, ruft sie erregt.

Niklas wundert sich.

Von wegen Sturm freute sich auf den Nachwuchs und die gemeinsame Zukunft in Hollywood.

Der Kerl hat anscheinend in Bezug auf seine Vaterfreuden gelogen.

Gesa lässt sich nicht anmerken, wie sehr auch sie von dieser brisanten Neuigkeit überrascht ist. Sie schüttelt den Kopf. »In der Tat, Frau Blume, Sie haben recht. Es wäre sehr dämlich von Ihrem Mann, um es mit Ihren Worten auszudrücken. Als so ungeschickt schätzen wir ihn aber nicht ein. Solch ein Betrug wäre Ihnen bei der Abrechnung Ihrer Krankenkasse doch sofort aufgefallen.«

Niklas schaut Gesa vielsagend an.

Sturms Mordmotiv verstärkt sich gerade.

Wir müssen die Klinik überprüfen lassen.

»Nicht unbedingt«, gibt Frau Blume kleinlaut zu. »Oskar kümmert sich bei uns um die Finanzen. Auch um meine. Die Rechnung wäre also auf seinem Schreibtisch gelandet. Aber wegen meines Herzfehlers gab es Bedenken seitens der behandelnden Ärzte und ich erhielt einen Anruf. Sie können sich vorstellen, dass mich dieses Gespräch umgehauen hat.« Julia Blume steigen Tränen in die Augen. »Was Oskar vorhatte, war im doppelten Sinne gemein. Er wusste doch, wie sehr ich mir ein Kind wünschte. Erst als ich durch den Anruf erfahren habe, dass seine Geliebte ein Kind von ihm erwartet, habe ich seine Sachen durchsucht und ein Ultraschallbild gefunden. Worauf ich ihm dann an die Ostsee nachgereist bin und es ihm vor die Nase gehalten habe. Dass ich von dem Termin für einen Schwangerschaftsabbruch weiß, habe ich ihm bisher verschwiegen. Fragen Sie mich bitte nicht nach dem Bild. Ich habe es verlegt und nicht den Hauch einer Ahnung, wohin.«

Gesa sieht Julia Blume mitfühlend an.

Wir wissen, wo es sich befindet.

Sie muss an Trudes signierten Roman denken, in dem Frau Blume das Ultraschallfoto vergessen hat.

»Die ganze Angelegenheit tut mir sehr leid für Sie, Frau Blume«, sagt Gesa zu ihr, »und wenn es stimmt, was Sie uns da eben erzählt haben, ist es in der Tat niederträchtig von Ihrem Mann. Bitte geben Sie uns den Namen der Klinik, damit wir Ihre Aussage überprüfen können. Falls Sie den behandelnden Arzt von seiner Schweigepflicht befreien, wäre das zusätzlich ein entlastendes Argument für Sie.«

»Bin ich denn verdächtig?«

»Ja. Das haben wir Ihnen doch bei der Belehrung am Anfang Ihrer Vernehmung schon mitgeteilt.«

»Ach so, ja stimmt. Na, egal. Ich weiß ja, dass ich nichts getan habe«, erklärt sie selbstbewusst.

»Um auf Ihr Herzleiden zurückzukommen, Frau Blume«, beginnt Gesa mit dem nächsten Schritt ihrer mit Niklas vorab besprochenen Vernehmungstaktik, »vermissen Sie vielleicht Ihre Tabletten?« Gesa klappt die Akte vor sich auf und zieht die angebrochene Blisterpackung, die Thomas Bertrams Freundin Mila in der Villa in einer Sesselritze gefunden hat, aus einer dunkelblauen Klarsichthülle hervor.

Julia Blume begutachtet die Tabletten. »Ja, das sind die gleichen, die ich einnehmen muss.« Sie schiebt sich ihre Brille etwas höher auf die Nase. »Darf ich?«, fragt sie. »Gern«, stimmt Gesa zu. Frau Blume dreht die Packung zwischen ihren schmalen Fingern hin und her. »Aber diese haben eine höhere Wirkstoffdosierung«, behauptet sie. »Die Sorte kann man schnell mit meinen Tabletten verwechseln, was unter Umständen gefährlich sein kann. Oskars Assistent, der Sven Krüger, hat manchmal ein Rezept für mich eingelöst und mir einmal die falschen nach Hause gebracht«, erzählt sie und macht ein erschrockenes Gesicht. »Das war natürlich unbeabsichtigt von ihm und ich habe es zum Glück rechtzeitig bemerkt. Sven hat ja sehr viel um die Ohren. Er kümmert sich nicht nur um meinen Mann, sondern auch rührend um seine eigene kränkliche Mutter. Die nimmt meines Erachtens die gleiche Sorte Herzmedikamente wie ich ein, nur eben sehr viel stärkere.« Julia Blume seufzt. »Ich hoffe, dass ich da noch einige Jahre drumrumkomme. Die Nebenwirkungen sind nämlich schrecklich. Als Autorin muss ich klar denken können ... Müdigkeit ist mein Feind Nr. 1 ...«

Gesas Augen werden, während Julia Blume munter weiter plaudert, vor Staunen immer größer. Auch Niklas kombiniert im Stillen und er signalisiert Gesa mit seinen Blicken, dass er dringenden Abstimmungsbedarf hat.

»Frau Blume«, unterbricht Gesa den Redefluss von Sturms Ehefrau. »Wir müssten die Befragung unterbrechen, denn ich möchte mich kurz mit meinem Kollegen beraten.«

Niklas steht sofort von seinem Stuhl auf. »Bitte überlegen Sie inzwischen, wo Sie am Dienstag waren, als der Anschlag auf Ihren Gatten verübt wurde«, sagt er zu der Autorin.

Julia Blume schlägt die Augen nieder. »Da muss ich nicht lange nachdenken. Wahrscheinlich bekommen Sie es ohnehin heraus. Ich war in der Früh am Hafen spazieren und habe die ankommenden Fischerboote beobachtet. Plötzlich denke ich, ich sehe nicht richtig, wartet da mein Mann an einem Stehtisch von dem blau-weiß gestrichenen Imbiss und trinkt in aller Seelenruhe einen Kaffee. Eigentlich dachte ich, er wäre noch in Kiel im Gefängnis.«

»Haben Sie seinen Assistenten Sven Krüger ebenfalls beobachtet?«, hakt Gesa, die nun auch vom Tisch aufgestanden ist, nach.

»Nein, Oskar stand dort mutterseelenallein herum. Ich bin lieber schnell weitergelaufen, da ich ihn auf keinen Fall treffen wollte.«

»Gut, Frau Blume«, meint Gesa mit ruhiger Stimme zu ihr und schaltet das Aufnahmegerät aus. »Wir reden darüber im Anschluss an unsere Pause weiter. Überlegen Sie bitte, ob Sie noch irgendjemandem begegnet sind, der bezeugen könnte, dass Sie das Hafengelände verlassen haben, bevor Herr Sturm zu Boden ging.«

»Aber!« Julia Blume springt von ihrem Platz auf. »Glauben Sie etwa, ich hätte Oskar etwas angetan? Ich weiß doch nicht einmal genau, was mit ihm passiert ist.«

35. Kapitel

Gesa und Niklas stehen flüsternd auf dem Flur vor dem Vernehmungsraum im Erdgeschoss. Polizeimeister Iversen steckt neugierig seinen dichten, grauen Haarschopf aus der Bürotür der Schutzpolizei. »Kann man euch helfen?«, erkundigt er sich.

Gesa schüttelt den Kopf. »Wir müssen nur fix etwas abklären«, zischt sie dem Kollegen zu.

»Okay, okay!« Iversen zieht sich zurück und schließt sofort wieder seine Tür.

»Was meint du, Niklas«, fragt Gesa, »sollten wir die Befragung der Frau Blume jetzt beenden und lieber schleunigst Sven Krüger einen Besuch abstatten?«

»Ich denke, ja. Wenn Julia Blume die Wahrheit sagt, und davon würde ich erst einmal ausgehen, ist der Krüger dringend verdächtig, an dem Mord an Larissa Reuter zumindest beteiligt gewesen zu sein. Ich habe dem falschen Fünfziger schon die ganze Zeit über nicht getraut.«

»Wenn du alles vorher wusstest, hätten wir uns die

bisherigen, aufwendigen Ermittlungen ja schenken können«, erwidert Gesa schnippisch.

»Quatsch, du weißt doch, wie es gemeint war. Wegen der Beseitigung von Larissa Reuters Leichnam ist Sven Krüger ohnehin dran. Ich schlage vor, wir knöpfen ihn uns auf der Stelle vor und übergeben die weitere Vernehmung der Autorin an Stefan und Lisa.«

Gesa seufzt: »Okay. Krüger wohnt in der alten Pension Fischflosse, direkt am Hafen, da können wir von der Dienststelle aus zu Fuß hinlaufen«, meint sie. »Tut uns bestimmt gut, sich die Beine zu vertreten. Ich muss dringend mal raus und Seeluft schnuppern. Das ist ja bisher ein wahrer Vernehmungsmarathon gewesen«, klagt Gesa, aber ihre grünen Augen funkeln siegesbewusst. Übermütig stößt sie Niklas mit dem Ellenbogen in die Seite und flüstert: »Ich fühle, dass wir der Lösung nahe sind. Nachdem Oskar Sturm anscheinend kein Kind mit Larissa Reuter wollte, sind er und sein Assistent für mich erneut die Hauptverdächtigen. Vielleicht haben sie den Mord gemeinsam geplant und begangen.«

Niklas zieht die Nase kraus. »An ein Mordkomplott glaube ich eher nicht.«

»Warum denn nicht?«, fragt Gesa enttäuscht.

»Erzähle ich dir, wenn wir unterwegs sind. Lass uns kurz nach oben in den Großraum laufen und die Kollegen in unsere geänderte Planung einweihen«, antwortet er und geht los.

Gesa folgt ihm, stoppt dann aber sofort wieder an der Tür zum Ausgang der Schutzpolizei. »Müssten wir uns nicht zuvor von Frau Blume und ihrem Anwalt verabschieden?«, überlegt sie.

»Ach was!«, meint Niklas. »Die Blume soll ruhig ein wenig zappeln. Stefan kann ihr ja ausrichten, dass wir zu einem dringenden Einsatz gerufen wurden. Für mich ist die Dame weiterhin nicht aus der Nummer raus. Alles, was wir gerade vorhaben, fußt darauf, dass sie uns die Wahrheit gesagt hat.«

»Stimmt. Für allzu viel Höflichkeit ist jetzt wirklich keine Zeit. Auf zu Sven Krüger!«, beschließt Gesa mit einem entschlossenen Lächeln auf den Lippen. »Zuvor möchte ich aber in mein Büro, um die Bluse zu wechseln«, bittet sie Niklas und jammert: »Meine klebt mir am Rücken, schlimmer als heute Morgen die Mayonnaise am Salatblatt meines Fischbrötchens.« Gesa stöhnt und streicht sich ihre Bluse über dem Bauch glatt. »Mensch, die kann ich auswringen! Ich hab vielleicht während der Vernehmung eben geschwitzt!«

Sie und Niklas verlassen nun die Diensträume der Schutzpolizei. »Du könntest in der Zeit, wo ich mich umziehe, die anderen in unseren Plan einweihen«, sagt Gesa zu Niklas, während sie hinter ihm die Treppe zum ersten Obergeschoss hinaufgeht. »Lisa und Stefan möchten bitte die Befragung von Frau Blume fortführen und alsbald damit abschließen«, schlägt sie vor, »bitte übergib Ihnen das Aufnahmegerät. Lasse soll in der Zwischenzeit an unserem Empfangstresen die Stellung halten.«

36. Kapitel

In ihrem Büro zieht sich Gesa sofort die Schuhe von ihren geschwollenen Füßen.

Die brennen wie Feuer.

Meine neuen Sandalen sind doch etwas eng.

Als sie gerade dabei ist, sich eine frische Bluse aus dem Garderobenspind zu angeln, klingelt ihr Handy in der Handtasche. Gesa hüpft barfuß, mit der Bluse über dem Arm, zu dem Stuhl mit ihrer Tasche und schaut nach.

Es ist Uwe Feddersen.

»Moin, moin!«, begrüßt sie den leitenden Kriminaltechniker. »Sag bloß, du hast neue Erkenntnisse für uns?«

»Korrekt«, bestätigt er.

»Prima!«, jubelt Gesa. »Sag es bitte schnell, Uwe!«, drängelt sie am Handy und schlüpft mit der freien Hand in einen Blusenärmel. »Ich muss nämlich gleich weiter«, entschuldigt sie sich. »Von wo aus wurde denn nun der Giftpfeil auf den Schauspieler Sturm abgeschossen?«

»Ich muss dich da enttäuschen, Gesa«, erklärt Uwe. Er räuspert sich und hält die Spannung bewusst hoch. »Uwe!«, ermahnt Gesa ihn. »Meine Zeit ist knapp.«

»Okay, okay. Der Pfeil wurde von nirgendwo abgeschossen oder geworfen, sondern dem Opfer aus nächster Nähe in den Hals gestochen. Wobei der Stich ein wenig verunglückte und direkt unter der Haut und nicht in einem großen Blutgefäß landete. Dieser Umstand und dass der Ersthelfer den Pfeil sofort entfernt hat, rettete Oskar Sturm das Leben.«

»Bist du sicher, Uwe?«, fragt Gesa verwundert nach. »Weißt du denn, was du da sagst?«

»Ja. Ich bin mir sicher. Wir haben im Team mit drei Institutionen an der Lösung gearbeitet. Die Ärzte in der Uniklinik, der Rechtsmediziner von Isenberg und wir als KTU sind unabhängig voneinander und am Ende auch gemeinsam zu demselben Ergebnis gelangt.«

Gesa wird blass. »Da fällt mir nur einer ein, der die Möglichkeit dazu gehabt hätte, dem Schauspieler den

Pfeil in den Hals zu stechen.«
»Du meinst sicher den Mann, der Oskar Sturm an dem menschenleeren Imbiss zu Boden fallen sah? Den einzigen Zeugen, den es bisher gibt.«
»Genau, Uwe! Nach Darstellung seines Assistenten hat sich der verletzte Schauspieler angeblich zuvor an den Hals gegriffen. Puh! Da wird uns Sven Krüger nachher so einiges erklären müssen.«
Gesa fällt sofort wieder die Aussage des Imbissverkäufers Franz ein, der ja leider nur beobachtet hat, dass Sven Krüger neben Oskar Sturm kniete und sich über ihn beugte.
Das gesamte Geschehen zuvor stützt sich lediglich auf Sven Krügers Bericht.
Genauso gut wäre es möglich, denkt Gesa, dass er selbst den Schauspieler zu Boden gerissen und ihm dort blitzschnell den Pfeil in den Hals gerammt hat. So nach dem Motto: Achtung, Oskar! Geh in Deckung!, und schwupp, ehe er sich's versieht, steckt der giftige Pfeil in seinem Hals und Sven Krüger steht am Ende als Retter in der Not da.
»Heiliger Klabautermann!«, ruft Gesa in ihr Handy. »Du bist ein Genie, Uwe!« Sie hat ihre frische hellblaue Leinenbluse immer noch nur zur Hälfte angezogen, als Niklas an die Tür klopft.
»Ja, komm rein!«, ruft sie.
»Oh, entschuldige«, sagt er, »ich wusste ja nicht ...«
Gesa winkt ab. »Kein Problem«, meint sie und flüstert: »Uwe ist am Telefon.«
»Gesa, das war's eigentlich mit den brisanten Neuigkeiten«, erklärt Uwe ihr am anderen Ende der Verbindung. »Ich mache bald Schluss für heute.« Gesa hört, wie Uwe ungeniert laut gähnt.
»Dann wünsche ich dir einen schönen Feierabend.

Bei uns geht's jetzt erst richtig los. Ich hab es im Urin, vielleicht lösen wir heute noch unseren Fall. Ach, was sag ich denn, unsere Fälle! Tschüs, Uwe, und danke!«

Niklas schaut fassungslos auf Gesa, die barfuß, mit verschwitzten Haaren und mit halbfertig angezogener Bluse und offenem Knopf am Rock vor ihm steht.

»Habe ich etwas verpasst?«, fragt er verlegen.

Gesa legt ihr Handy zurück in die Tasche und zieht sich in Windeseile an. Nach einem kritischen Blick in den Spiegel auf der Innenseite ihres Garderobenspinds schaut sie sich suchend um.

Niklas reicht ihr seinen Kamm aus der Hosentasche.

»Nimm den solange, damit wir endlich loskommen. Sonst ist der Krüger womöglich abgereist.«

Gesa zieht hektisch Niklas' Kamm durch ihre widerspenstigen Locken.

»Bloß nicht! Der Mann ist eine tickende Zeitbombe. Oskar Sturm müssen wir ab jetzt im Krankenhaus bewachen lassen.«

»Gesa, glaubst du wirklich, er haut in seinem Zustand ab?«

»Das nicht, aber es könnte sein, er überlebt den Aufenthalt dort nicht, falls er Besuch von seinem Assistenten bekommt.«

Niklas zieht die Brauen hoch.

Diese Frau ist unberechenbar.

Eigentlich wollte sie sich nur umziehen.

»Du glaubst also«, sagt er zu Gesa, »Sven Krüger ist nicht nur in den Mord an Larissa Reuter verwickelt, weil es höchstwahrscheinlich die Tabletten seiner Mutter sind, die in der Villa gefunden wurden, sondern hat auch den Anschlag auf Oskar Sturm verübt?«

Gesa nickt.

»Genau richtig zusammengefasst.«

Niklas lächelt: »Du wirst mir sicher gleich auf dem Weg zur Pension erzählen, wie du darauf gekommen bist.«

37. Kapitel

Nach einem fünfzehnminütigen Fußmarsch durch mehrere enge Gassen und über Schleichwege, die Gesa noch aus ihrer Kinderzeit kennt, sind sie und Niklas an der in die Jahre gekommenen Hafenpension Fischflosse angekommen. Das nagelneue Schild mit der riesigen Schwanzflosse lenkt nur auf den ersten Blick von dem stark mit Moos befallenen, grauen Rauputz an der bröckelnden Fassade ab.

Gesa seufzt leise.

Wer verirrt sich denn hierher?

Das müssen ganz hartgesottene Urlauber sein.

Oder Leute, die etwas zu verbergen haben und sich verstecken wollen, überlegt sie.

Mit spitzen Fingern schiebt Gesa jetzt zwei Müllsäcke, die ihr den schmalen Weg zur Eingangstür versperren, beiseite. Sofort steigt ein Schwarm bunter Fliegen zum wolkenlosen Himmel hinauf.

Gesa springt angeekelt hoch und landet bei Niklas, der neben ihr steht, genau auf dem Zeh.

»Iii!«, schimpft sie, während er seinen schmerzenden Fuß ausschüttelt.

»Tut mir leid!«, ruft eine Frau, deren Alter schwer zu schätzen ist, den Kommissaren zu. Es handelt sich um die Pensionsbetreiberin. Sie hat die Ankömmlinge vom Küchenfenster aus beobachtet und ist sofort zur Tür geeilt. »Die Säcke wurden heute Morgen nicht abgeholt«, behauptet sie. »Manchmal vergisst uns die

Müllabfuhr, weil wir so ganz am Rand des Hafenbeckens liegen.« Sie streicht sich ihre feuchten, rissigen Hände an der Kittelschürze ab und fährt sich damit hektisch durch ihre mit grauen Strähnen durchsetzten Haare. Tiefe Sorgenfalten überziehen plötzlich die mit feinen Wetterfurchen übersäte Stirn der Frau. »Sind Sie von der Steuer?«, fragt sie aufgeregt. »Ich bin noch nicht fertig. Mein Computer ist kaputt.«

Gesa zückt ihren Dienstausweis und stellt sich und Niklas vor.

»Kripo!«, kreischt die Wirtin. »Was wollt ihr denn von mir?«

»Zuerst einmal Ihren Namen, bitte«, antwortet Gesa.

»Edda Licht heiße ich. Wie das Licht, nur dass mein Leben eher im Schatten stattfindet«, sagt sie verbittert.

Niklas beruhigt die aufgelöste Wirtin: »Von Ihnen möchten wir gar nichts außer einer Auskunft. Wir müssten Ihren Gast Sven Krüger dringend sprechen. Auf seinem Mobiltelefon erreichen wir ihn nicht«, schwindelt er, denn die Kommissare haben es gar nicht erst versucht, um den Verdächtigen nicht zu warnen.

»Ach, den netten Herrn Krüger!« Über das Gesicht der Edda Licht huscht ein Lächeln. »Da muss ich Sie leider enttäuschen. Um die Zeit, also vor dem Abendbrot, ist er immer mit dem Boot raus.«

»Mit welchem Boot?«, erkundigt sich Gesa.

»Na, mit dem von meinem Bruder Heinz. Der lebt im Sommer auf Ibiza, der feine Herr. Seit er im Lotto gewonnen hat, ist es ihm bei uns nicht mehr vornehm genug. Keinen Cent hat er mir abgegeben!«, beschwert sie sich. »Obwohl er ...«

»Wo finden wir das Boot Ihres Bruders?«, unterbricht Niklas die Wirtin.

Sie prustet laut los: »Na, auf der Ostsee! Wo denn sonst? Genauer gesagt auf der Förde, nehme ich an. Auf der offenen See wäre es mit der Nussschale viel zu gefährlich ...«
»Mein Kollege meint den Liegeplatz, Frau Licht.«
»Hab ich mir gedacht. Kommt mal rein, ich zeig euch den auf der Karte.«

Fünf Minuten später stehen Gesa und Niklas wieder vor der Pension.
»Mist! Das ist ja genau am anderen Ende«, flucht Gesa leise und stößt mit der Fußspitze vor Ärger gegen einen der Müllsäcke: »Wenn wir erst zur Dienststelle zurücklaufen und den Opel nehmen, um uns von der Landseite zu nähern, verlieren wir kostbare Zeit.«
»Na, Schwimmen oder Rudern ist auch nicht schneller«, meint Niklas. »Wie wäre es, wenn wir uns ein kleines Motorboot ausleihen?«
»Bei der Affenhitze sind die Boote alle bis spätabends vergeben und für die größeren fehlt uns der Führerschein«, mault Gesa. »Aber!« Sie strahlt plötzlich. »Ich werde Frank Lürsen von der Wasserschutzpolizei anrufen. Bei dem habe ich mindestens eine Fahrt gut.«
»Klasse Idee. Den Kollegen kenne ich«, sagt Niklas und grinst. »Er hat mich damals zu dem Forschungsschiff gebracht, auf dem wir uns das allererste Mal begegnet sind.«
Gesa kichert: »Ja, Kollege Oberkommissar. Ich stand in Anglerhosen an der Reling, und du kamst mit dem Polizeimotorboot angefahren und warst auf der Suche nach einem abgetrennten Fuß.«
»Unser erster gemeinsamer Fall ...«, meint Niklas nachdenklich. »Zwei Jahre ist das schon her.«

»Nun werd mal nicht sentimental!« Gesa stupst ihn an. »Wir haben damals den Mörder einer jungen Frau überführt und werden es auch jetzt wieder schaffen.« Sie kramt ihr Handy aus der Handtasche hervor.
Hoffentlich ist Frank Lürsen in der Nähe.
Sonst muss er uns jemanden schicken.
Wir müssen sofort zu diesem Bootshaus.

»So, min Deern«, sagt Frank Lürsen zu Gesa, als das Boot der Wasserschutzpolizei den kleinen einsamen Anleger an der Förde erreicht hat. »Euer Vogel, den ihr sucht, scheint ausgeflogen zu sein«, stellt er im Angesicht des leeren, von hohem Schilf eingewachsenen Liegeplatzes nüchtern fest.
»Umso besser«, meint Niklas und klettert als Erster aus dem Motorboot. Dann reicht er Gesa die Hand und zieht sie mit Schwung hinüber auf den wackligen Steg. »Somit können wir in Ruhe auf Sven Krüger warten.«
»Danke, Frank!« Gesa winkt ihrem Bekannten und seinem Kollegen von der Wasserschutzpolizei zu. »Ihr bleibt bitte, wie besprochen, in der Nähe.«
Frank Lürsen legt zum Gruß die Hand an seine Mütze und dreht bei.
Eine scharfe Welle überspült klatschend den schmalen Steg, auf dem Gesa und Niklas stehen.
»Jetzt habe ich nasse Füße«, schimpft er und schaut verärgert auf seine nagelneuen weißen Sneaker.
»Das ist halt so, wenn man an der See lebt«, lästert Gesa. »Außerdem ist das Wasser ja warm.«
»Stimmt. Kalte Füße könnte höchstens der Krüger bekommen und womöglich abhauen, wenn er uns hier herumstehen sieht«, warnt Niklas sie. »Komm

endlich rein in die gute Stube! Besser in das, was davon in gefühlt hundert Jahren übriggeblieben ist.«

Gesa folgt Niklas jetzt vorsichtig über die Verlängerung des Stegs in eine zur Wasserseite offene Holzhütte. Im Winter wird dort das Boot ihres Bruders untergestellt, hat Edda Licht Gesa in der Pension erklärt.

Hoffentlich fällt die Bruchbude nicht gleich über uns zusammen.

Ein kräftiger Windstoß genügt und von der ganzen Konstruktion bleibt nur ein Stapel Bretter übrig.

Als Niklas drinnen an der Decke die Umrisse einer Luke entdeckt, greift er sich den Enterhaken von der Wand und fädelt diesen in eine Metallöse ein.

Dachte ich es mir doch!

Eine Monarchenleiter.

»Super, Niklas!«, lobt Gesa. »Dort oben können wir uns viel besser verstecken und außerdem vom Fenster aus das Wasser beobachten, um rechtzeitig zu sehen, wann Sven Krüger zurückkehrt.«

Nachdem Niklas die eingeklappte Leiter vollständig herausgezogen hat, klettert er die wackligen Sprossen hinauf. Nach der Hälfte dreht er sich zu Gesa um: »Sei bitte vorsichtig! Die Dinger sind teilweise schon lose.«

Oben angelangt, steckt er seinen Kopf durch die Fußbodenöffnung und erschaudert: In dem schmalen, von Dachschrägen umsäumten Raum sieht er die gesuchte Tanja Bertram auf einem flachen Bett liegen.

Niklas ist sich sofort sicher, dass es sich um die Vermisste handelt. Er hat schon mehrere Bilder der Sechzehnjährigen angesehen. In wenigen Schritten ist er bei ihr und fühlt den Puls des Mädchens.

Gott sei Dank, sie schläft nur.

Aber sie scheint unterkühlt zu sein.

»Gesa!«, ruft er. »Wir benötigen dringend einen RTW!«

Doch Gesa hockt bereits mit dem Handy in der Hand hinter ihm. In ihren Augen sammeln sich Tränen der Erleichterung.

Während sie eilig telefoniert, deckt Niklas die kreidebleiche Tanja behutsam mit einer Decke zu.

Das Mädchen trägt nichts weiter als einen roten Bikini.

Nächste Woche

Montag

38. Kapitel

»Guten Morgen, Gesa!«, ruft Niklas, als er den Kopf in ihr Büro steckt. »Du bist ja heute die Erste. Wie kommt's denn?«, wundert er sich.

»Moin, Niklas. Ach, ich konnte nicht schlafen. Die ellenlangen Vernehmungen am Wochenende haben mich die ganze Nacht über beschäftigt«, antwortet Gesa, die ihre dampfende Kaffeetasse mit beiden Händen festhält.

»Das glaube ich dir gern.« Niklas gähnt. »Zum Glück hat Sven Krüger am Ende alles gestanden.«

Gesa nickt nur müde. »Setz dich doch einen Moment zu mir, Niklas!«, bittet sie ihn, »bevor die anderen gleich eintrudeln.«

»Mach ich, sobald ich mich in der Küche mit einem Wachmacher versorgt habe. Ich habe nämlich selbst sehr wenig geschlafen.«

Gesa lächelt. »Ich kann mir schon denken, warum. Du hast wegen der Zeitverschiebung nachts mit Sinje telefonieren müssen.«

Niklas bestätigt es.

»Wie geht's ihr denn so in Brasilien?«

»Alles okay. Erzähl ich dir später, jetzt hole ich mir erst einmal Kaffee«, weicht er Gesa aus.

Sie schaut ihm nachdenklich hinterher.

Ich bin gespannt, wie sich das mit den beiden noch so entwickelt.

Wenige Minuten später sitzen Gesa und Niklas im

Büro der Hauptkommissarin und prüfen gemeinsam die inzwischen ordentlich im Umfang gewachsene Ermittlungsakte zum Fall Larissa Reuter.

Später, bei der morgendlichen Teamsitzung werden sie den anderen vielleicht noch einige Fragen beantworten müssen, die bis letzten Freitag zum Dienstschluss nicht geklärt werden konnten.

Gesa rollt angestrengt mit den Augen und seufzt innerlich beim Rückblick auf die vielen Verwicklungen und überraschenden Wendungen, die der Fall Reuter zwischenzeitlich nahm.

Sven Krüger hat uns die ganze Zeit an der Nase herumgeführt.

Er hat auch den anonymen Brief verfasst, um den Verdacht auf Oskar Sturm zu lenken.

Selbst während der Vernehmungen erwies sich der gewiefte Assistent des Schauspielers als knallharter Hund.

Aber auch dieser eiskalte Verbrecher hat seinen Meister gefunden, erinnert sich Gesa mit Genugtuung.

Der Lux trieb ihn mit seinen geschickten Fragen so lange in die Enge, bis er die Tötung Larissa Reuters gestanden hat.

Hauptkommissar Winter vom LKA hat ebenso wenig lockergelassen. Er wollte von Sven Krüger den Grund für die Entführung Tanja Bertrams erfahren. Dieser Fall lag ja in seiner Zuständigkeit.

Wer hätte gedacht, dass der zuvorkommende Sven Krüger für beide Verbrechen verantwortlich ist.

»Glaubst du dem Krüger, dass er Larissa Reuter versehentlich umgebracht hat?«, fragt Gesa Niklas.

»Ja, seine Darstellung ist plausibel und deckt sich mit unseren Erkenntnissen. Auch was uns der betrügerische Pascal Weise zu dem Geschehen an der Villa geschildert hat, passt genau zu Sven Krügers Geständnis.«

»Wenn wir die Entführung von Tanja Bertram mal außen vor lassen«, überlegt Gesa, »kommt es für Sven Krüger nur zu einer Anklage für den doppelten Mordversuch an dem Schauspieler Oskar Sturm. Im Fall Larissa Reuter könnte er höchsten wegen fahrlässiger Tötung belangt werden.«

»Sieht so aus«, stimmt Niklas ihr zu. »Jedenfalls habe ich den verantwortlichen Staatsanwalt gestern so verstanden.«

Gesa stöhnt: »Wie hätten wir ahnen können, dass der Krüger von Anfang an nur seinen Herrn und Meister, Oskar Sturm, töten wollte.«

»Na, nicht von Anfang an«, widerspricht Niklas. »Erst als Sven Krüger klar wurde, dass Oskar Sturm seine weitere Karriere in Amerika plant, und zwar ohne ihn.«

»Stimmt«, pflichtet Gesa Niklas bei, »und da Sven Krüger seine kranke Mutter auf keinen Fall allein in Berlin zurückgelassen hätte, was Sturm natürlich wusste und weswegen er seine Absichten vor seinem Assistenten geheim hielt, fasste der zutiefst enttäuschte Sven Krüger einen teuflischen Plan, um den Schauspieler umzubringen. Er besorgte extra Oskar Sturms stilles Lieblingswasser und vergiftete dieses mit den Herztabletten seiner Mutter, bevor er die Flasche in der Villa auf den Tisch stellte. In der Aufregung verlor er dabei die angebrochene Blisterpackung. Sie muss ihm in die Sesselritze gerutscht sein. Doch am Ende ging noch mehr schief, weil Larissa Reuter versehentlich von dem kontaminierten Wasser getrunken hat.«

Niklas stützt müde sein Kinn auf die Hände. »Das ist

so verdammt schlecht gelaufen für Frau Reuter!«, stöhnt er. »Sven Krüger glaubte wohl, sie würde das vergiftete Getränk garantiert nicht anrühren, da sie nur mit Kohlensäure versetztes Wasser trinkt. Aber die junge Frau muss an dem heißen Tag sehr durstig gewesen sein. Nach seiner Aussage hat Sven Krüger zuvor verhindern wollen, dass sie die Villa überhaupt betritt. Er hat Larissa Reuter Sand in die Augen geworfen und sie zu Boden gestoßen. Aber nach einer kurzen Ohnmacht ist sie vor ihm ins Haus geflüchtet und muss sich sofort auf die für Oskar Sturm bereitstehende Flasche Wasser gestürzt haben. Dass der Schauspieler die Ferienvilla als gemeinsames Liebesnest längst wieder verworfen hat, wusste Sven Krüger angeblich gar nicht.«

»Ein selten dämlicher Plan!«, regt sich Gesa auf. »Später allerdings, nachdem Krüger die manipulierte Wasserflasche beseitigt hat, spielte er seine Rolle als treuer Assistent perfekt. Er half seinem Idol Oskar Sturm aus der Klemme und belog die Kriminalpolizei für ihn.«

»Dieser hinterhältige Schleimer!«, schimpft Niklas. »Dabei bastelte er heimlich an der nächsten Gelegenheit, um Sturm aus dem Weg zu räumen. Sein Giftpfeil verfehlte dessen Halsschlagader nur um Haaresbreite. Sven Krüger war ja inzwischen geradezu besessen von seiner Idee, den Schauspieler umzubringen, denn nun hatte er neben seiner gekränkten Eitelkeit und dem Verrat an seinen jahrelangen treuen Diensten ein noch viel stärkeres Motiv entwickelt: Rache für den Tod Larissa Reuters!«

»Ich weiß«, seufzt Gesa, »angeblich war der Kerl selbst in die Freundin Oskar Sturms verliebt, ohne dass sie oder irgendjemand etwas davon ahnte. Sven

Krüger wusste, dass Sturm die Frau zu einer Abtreibung überreden wollte, und bekam hautnah mit, wie Larissa Reuter unter Oskar Sturms Drängen, eine Klinik aufzusuchen, gelitten hat. Er verstand nicht, warum sie trotz allem an dem egoistischen Schauspieler festhielt. Sven Krüger dagegen vergötterte Larissa Reuter wie eine Königin, behauptete er in der Vernehmung.«

»Das glaube ich ihm«, versichert Niklas. »Deshalb hat er auch heimlich ihren Koffer aus dem Schließfach des Kieler Bahnhofs abgeholt und sich in dem Bootshaus an ihren Kleidungsstücken ergötzt. An den Schlüssel für das Bahnhofsfach zu gelangen, war für ihn ein Leichtes, denn Oskar Sturm hatte ihm ja die persönlichen Sachen der Toten überlassen und ihn beauftragt, diese zu entsorgen.«

»Mhm«, meint Gesa nachdenklich. »Das klingt plausibel. Später zog Sven Krüger der entführten Tanja Bertram die Sachen der Toten an. Sie wurde von ihm mit Beruhigungsmitteln vollgepumpt und wie eine lebende Puppe täglich umgezogen. Das hat das Mädchen bei ihrer Befragung im Krankenhaus berichtet.«

»Nur der rote Bikini, der gehörte Thomas Bertrams Freundin Mila und nicht Larissa Reuter«, wirft Niklas ein.

»Stimmt«, bestätigt Gesa. »Krüger hat diesen einfach mitgenommen, als er das erste Mal in der Villa nach der Tablettenpackung gesucht hat. Angeblich waren die Bewohner, ein Liebespaar, so sehr mit sich selbst beschäftigt, dass sie ihn nicht bemerkten, als er dort widerrechtlich eingedrungen ist.«

Niklas nimmt einen Schluck aus seiner Kaffeetasse und schüttelt sich: »Hauptkommissar Winter hat von Sven Krüger herausbekommen, dass der rote Bikini für ihn ein Fetisch ist. Seine Mutter besaß in jungen Jahren so einen und er trägt das Bild, das sie im roten Bikini beim Baden in der Ostsee zeigt, immer in seiner Brieftasche.«

»O Mann«, stöhnt Gesa und dreht sich entsetzt mit ihrem Bürostuhl im Kreis, »nicht auszudenken, was er vielleicht noch alles mit Tanja Bertram angestellt hätte. Ich bin so froh, dass die ärztliche Untersuchung ihre körperliche Unversehrtheit bestätigt hat.«

»Was die Sechzehnjährige psychisch durchlitten hat, genügt vollkommen«, meint Niklas kopfschüttelnd. »Es war so ein Pech, dass Bertrams Tochter den Krüger bei einem erneuten Versuch, die Tabletten zu finden, überrascht hat. Sven Krüger wusste ja nicht, dass inzwischen auch Thomas Bertrams Kinder in der Villa Ferien machten. Er dachte, Herr Bertram wäre mit seiner Freundin an dem Abend weggefahren. Die Tablettenpackung fand er abermals nicht, aber Tanja Bertram, die ihn bei der Suche erwischte, wurde von ihm überwältigt und entführt. Da sie ebenfalls lange, blonde Haare hat, musste das arme Mädchen als Ersatz für die tote Frau Reuter deren Kleidung tragen.«

Gesa schlürft den letzten Rest Kaffee aus ihrer Tasse. »Glaubst du, Sven Krüger hätte ein drittes Mal versucht, Oskar Sturm zu töten?«, fragt sie Niklas.

»Nachdem die Aktion mit dem vergifteten Pfeil schiefgelaufen ist, eher nicht. Wir hatten ihn ja schon im Fokus.«

»Aber er war besessen von seiner Rache«, widerspricht Gesa, »ich glaube, er hätte es wieder getan.«

»Das ist reine Spekulation und zum Glück bekommt er jetzt keine Gelegenheit mehr dazu«, antwortet Niklas. »Mit Sturms Schauspielkarriere sieht es allerdings schlecht aus, ist mir zu Ohren gekommen, während die Verkaufszahlen für die Bücher seiner Frau angeblich astronomisch in die Höhe schießen.«

Gesa lacht. »Also, das hast du doch bestimmt morgens beim Bäcker gehört, Niklas. Selbst wenn es so wäre, so schnell lässt sich das gar nicht feststellen.«

»Erwischt«, gibt er grinsend zu und zuckt mit den Achseln. »Was die Leute halt so im Ort schnacken, wenn die Schlange lang genug ist.«

Gesa schaut auf ihre Armbanduhr. »Ich hoffe, du hast nicht nur den neuesten Klatsch und Tratsch, sondern auch leckeren Butterkuchen für die Teamsitzung mitgebracht«, sagt sie, »diese beginnt in fünf Minuten. Wir könnten langsam in den Großraum vorgehen.«

»Von mir aus gern«, erwidert Niklas und hält demonstrativ seine leere Tasse hoch, »mein Kaffee ist ohnehin schon wieder alle. Eine Sache noch vorweg, Gesa: Wie behandeln wir die Causa Pascal Weise? Ich meine nur, wegen Lisa ... Ist der Kerl nachher ein Thema?«, fragt er vorsichtig.

»Zu dem ist alles gesagt. Im Fall Larissa Reuter ist er lediglich Zeuge und mit seinen gefälschten Zeugnissen werden sich das Betrugsdezernat und die Ärztekammer beschäftigen müssen.«

»Aber er hat dem Doc das Skalpell an die Kehle gehalten. Das wäre unter Umständen Geiselnahme, wenn es streng ausgelegt wird.«

»Mhm. Hierbei ist das letzte Wort bislang nicht gesprochen, aber da die Straftat in Kiel begangen wurde, ist es nicht unsere Sache.«

»Verstehe, also ist es heute auch nicht Gegenstand der Teamsitzung.«

»Ja.«

»Du meinst, aus Rücksicht auf Lisa?«

»Nein. Da kennst du die Kollegin schlecht. Persönlich ist es für sie eine Enttäuschung und sie hat sich natürlich von Pascal Weise getrennt. Die beiden waren zum Glück erst gut zwei Wochen zusammen. Eine Beziehung, die auf einer Lüge aufgebaut wurde, nützt niemandem.«

Niklas seufzt. »Wie wahr, Gesa«, sagt er leise zu ihr.

Gesa schaut ihm prüfend in seine blauen Augen. »Sprichst du jetzt von dir und Sinje?«, fragt sie erschrocken und hält sich sofort die Hand vor den Mund. »Entschuldige, ich wollte nicht neugierig sein.«

»Ja«, gibt Niklas zu. »Ich glaube, dass ein anderer Mann hinter Sinjes Entscheidung, nach São Paulo zu gehen, steckt.«

»Hat sie dort etwa jemanden kennengelernt? Einen Brasilianer?«

»Nein, er ist aus Lübeck, ebenfalls Arzt und der Leiter der Gruppe. Ich schicke dir mal einen Link zu seiner Vita im Internet. Aber nicht erschrecken, er sieht mir verdammt ähnlich.«

»Ist nicht wahr?« Gesa bleibt vor Staunen der Mund offenstehen. »Hast du deinen Verdacht Sinje gegenüber schon geäußert?«

»So vage nicht direkt.«

»Und?«

»Sie hat es nicht abgestritten.«

»Ach Mensch, Lux!« Gesa sieht Niklas traurig an. »Ich habe geglaubt, das wird was mit euch.«

»Tja, so kann man sich irren. Mir reicht es jedenfalls.«

»Du verzweifelst jetzt doch nicht an der gesamten Damenwelt?«

»Zuerst muss ich mit mir selbst klarkommen. Vorerst habe ich reichlich Arbeit, das lenkt mich ab. Lass uns mal endlich vor in den Großraum, sonst ist der Butterkuchen alle, bevor du mit der Besprechung begonnen hast.«

Gesa springt von ihrem Stuhl auf. »Heiliger Klabautermann! Wir sind schon zwei Minuten zu spät.«

39. Kapitel

»Ihr Lieben, moin, moin und Glückwunsch an alle! Wir haben den Fall gelöst, Sven Krüger hat seine Taten am Wochenende gestanden. Gemeinsam ist es uns gelungen, einen teilweise sehr plump, aber dabei ungeheuer dreist agierenden Verbrecher unschädlich zu machen.« Mit dieser emotionalen Ansprache eröffnet Gesa ihre morgendliche Teamsitzung. »Ich muss nicht extra betonen«, sagt sie und lächelt in die Runde, »wie froh ich bin, dass Tanja Bertram weitestgehend unversehrt aufgefunden wurde. Die hervorragende Zusammenarbeit mit Hauptkommissar Winter vom LKA hat sich erneut ausgezahlt. Er lässt Grüße und großen Dank an unser Team ausrichten.«

Lisa und Stefan strahlen vor Stolz über Gesas Worte.

Die Hauptkommissarin lächelt zufrieden. Ich sehe keine Anzeichen mehr von Traurigkeit in den Augen der jungen Kollegin, freut sie sich über Lisas Reaktion.

Nur Lasse wirkt etwas zerknirscht.

Vielleicht ist es einfach zu früh am Morgen für ihn.

»Nun bedient euch mal alle am Butterkuchen!«, fordert Gesa die anderen am Tisch jetzt fröhlich auf. »Den hat der Kollege Lux spendiert.«

Stefan greift als Erster zu. »Danke«, sagt er und hat

mit einem kräftigen Biss bereits ein halbes Stück verschlungen. Lisa schaut ihn entsetzt an.

»Was ist?«, murmelt er mit vollem Mund. »Ich habe Hunger. Wir hatten gestern ein Fußballturnier um den Küstenpokal und ich musste drei Spiele durchspielen.«

Niklas staunt: »Donnerwetter, das erfordert eine Menge Kondition und dann noch bei dieser Wärme ... Respekt«, sagt er.

»Nun gib mal nicht so an, Vossi«, mischt sich Lasse grinsend ein. »Die Spielzeit wurde für das Turnier auf zwei Mal zwanzig Minuten verkürzt.«

»Meine Herren!«, ruft Gesa dazwischen. »Wir müssen nun bitte zur Tagesordnung übergehen. Die Vernehmungsprotokolle hat ja jeder im E-Mail-Postfach und hoffentlich, genauso wie der Kollege Lux und ich, inzwischen schon einmal überflogen. Gibt es noch Fragen?«

»Was wird mit Oskar Sturm?«, möchte Lisa wissen. »Wird er ebenfalls strafrechtlich belangt?«

Da Gesa sich gerade ein Stückchen ihres Butterkuchens in den Mund geschoben hat, antwortet Niklas der Kollegin: »Für die Entfernung von Larissa Reuters Leichnam, seine Falschaussagen und die daraus resultierende Verschleppung unserer Ermittlung wird Oskar Sturm zur Verantwortung gezogen«, erklärt er Lisa und ergänzt: »Noch lässt sein Gesundheitszustand eine Vernehmung durch die Staatsanwaltschaft jedoch nicht zu. Wir werden die Angelegenheit weiterverfolgen.«

Lasse jammert: »Dann war's das wohl mit seiner Karriere als Spreewaldkommissar Birkner.«

»Die ist ohnehin beendet«, erinnert Stefan ihn. »Frau Bähr hat uns doch vor ein paar Tagen erläutert, dass die Folgen abgedreht sind und der Schauspieler in Hollywood nach höheren Zielen greift.«

»Na, ob daraus jetzt noch etwas wird?«, zweifelt Lisa.

»Warum nicht?«, widerspricht Niklas ihr, »Sturm hat ja niemanden ermordet. Ich halte es für möglich, dass er durch die Verwicklung in echte Verbrechen für die Klatschpresse in Amerika vielleicht sogar interessanter geworden ist. Aber man weiß es nicht und das soll nicht unsere Sorge sein, denn ...«

»Apropos Presse!«, ruft Lisa erschrocken dazwischen. »Die Journalistin von der Ostseebild, die uns vor zwei Wochen mit ihrem Fotografen besucht hat, als Frau Bähr und der Kollege Lux zum Leichenfundort gerufen wurden, die ...«

»Ja, Lisa?« Gesa spitzt ihre kleinen Ohren und sieht Lisa erwartungsvoll an. »Was ist mit der?«

»Sie hat am Freitagnachmittag anrufen und gemeint, Sie möchten sich dringend bei ihr melden. Der Artikel soll in den Druck.« Lisa ist bis unter ihren blonden Ponyansatz knallrot im Gesicht geworden. »Ich glaube, schon heute oder so ... Entschuldigung, Frau Bähr, ich habe vergessen, Ihnen Bescheid zu sagen. Bin wohl noch etwas mehr durcheinander, als ich dachte.«

Gesa atmet tief durch und zieht ihre Mundwinkel nach unten.

Lisa trifft nur bedingt Schuld.

Die Dame sollte mir zur Freigabe eine E-Mail mit dem Artikel senden.

Oder habe ich die Nachricht etwa übersehen?

Ohne etwas zu sagen, nimmt sie ihr Handy und sieht sofort in ihren E-Mails nach. Ihr Gesicht verfinstert sich zunehmend.

Alle Augenpaare am Tisch sind auf Gesa gerichtet.

Lasse zieht instinktiv den Kopf ein.
Gleich gibt's ein Donnerwetter.
Doch Gesa findet keine E-Mail mit dem Artikel.
Niklas, der ihr über die Schulter schaut und ahnt, was sie sucht, flüstert ihr ins Ohr: »Sieh mal sicherheitshalber auch im Spam-Ordner nach.«
Gesa nickt schnell. »Verdammter Möwenschiss!«, flucht sie kurz darauf. »Da ist er!«
»Wer?«, fragt Stefan.
»Na, der Artikel und die Fotos. Zur Freigabe bis ...«, liest Gesa vor und stöhnt laut auf, »... heute Vormittag, 10 Uhr.«
»Das ist in fünf Minuten, Chefin«, ruft Stefan ihr über den Tisch zu.
Gesa scrollt bereits eilig die Fotos im Anhang der E-Mail durch.
»Das gibt's doch nicht!«, schimpft sie. »Die haben tatsächlich Oskar Sturm vor unserem Empfangstresen fotografiert.«
Lisa macht ein zerknirschtes Gesicht. »Woher sollten wir zu dem Zeitpunkt ahnen, dass er in allem mit drinnen hängt?«
Gesa springt von ihrem Platz auf. »Entschuldigt mich kurz«, sagt sie, »ich antworte der Pressedame lieber von meinem Rechner aus. Auf dem Handy ist mir das zu fummelig. Den Artikel und die Bilder werde ich canceln. In den drei Minuten, die mir noch verbleiben, schaffe ich es ja nicht einmal, das Geschreibsel durchzulesen«, erklärt sie und läuft los in ihr Büro.
Stefan streckt die Beine unter dem Tisch aus und nimmt sich ein nächstes Stück Kuchen. »Finde ich richtig so von der Chefin«, meint er. »Unser Team war doch gar nicht vollständig anwesend. Der Oberkommissar und Frau Bähr fehlen auf den Bildern. Der

Pressetermin muss meiner Meinung nach unbedingt wiederholt werden.«

Lisa und Lasse nicken eifrig, währen Niklas erneut mit seinen Gedanken weit weg ist ...

Ich werde es beenden, bevor Sinje es tut.

Gefühle lügen nicht.

Schon nach wenigen Minuten kehrt Gesa freudestrahlend aus ihrem Büro zurück. In der Hand hält sie eine durchsichtige Tüte.

»Geschafft!«, verkündet sie erleichtert und lässt sich auf ihren Stuhl plumpsen. »Auf die letzte Welle ist es mir gelungen, die Veröffentlichung zu stoppen.«

Sie überreicht Lasse die Plastiktüte. »Bitte schön, Lasse, das Sammelbuch Ihrer Mutter. Das können Sie jetzt wiederhaben. Die Beweisführung ist diesbezüglich abgeschlossen.«

Lasse nimmt das in weinrotes Leder eingebundene Album aus der Tüte und blättert grübelnd durch die Seiten: »Ich glaube, meine Mutter wird es nicht weiterführen wollen, wenn sie erfährt, was der Sturm für ein mieser Egoist ist.«

Stefan klopft dem Polizeischüler auf die Schulter: »Vielleicht beginnt sie ja ein neues, mit echten Helden der Kriminalpolizei«, schlägt er vor. »Den Pressetermin wiederholen wir doch, oder, Frau Bähr? Dann aber mit allen aus dem Team.«

»Okay, das tun wir«, stimmt Gesa lächeln zu.

Auch wenn ich wieder extra zum Friseur muss.

»Zusammen sind wir einfach unschlagbar«, sagt sie und ihre grünen Augen leuchten. »Das müssen wir nach außen genauso kommunizieren.«

Alle klatschen. »Gerade passt es besonders gut«,

meint Lisa, »wir haben schließlich einen tollen Ermittlungserfolg zu vermelden.«

Gesa seufzt leise.

Das ist wohl wahr.

Mal schauen, womit wir als Nächstes gefordert sind.

Sobald der Herbst kommt und die Tage kürzer werden, lässt ein neuer Fall bestimmt nicht lange auf sich warten.

Ende

Liebes Lesepublikum,

vielen, lieben Dank, dass Sie die Ostseekommissare Lux und Bähr schon so lange, einige von Ihnen bereits seit zwei Jahren, bei den spannenden Ermittlungen begleiten.
Ein ganz herzlicher Dank geht auch heute wieder an meine Familie und an alle, die mich bei der Erstellung des Buches unterstützen und fachlich beraten.

Wenn Ihnen, liebes Lesepublikum, ***„Todesspiel Ostsee"*** *gefallen hat, freue ich mich sehr über eine Bewertung bei Amazon. Danke, dass Sie sich die Zeit dafür nehmen.*

Ich freue mich riesig über das stetig steigende Interesse an meiner Küstenkrimi-Reihe und mir ist das Team um Gesa Bähr und Niklas Lux inzwischen sehr ans Herz gewachsen. Sie dürfen sich auf noch viele weitere Fälle freuen.

Noch nicht alle Bücher gelesen? Hier kommt ein kleiner Überblick:

Bisher sind erschienen:
„Totschöne Ostsee" (Ein Fall für Lux und Bähr 1)
„Mordgierige Ostsee" (Ein Fall für Lux und Bähr 2)
„Todkalte Ostsee" (Ein Fall für Lux und Bähr 3)
„Grabstille Ostsee" (Ein Fall für Lux und Bähr 4)
„Mordliebe Ostsee" (Ein Fall für Lux und Bähr 5)
„Todhungrige Ostsee" (Ein Fall für Lux und Bähr 6)
„Mordglitzer Ostsee" (Ein Fall für Lux und Bähr 7)
„Mordwahn Ostsee" (Ein Fall für Lux und Bähr 8)
„Todheimliche Ostsee" (Ein Fall für Lux und Bähr 9)
„Todesspiel Ostsee" (Ein Fall für Lux und Bähr 10)

Die nächsten spannenden Bücher folgen umgehend.

Wenn Sie ***A. Collin auf Amazon folgen****, werden Sie über jede Neuerscheinung informiert. Oder Sie schreiben mir unter der E-Mail:* ***A.Collin@online17.de***
Ich beantworte gern Ihre Fragen und Sie erhalten zu jeder Neuerscheinung einen Newsletter.

Viele Grüße
aus dem Norden
von Ihrer Autorin A. Collin

IMPRESSUM

Todesspiel Ostsee
Zehnter Fall für Lux und Bähr
Küstenkrimi

Asja Collin c/o Medienzentrum
Hamburg Rondenbarg 8 /22525 Hamburg
info@javy-verlag.de
Lektorat, Satz, Umschlag: JAVY Verlag
Korrektorat: www.contexta.de
Bildquellen: pixabay.com

Druck: Amazon Distribution GmbH
Amazonstraße 1, 04347 Leipzig

ISBN: 978-3-948820-40-4

JAVY

Printed in Poland
by Amazon Fulfillment
Poland Sp. z o.o., Wrocław

45560190R00129